胡学文 著

闯入者

天津出版传媒集团
百花文艺出版社

图书在版编目(CIP)数据

闯入者 / 胡学文著. -- 天津 : 百花文艺出版社,
2017.3
ISBN 978-7-5306-7166-5

Ⅰ. ①闯… Ⅱ. ①胡… Ⅲ. ①中篇小说-小说集-中国-当代②短篇小说-小说集-中国-当代
Ⅳ. ①I247.7

中国版本图书馆CIP数据核字(2016)第294863号

选题策划:李勃洋　刘书棋　**装帧设计:**苏艾设计
责任编辑:赵世鑫

出版人:李勃洋
出版发行:百花文艺出版社
地址:天津市和平区西康路35号　**邮编:**300051
电话传真: +86-22-23332651(发行部)
+86-22-23332656(总编室)
+86-22-23332478(邮购部)
主页:http://www.baihuawenyi.com
印刷:天津金彩美术印刷有限公司
开本:850×1168毫米　1/32
字数:151千字
印张:7.25
版次:2017年3月第1版
印次:2017年3月第1次印刷
定价:48.00元

目 录

逆水而行

一

霍品从鸡心湖缩回目光,眼睛又涩又胀,侧过头揉揉,眼前顿时一片模糊。一个人向霍品跑来,霍品怎么也看不清。到跟前儿,是刘会计。霍品问这么慌张,出啥事了?刘会计边揩汗边说吴乡长让霍品开会。霍品说知道了,却不动弹,目光再次抛向鸡心湖。湖水刚刚融化,泛着青色的光泽,在湖水映照下,岸边那排红房子格外刺眼。刘会计焦急地说,吴乡长让现在就去。霍品不答,却瞅着刘会计脖子上的伤痕问,又挂彩了?刘会计捂着脖子嘿嘿笑,不再催促。霍品这才往回走,慢悠悠的。

霍品前后当了二十多年村长,乡政府大门进了无数次,现在却挺犯愁进去。不想见吴石。数日前,吴石把霍品喊去,说要送霍品一块大蛋糕。一个老板打算承包鸡心湖及周围的千亩荒滩,吴石已和对方谈妥条件,霍品等着签字就行。霍品不悦,地是黄村的,就算你是乡长，也该征求村里的意见吧？霸气，是吴石一贯的作风。吴石做主却不签字。霍品明白，一旦有什么责任，吴石绝对是净身出户。霍品当然不会任吴石摆布，他顶不过吴石，只能绕着来。霍品看了吴石勾的草图，马上抛出问题关键：岸边有一百多亩耕地，涉及七户人家，荒滩村里说了算，那七户人家，村里做不了主。吴石说，所以，你要做这个工作。霍品问，万一做不通呢？吴石说，在黄村，还有你霍村长办不成的事？霍品说，吴乡长太高看我了。吴石腔口很硬，这是个机遇，绝不能错过。而后又意味深长地说，老霍，可别耍滑啊。霍品说借我十个脑袋也不敢。吴石说我等你消息。可吴石并没有等，隔两天就催一次。吴石也算吃透了霍品，如果等，得到猴年马月。霍品每次汇报，都急得骂娘，心里却平静如水。霍品就是要拖下去。

跨进乡政府大门，霍品步子陡然快了许多，推开吴石的门，已然带出喘息样儿。屋里只有吴石一人。吴石永远那个姿势，厚重的身子陷在老板椅里，头却偏着，给人的感觉是安错了位置。吴石脸上的笑像身躯一样厚，可霍品知道吴石生气了。吴石两只手频频在扶手上敲打着。霍品叫声吴乡长，说，我还以为来晚了呢，原来别人还没到。吴石冷然道，你想等谁？霍品说，不是开会吗？吴乡长要给我一个人开？吴石盯霍品几秒说，是给你一个人开，别人没这待遇。霍品说，我又犯错误了？吴石说，你清楚。霍品说，吴乡长，我可是笨脑子啊。吴石抓起一个信封晃晃，这是告你的。霍品想看，吴石却丢进抽屉，你还是别看的好。霍品问，吴乡长相信？吴石说，我不信，怕别人信。霍品说，随他告吧，我不怕。吴石说，无风不起浪。霍品问，吴乡长找我就为这个？吴石说，我给你提个醒儿，你已经栽过一次，再栽就起不来了。当然，你别有思想负担，我会尽力压着，除非压不住。话题一转，问霍品进展如何了。

霍品顿时一脸气愤，吴乡长，我正要向你汇报呢，我嘴皮子磨破了，一亩地三十块钱承包费。去哪儿找这么好的事？可就是谁也不同意，我看让派出所出面算了。

吴石马上道，胡说！老霍，你这是想往火坑推我。

霍品忙堆出笑脸，我是气昏头了。

吴石说，几个村民能难住你？

霍品一脸无奈，和过去不一样了。

吴石哼哼，这么说，你没辙了？

霍品说，吴乡长，你得给我时间。

吴石说，一个月。

霍品问，如果……？

吴石断然道，没有如果，耽误签字，你就是黄村的罪人。

霍品一副谦恭的样子，心里却极不是滋味，想你吴石也忒霸道了。

吴石没放霍品走，一定要留霍品吃饭。霍品暗暗冷笑，吴石先抽一鞭子，然后再往嘴里塞块糖。所谓的告状信很可能是吴石炮制的，但霍品知道它的杀伤力。如果逆着吴石，霍品会被杀得片甲不留。霍品是有过教训的。从这点说，告状信的内容并不重要，那不过是吴石的借口。霍品并未被吓住，心想我还就不信了，难道会再栽一次？

霍品随吴石和陈秘书到了翠香楼。这是乡里最好的饭馆。霍品想，吴石怕是别有用意，乡长请村长吃饭，说什么也有点儿不合常理,就揣了一份警惕。阵势摆开,霍品就瞧出来,吴石想把他灌醉。吴石频频敬酒,霍品连喘息的工夫都没有。霍品说喝不动了,吴石便咄咄逼人地问霍品什么意思,一杯酒的面子也不给?霍品只得喝。吴石的海量是出了名的,就这么喝下去,霍品必醉无疑,何况还有个陈秘书。陈秘书没吴石那么霸气,但极其难缠。霍品并不怕醉,又不是没醉过,可今天不能。吴石灌他,怕是要在醉上做文章:趁酒醉,让他在协议上签字。那样,霍品就成了被夹住七寸的蛇。吴石完全做得出来。

霍品决定设法离开。

又一杯酒下肚,霍品龇牙咧嘴。吴石说你装啥?酒里有毒?霍品抹着嘴巴,岁数不饶人了。他摇摇晃晃站起来。吴石喊,你干什么?霍品说,水箱满了。陈秘书跟出来,搀住霍品,没事吧?霍品说不碍事,别管我,把吴乡长照顾好。陈秘书说我也去方便。霍品暗暗骂娘,脸上却笑着,年轻轻的,水箱就不中用了?陈秘书笑说,基本属于劣质产品。

陈秘书一泻千里,霍品撒撒停停,待陈秘书离开,方畅通无阻。陈秘书竟然在门外候着,霍品出来,陈秘书再次搀住他。经过大厅,霍品瞥见柜台旁的女服务员,心里忽然一动,狠狠将一口痰吐在地上。霍品甩开陈秘书,指着女孩鼻子气咻咻地问,你骂我什么?女孩不明所以,呆了。霍品声音提高一倍,你骂我什么?女孩刷白了脸,说,我没骂。霍品吼,我明明听见了,你还嘴硬,骂我什么了?女孩胆怯地说,没……有。陈秘书拽霍品。霍品叫,不行,她凭什么骂我?胳膊一扫,柜台上的水壶摔到地上,发出巨响。女孩泪眼婆娑,霍品还是不依不饶，叫你们老板来，你给我说清楚！

老板和几个吃饭的围上来。陈秘书说，他醉了。

霍品说，我没醉，你才醉呢。无论陈秘书怎么拉他，他就是不走。

吴石终于露面，瞪霍品一眼，闹什么闹？

霍品说，吴乡长，你得替我讨个公道。

吴石没理他，一个人出去了。

陈秘书低声道，吴乡长生气了。

霍品痴痴地看着陈秘书，脑袋耷拉下去。

霍品是被陈秘书半拖回去的。临出门，霍品瞟那个女孩一眼。她挨了老板训斥，边扫地边抹泪，霍品的心被什么东西刺了一下。

霍品在陈秘书那儿睡了一觉，起来便给吴石道歉，说自己喝多了，给吴乡长丢了脸。吴石问，现在清醒了？霍品说，再不清醒，我就不是个人了。吴石说，那就好，我正寻思送你呢，一个月，记住了？霍品做老实状，记住了。

霍品走走停停，停停走走，仿佛气力不支。每逢心里有事，他总是这样子。一段路走了很长时间，黄昏一寸一寸铺到脚底。离村口几十米，霍品听到一声古怪的笑，然后看见光棍黄棒子从半截土墙后跳出来。黄棒子看见霍品，呆了呆，撒腿就跑。霍品喊了一声，黄棒子停下来。霍品问，干吗见我就跑？黄棒子嘿嘿笑，我看见一只兔子。霍品骂，胡扯淡，你要是搞歪门邪道，我敲烂你狗头。黄棒子又嘿嘿一笑，一溜烟儿没了踪影。黄棒子怕霍品。

又一声古怪的笑，是从矮墙后传出的。霍品忽然想到什么，三步并两步蹿过去。矮墙下，二丫猫一样缩着，胸敞着，双乳凸露，上面似乎有抓挠痕迹，裤带也开了。此时，她紧紧抓着裤腰，惊恐地瞪着霍品。

霍品蹲下去，二丫的眼珠几乎迸出来。

霍品轻声说，别怕。

二丫哆嗦，我认得你，你是方干头。

霍品说，我不是。

二丫固执地说，你就是。

霍品叹息一声，替二丫系好扣子，像对二丫，又像自言自语，你躲在这儿，黄毛不知急成啥样呢。直起腰，却和黄毛撞个正着。黄毛目光锋利如刀，狠狠戳着霍品。霍品语气带着责备，咋不好好看着，又让她跑出来了？黄毛恶狠狠道，不用你管！背起二丫，大步离开。

霍品盯着黄毛的背影，久久地。

该死的黄棒子！霍品跺跺脚，便去找他。黄棒子住在村西南，两间土屋，冬天透风夏天漏雨。没有哪个村民肯到这儿，霍品却是常客。每次都是黄棒子惹了是非，霍品不得不来。屋内弥漫着浓烟，好半天，霍品才瞅见蹲在灶坑前的黄棒子。黄棒子显然早就看见霍品，就是不吱声。霍品骂，哑巴了？黄棒子说，霍村长，我不是忙着煮饭吗？你还没吃吧，和我一块儿吃？霍品揭开锅，锅底是清水煮麦子。霍品骂，你咋不把脖子系住呢？黄棒子懒得出奇，小麦不磨面，天天生煮着吃。喝凉水、睡冷炕，吃上顿没下顿，黄棒子却不得病，身体极棒。黄棒子嘿嘿一笑，霍村长来了，当然不能这么招待你，我去买瓶酒。身子便往外挪。霍品喝道，你要是敢跑，我敲断你腿。黄棒子说，我不跑，干吗跑呢？我一没杀人二没放火。霍品受不了烟呛，站在屋门口，狠狠瞪着黄棒子，问，你对二丫干了啥？黄棒子说，啥也没干。霍品骂，你他妈还嘴硬，非到派出所才招？黄棒子忙做老实状，我说我说，我……解了她的扣子。霍品问，还有呢？黄棒子说，我摸了她……挤牙膏似的，一点儿一点儿，说到解了二丫裤带，便顿住。霍品骂，把你嘴里的羊粪蛋全屙出来！黄棒子说，没了。霍品厉声道，等我撬你的嘴？黄棒子带出哭腔，我啥也没干呀，我想干来着，她一笑，我就怕了。霍品盯黄棒子好一会儿才说，这笔账先记着，等我有空儿再收拾你。狗日的，竟然打二丫的主意。黄棒子忙不迭保证，霍村长，我再不敢了。霍品哼一声，转身就走。黄棒子外表张狂，却没胆子，霍品料他不敢说谎。霍品相信自己的震慑是有效果的，至少十天半月之内，黄棒子会老实点儿。二丫已经成了那样儿，若再被糟蹋，就是雪上加霜了。也许二丫不觉，可黄毛呢？还有他霍品……霍品想起黄毛仇视的目光。黄毛恐怕不会相信，霍品对自己在二丫事件上扮演的角色，厌恶而内疚。

二

黄村是霍品的黄村。霍品是黄村的符号。

当然，多年前村民还没把霍品刻在脑子里，霍品也不知把自己放到什么样的位置。霍品当了几年代课教师，乍当村长，脸上依然带着谦和。所以黄村人很难把村长和霍品等同起来。霍品作为村长的出场是在一个夏日。那天，吴老三在家抽打女人，因为女人碰倒了他的酒瓶子。吴老三脾气暴躁，常常为鸡毛蒜皮的事打老婆。吴老三习惯，人们也早已习惯。吴老三女人大概也已经习惯，前晌挨打，后晌就下地了。那日吴老三打得凶，她受不了，挣脱吴老三跑到街上喊救命。吴老三拎着腰带猛追。女人跑进霍品家院子，哆嗦着躲在霍品身后。霍品拦住吴老三，让他放下家伙。吴老三根本没把霍品放在眼里，让霍品躲开，不然连霍品一块儿抽。霍品生气地说，你胆大包天——话音未落，脸上结结实实挨了一下。在场的人都愣了，霍品也有些蒙。霍品没躲。这种时候不能躲，躲就是怕吴老三。吴老三又抽一下——胳膊已有点儿抖，抽在霍品腿上。吴老三终于怯了，霍品从他眼睛里看出来。吴老三骂骂咧咧地离开，霍品却来了精神。他去了一趟派出所，下午吴老三就被铐走了。吴老三在派出所待了一天一夜，出来蔫得好像被拧断了脖子。等在门口的女人说，是霍村长把你保出来的。吴老三忙冲霍品笑笑，霍品警告，再随便打女人，就让派出所收拾他。吴老三赔霍品三百块医药费，霍品用这个钱请派出所吃了顿饭。那一皮带让他意识到村长不仅仅是一个称呼，必须得撑起来。他一个人无法做到，需要帮手。

那件事使黄村对霍品刮目相看。

吴老三收敛许多，却一直怀恨在心。两人再次交锋是因为收提留款，那时收款是村干部很重要的一项工作。吴老三欠着不交，一再拖延。霍品便将吴老三家的电视搬到村部。那是一台黑白电视机，吴老三刚买回不久。之后，吴老三交了款，把电视机抱回去，却咬定电视机坏了，要村里赔钱。霍品明白吴老三趁机讹诈，可是他占着理。霍品不动声色，赔了。等到秋天，吴老三终于撞到他手里。那年胡麻值钱，吴老三偷偷收胡麻——那时尚不允许个人收购粮食。霍品先没理他，待吴老三收了三车，方去报告乡里。主管乡长领着税务把吴老三和尚未运走的胡麻堵在院里。三千块钱罚单，吴老三一下傻了。吴老三低眉顺眼地求霍品说情，未开口先把讹村里的钱搁到桌上。霍品问，电视机没坏？吴老三一副挨了打的样子，我是个混球，霍村长别和我计较。霍品训斥吴老三一顿，去找副乡长说情。吴老三被罚一千，这已经相当不错了。自此，吴老三彻底老实了。对霍品而言，镇服的却不是一个吴老三。

黄村和邻村一直为一块草坡的划界争执，乡里却没拿出明确意见。黄村的牲畜常常被邻村拉回去，邻村的牲畜也常常被黄村赶回来。你罚我的钱，我罚你的钱，各有胜负，谁也没占便宜。霍品早就琢磨这事了。他在等机会，至于什么机会，也说不上。那天，夏疤子背着绝症老爹从医院回来，霍品明白机会来了。夏疤子欠一屁股债，霍品问他想不想还上，夏疤子说做梦都想。霍品说恐怕得让你老爹受点儿委屈。夏疤子说庄稼人委屈算个蛋。待黄村的牲畜又一次被邻村拉回去，霍品让夏疤子把老爹背去，只要对方动一指头，医药费就挣下了。夏疤子明白了霍品的意思，跟老爹一说，老爹相当配合。果然如霍品设计的那样，夏疤子老爹一碰就倒。夏疤子老爹竟然死了。出了人命，事情就大了，乡里出钱，在草坡中间竖了一道网栏，纷争平息。夏疤子没少掉泪，但一点儿不怨恨霍品。他得了一笔赔偿，还了债，替儿子娶了媳妇。霍品对夏疤子说，没想到你老爹会过去。这话有点儿虚。也许，霍品早就料到这个结果。夏疤子不怪霍品，谁还说霍品的不是？

霍品一点儿一点儿把自己撑起来了，跺跺脚，黄村的地皮都跟着颤。

黄村离不开霍品，霍品也离不开黄村，这是他的舞台。霍品喜欢踱在街上的感觉。过去他用粉笔在黑板上写字，现在用脚步在地上写字。每天黄昏，即使没什么事，也要在村里转一圈。转着转着，他就转到别人家炕上。第一个跟他的女人是王阅家的。霍品经过王阅门口，王阅女人喊住他，让他辨认一张钞票。王阅卖菜，每天有进项。霍品对辨认钞票没经验，不知道王阅女人为啥喊他，想必认为霍品什么都行。霍品拿着那张五十元钞票看了一会儿，认定是真的。王阅女人欢喜地说，那就好，吓死我了。她泡了茶，让霍品一定喝了再走。霍品不忍拂她意，边喝边和她说话。茶喝完，霍品也趴到她身上。说实话，王阅女人并不好看，皮肤还粗，也就那对奶子中看点儿。可霍品上了瘾，隔三差五，总要经过王阅家一次。女人带给他的好，不如说是村长带给他的好。

一个夏天过去，霍品对王阅女人的兴趣淡了，但瘾却没减，眼珠子开始在别人身上转。霍品不霸道，不强迫，不是逮谁抢谁。什么都得有度，他很懂。和霍品好上的第二个女人是哑女。说起来，霍品只和这两个女人好过。哑女丈夫大牛犯了事，霍品带哑女去看他。哑女听不见汽车喇叭，不是霍品拽她，她就被撞飞了。哑女还是吓坏了，霍品冲她打手势，没事，没事。哑女突然扑进霍品怀里，揉了霍品一胸脯眼泪。霍品没想到自己会喜欢哑女。回村后，霍品总是回去想哑女依恋的眼神。一个黄昏，霍品走进哑女家。大牛判了一年，给了霍品机会。大牛出来，霍品仍然和哑女好着。霍品给大牛不少照顾，两人相安无事。

霍品是黄村一棵树，遮天蔽日，他喜欢个女人算什么？

可是，吴石上任，把一切都改变了。吴石让霍品栽了跟头。

三

睡到半夜，玻璃突然爆裂，霍品的腿同时被重重击了一下。霍品第一个动作是拉灯，灯绳在炕沿边，几下才摸着。电压不够，日光灯管闪烁半天，勉勉强强亮了。被子上丢着半拉砖头和碎裂的玻璃渣子。赵翠兰坐起来，妈呀，吓死了。霍品斜她一眼，又不是第一次，有啥吓的？赵翠兰叫，你让砸出瘾了？发什么呆？追呀！霍品说，早跑了，去哪儿追？赵翠兰拿来簸箕，霍品把玻璃渣子抖进去。这一弄，两人没了睡意。赵翠兰让霍品报案，这么下去，总有一天砖头会砸到脑袋上。霍品说，这么点儿事，值得满世界嚷？赵翠兰气呼呼的。还嫌事儿小？一个村长让人欺负到这份儿上，还想要啥大事？霍品横她一眼，闭会儿嘴行不？没人把你当哑巴卖了。赵翠兰没闭嘴，当半辈子村长，越当越萎缩了，你在外面干了啥？霍品吼，有完没完？霍品一生气，赵翠兰就噤声了。

霍品不报案，并不是不在乎，半夜让人砸玻璃，说什么也憋屈。已砸过好多次了，隔几天就得换次玻璃。也不是害怕，在黄村谁能让霍品害怕？霍品不愿声张，是因为知道是谁，正是因为知道，才怕他露出面目。如果霍品有所惧怕，也不是怕那个人，而是怕他自己，怕他内心深处的诘问。

刘会计每天早上都要到霍品这儿看看，霍品没别的指派，他方去忙自己的事。霍品喜欢他这一点，他是霍品用的第三任会计，跟霍品多年了。霍品家的私活儿有一半是刘会计张罗干的。安玻璃的事霍品不用刘会计，不想让刘会计知道。刘会计进门，霍品已经把玻璃安好。

霍品让刘会计去趟乡上，帮他买一箱玻璃，并按上次的尺寸划好。刘会计失声道，那么多，都用完了？霍品说，这年头什么都费。刘会计满脸疑惑，但没再问。霍品说，快去吧。刘会计却站着不动。霍品问，还有事？刘会计犹犹豫豫的，霍品不耐烦了，问他嘴巴是不是缝住了。刘会计方说他听到个信儿，不知真假，那排红房子卖了九十万。霍品猛地盯住他，这么多？刘会计说，是啊，谁能想到，一排破房值那么多钱，造价撑死也就三十万。霍品觉得一枚钉子从喉咙滑进肚里，但还是嘱咐刘会计，没影儿的事，别乱传。刘会计说晓得了。刘会计走了好一会儿，霍品表情仍然僵着。其实，霍品已猜到吴石这着棋，但没想到卖这么多。九十万，对黄村来说是天文数字。霍品想到吴石的比喻：一块蛋糕。如果说这是一块蛋糕，大半拉已被吴石啃了，余下的一小块还沾了泥土。

农民对“上面”怀着天然的敬畏，任何管着他们的都是“上面”。霍品也敬着上面，但他不畏，不把上面当回事。霍品是块难啃的骨头，捋顺霍品，一切都顺；霍品这儿卡了壳，黄村就是一块铁板，什么也插不进去。那年，黄村砍了一批树，清一色钻天杨。数个乡干部都“买”，当然没一个带现钱。霍品没让他们打欠条，只写了棵数。没价钱，谁还当回事？一个毛头乡干部自己拉了一车，似乎觉得这便宜好占，又给亲戚弄了一车，一并写了条。数月无事，那些人早忘到九霄云外。年底,霍品拿着那个毛头的条要钱。毛头挺恼火,霍品不亢不卑地说,村民急了,要告我,我倒不怕,一个破村长有什么当头?我是替你担心,告到纪检委,就不是还钱的事了。毛头生气地说,你也太黑了,松木也没这个价。霍品说,没砍的时候价就定了。毛头说,你怎么不说?霍品说,没打算跟你要,一说价不是驳你面子?你不问,我怎么好说?毛头觉得当了冤大头,和霍品吵起来,结果吵得全乡都知道了。乡长从中调解,让毛头还钱,但价格太高,乡长往低压了压。霍品给足了乡长面子,其实,价格也没低到哪儿去,原来就是故意定高的。霍品只找毛头一人催账,事后那些买树的都悄悄把钱给了,包括乡长。霍品没当众催要,说起来,这是很大的人情。一个晚上,霍品又把乡长的钱还回去。什么事都不能太绝,霍品绝不会为一车树打乡长的脸。乡长责备霍品,你这是让我犯错误啊。霍品说,一车树的主我都做不了,还当这个村长干什么?

黄村的便宜不是随便占的,没人轻易和霍品开口。霍品的硬,使历任书记乡长都让他三分。但霍品绝不以硬碰硬,而是以软对硬。村长对于上面不过是一颗鸡蛋,但谁又能轻易把鸡蛋捏烂呢?

当然,吴石例外。

吴石上任前,有关他的消息已漫天飞扬。其一,吴石是本乡的女婿。其二,吴石有一段颇为传奇的经历。吴石原本是某局司机,不过一个职工,可他撞了运气。一位县领导与某位女士关系暧昧,女士丈夫不好惹,揣了刀子找县领导算账,地点在宾馆大厅。谁也没想到竟然有人在大庭广众之下行刺领导,那么一干人竟呆若木鸡。吴石正在沙发上等人,冲上去护住县领导,并将行刺者制服。吴石挨了一刀，并无大碍。没多久，吴石转成正式干部，仕途一帆风顺。关于吴石的综合评价，知底儿的人都说，有能力，但有点儿狠。

霍品第一次见吴石便觉出吴石的狠。吴石的语气眼神，一点儿没有掩饰。一个村长小声道，不是善茬儿，这下可得小心了。霍品淡淡一笑，不是不屑，而是认为吴石狠归狠，但不足以让人怕。

几天后，霍品领教了吴石的厉害。吴石召集村长开会，霍品晚了半小时。不是故意，他不当出头椽子，那天确实有事。临出门，小学校报告，教室被盗，丢了几节炉筒。霍品去现场看了，交代刘会计处理，然后往乡上赶。他不想第一次开会就给吴石留下不良印象，还是误了。霍品歉意地冲吴石点点头。吴石说你迟到了。霍品想解释，吴石却不给机会，说，劳驾你站一会儿，我把多余的凳子撤了。霍品瞅瞅，果然没有多余的凳子。霍品就那么在会议室站着。他没有走开，那样就把关系撕裂了。吴石不给他面子，他得给吴石面子。肚子里，霍品的火几乎把五脏六腑烧焦。怎么说他也是一个村长，吴石竟然像个毛孩子一样训他。谁开会没迟到过？谁又拿这个认真过？

若是别人，吴石那天也不至于这样，他知道霍品的头难剃，偏拿霍品开刀。

吴石给每个村长配一部手机，当场发放，并且要求村长们必须带在身上，以便随时联系。霍品享受着同等待遇。饭桌上，吴石单独给霍品敬了杯酒，说，我不是冲你来的，谁迟到都得这样，没规矩不成方圆。霍品满脸带笑，我没意见。本来要说自己迟到的原因，忽然打消了。霍品没把手机带在身上，丢了。当然，怎么丢的，只有霍品自己清楚。霍品给派出所所长老闫打电话，老闫问在哪儿丢的，霍品说在路上。老闫说这个没法找。吴石知晓，让霍品自己配一部。霍品说我再找找，吴乡长配的手机，我怎么能丢呢？吴石催了几次，最终不了了之。吴石没把霍品怎么样，他能管住霍品丢东西？手机事件，两人算交个平手。

再次交锋是收戏台款。吴石建了一个戏台，戏台外建了个广场，费用按人头摊。各村都交了，唯有霍品赖着不交，他原本就没收。霍品赖惯了，赖上一两年就成了账。黄村欠乡里账最多。再者，霍品对吴石这项工程有意见，建戏台也就罢了，广场有什么用？谁没事干跑大老远的路逛广场？吴石请霍品喝酒，霍品烂醉，稀里糊涂写了欠条签了名。第二天，陈秘书便拿着欠条索要。历年的账，霍品都没打过条子，这个条子逃不了。霍品上了吴石一当，也看到吴石的另一面。吴石是没套路的，不按牌理出牌。

黄村遭受了百年不遇的洪水，学校成了危房。霍品找吴石，吴石说上面正好给每个乡建一所项目学校，就安排给黄村吧。吴石也许觉得那次过了，想弥补一下。他让霍品做预算，工程款很快到。

准备工作进行到一半，吴石把霍品召去。听完霍品汇报，说有件事和霍品商量，然后拐弯抹角表达了意思，要让秦小龙承包学校工程。霍品吓一跳，想吴石胆子也太大了。秦小龙是吴石内弟，外号秃子。秃子父亲——吴石岳丈是杀猪的，也算乡上的富户。秃子不谋正业，整天骑辆摩托招摇过市，见女孩就调戏，曾因流氓罪进去过，虽然只有半年，毕竟是坐过牢的。秃子承包，哪靠得住？吴石看出霍品的顾虑，说秃子联系了工程队，那个工程队曾建过大楼，还说给秃子找个事做，不能再让他混了。吴石还未曾用这样知己的口气和霍品说过话，况且项目款要经吴石的手，霍品怎能再不识相？然而霍品就像被掐住脖子似的，感觉呼吸不畅。让秃子罢手，除非他自己退出。霍品冥思苦想。那天，刘会计无意中说起小姨子的事，霍品突然有了主意。刘会计小姨子风骚，跟个已婚男人同居五年，那男人突然死了。找了几次对象，都因名声臭而告吹。霍品说反正在你家吃闲饭，村里给她找份差事吧。刘会计满心欢喜。霍品说出自己的计划，刘会计害怕了。霍品说放心，你小姨子少不了一根汗毛，就算少一根又咋的？刘会计勉强同意，说千万别让他媳妇知道。霍品说除非你嘴不严。那天，秃子到黄村实地考察，霍品留他吃饭，安排刘会计小姨子掌勺。不出霍品所料，没多一会儿，秃子就和刘会计小姨子眉来眼去。霍品装糊涂，频频向秃子敬酒，把秃子灌得云山雾罩。中途，霍品和刘会计撤离，去“处理”一桩事，嘱咐刘会计小姨子暂且陪一会儿，然后霍品通知刘会计女人到村部开会。刘会计女人极其泼辣。待霍品和刘会计两人返回，刘会计女人已在秃子脸上抓了两把。秃子抱着她妹子乱啃，被她撞个正着。刘会计小姨子嘤嘤哭，一副被欺侮的样子。

霍品把秃子抢出来，说你这祸闯大了，人家告你强奸呢，你究竟干没有？秃子说，你不都看见了？霍品骂，屁话，我看见还由你胡来？你好好想想。秃子的脑袋已是一盆糨糊，自己也搞不清了。霍品给吴石打电话，吴石开车来了。

吴石把秃子臭骂一顿，让霍品处理。霍品说这也简单，女方提出让小龙娶她，不然可能有些麻烦。轮到吴石吃惊了，这成什么了？难道她嫁不出去？霍品说，吴乡长说对了，她真嫁不出去，不是丑，长得蛮俊的，只是……名声……也算不了啥，小龙愿意，我倒愿意做这个媒。霍品极其诚恳，秃子似乎动心了，向吴石投去询问的一瞥。吴石瞪他一眼，他低下头。

吴石甩出两千块钱，事情就算平息了。秃子撤离黄村。

霍品占了上风，但最终被吴石耍了。校舍竣工，霍品方知吴石把项目给了另一个村。吴石说，一位县领导打了招呼，我不得不这样，有机会再给黄村吧。

四

霍品围红房子转了一圈。红墙红屋顶，门口那块石头也是红的，异常刺眼。房是秃子盖的，当然，房主绝不是他。去年盖起一直空着，就等着卖呢。刘会计说得没错，房的造价撑死也就三十万，转手就是九十万。如果房子易主，绝不会值这么多钱，话说回来，谁能想到在此处盖房？其实，吴石早就动作了，只是他压着，没人知道。吴石设计得滴水不漏，蛋糕却吞进自己肚里，还用了冠冕堂皇的理由。

难怪吴石如此逼迫。

霍品想到吴石咄咄逼人的目光。吴石既然把红房子卖了，绝对要签这个协议。霍品硬顶，吴石会把霍品拿掉。吴石做得出来，霍品被他拿掉过。村长这顶帽子很轻，一旦拿掉，霍品方知对自己是多么重要。

校舍的事让霍品陷入被动。包工头是霍品找的，砖石木料全是包工头垫的，说好竣工一并结清。包工头老郝是个粗人，问霍品有准儿没。霍品说当然有准儿。老郝说不按时付款，我就把房子扒掉。吴石说上面给二十万，霍品和老郝签的是十八万，想用另外两万买点儿桌凳啥的。如果秃子做这个事儿，霍品肯定挤不出两万。霍品没想到吴石来这一手。老郝知道房款没了影儿，急了，把霍品堵在家里，脏话连篇。霍品也火了，说你不把嘴洗干净，有了也不给你。老郝威胁要扒房子。霍品冷笑，敢扒你就扒，就算是你盖的，也是破坏，不让你坐几年牢我就不姓霍。老郝待了半晌，号啕大哭。霍品很难受，他没想过骗老郝，他是被一步步推到这儿的。老郝哭累了，又可怜兮兮地和霍品说好话。霍品安慰，别急，我会想办法，这么大个村，还能欠下你的？老郝问什么时候，霍品说有钱通知你。老郝隔三两天就来催一次，说别人怎么怎么催他，老婆也提出离婚，霍村长，你救救我吧。霍品找方干头贷了八万，算是消停了一阵。霍品完全可以摊派下去，但他不愿意那么做。霍品憋着一口气，不想这么输给吴石，想找机会把钱从乡里搞回来。黄村建校舍欠账，对吴石大小也是压力。一旦摊了，与吴石就没多大关系了。

霍品找了吴石几趟。他不能像老郝那样堵着吴石骂脏话，也不能像老郝那样痛哭流涕，说老婆离婚之类的话。他依然像过去那样，眼里含着谦和，话里带着恭敬。那是下级对上级、一个村长对一个乡长应有的姿态。吴石也不恼，让霍品想办法。他说，这点儿钱能难住你霍村长？这世上还有你办不到的事？霍品听出吴石话里的挖苦，自嘲道，一个村长，跟苍蝇差不多，谁不敢踩？吴石说，别作践自己嘛，办法一块儿想，怎么样？霍品再去，问吴石想出办法没。吴石说，我又不是如来佛。霍品提出跟乡里借点儿钱先打发老郝，吴石哈哈一笑，说老霍你这办法倒是不错。忽然收紧脸，要不，你来当这个乡长？这话棒槌一样，硬硬捅进霍品嘴巴。霍品半晌方干笑几声。吴乡长，我不过开个玩笑。

霍品尝到了吴石的狠，吴石是要往悬崖逼他。秃子的事，吴石自然早就明白过来了。这么找下去，怕是没指望。霍品想了个主意，组织村民到县政府静坐，不信县里不管。霍品也知道此招冒险，说不定他的村长就当到头了。因为这份担心，霍品一直犹豫。

吴石嘴上硬，其实对霍品很不放心。数日后，就把霍品拿掉了。没有什么程序，吴石一句话，霍品就成了老百姓。二十年的村长，霍品以为自己坐稳了，可吴石舌头一卷，他就摔下来，简单至极。当然，吴石是有借口的，霍品长期霸占一位残疾妇女。吴石说，把你免了也算是对你的保护，不然你得吃官司。霍品想到哑女，不相信哑女会告他。霍品没有承认，说，吴乡长，我可是清清白白的。吴石叹息，到这一步，你还硬撑？打了个电话，老闫把一个人带来。

是大牛。

霍品的心软软地颤了一下，目光却冰冷、坚硬。大牛慌了慌，很快迎住霍品。霍品明白，吴石给他吃了定心丸。霍品依然不承认，大牛不能代表哑女。哑女不会背叛他的。霍品提出和哑女对质，如果是事实，宁愿坐牢。吴石说你当着村长，他们怕你，这个质没法对。上了公堂，你想怎么对怎么对。不过把事情闹大，收场就难了。

霍品想到瘦弱的哑女，她肯定不知道大牛告状。她还得和大牛过，霍品照顾不了她一辈子，也不想搞得满世界都知道。况且，吴石决意拿他，哑女的态度并不重要。

没了村长的帽子,霍品不再是从前的霍品了。跺跺脚,黄村没什么感觉了。霍品依然在黄昏中穿过街道,那些常喊霍品进屋吃饭的人,见霍品过来便转了身,留给霍品一个僵硬的后背,如果来不及转身,便抛出一个笑,干巴巴的,没一点儿水分。霍品万分失落,娘的,都是势利眼。吴老三被霍品搞过两次,一直服服帖帖,逢年过节必定要把霍品叫到家里。如果喝了酒,必定躲着霍品。那天在街上撞见霍品,吴老三不但没躲,反迎着霍品走过来。吴老三嘿嘿笑着,霍品皱眉道,你小子又喝多了。吴老三哑着嗓子说,喝多了又咋样?我的酒我的嘴,想咋喝咋喝。吴老三出了次车祸,脖子被树枝扎了窟窿,变成哑嗓子。霍品说,那你就往死喝吧。吴老三嘿嘿着,你倒了,你也有今天啊。霍品冷笑,你逞什么能?你放肆,我照样收拾你。吴老三说,是吗?我好害怕……嘿嘿。吴老三摇摇晃晃离开,显然不信霍品会翻身。霍品虽然那样说,但明白自己的话已经失去威力。吴老三赤裸裸地嘲笑他,别人虽然没吴老三张狂,可是霍品更加不舒服。连赵翠兰也嘟嘟囔囔地抱怨。她去小卖部买东西,不过短了两毛钱,生生让人家把五十块钱破开,过去欠三块两块推着不要。赵翠兰说哪个村的摊派不比黄村多,哪家没沾过你的光,现在……哼,一个比一个没良心。霍品让她闭嘴,没人当她哑巴卖了。霍品只剩这一招了。赵翠兰说,我是哑巴,你还舍得卖?霍品狠狠瞪她一眼,她的嘀咕方轻烟一样没了。

只有一个人没因霍品栽跟头而对霍品另眼看待:哑女。霍品偷偷去看过她,她问霍品怎么不当了。霍品比画,他不想干了,有点儿累。哑女问当村长比种菜还累?霍品说累多了。哑女说她不信,还做了个顽皮的表情。霍品笑笑。霍品到来，对哑女是节日。她把自己打扮得漂漂亮亮，然后才开始脱衣服。那天，霍品看着哑女瘦瘦的胸脯，重重地叹口气，把衣服给哑女披上。哑女抱住他，一脸愕然，那眼神分明在问霍品怎么了，不喜欢她了？霍品说自己不舒服。哑女不信，固执地摇着他，询问。霍品只好说，你和大牛好好过日子吧。哑女明白霍品要和她断，眼里蓄满泪水。她不死心，依然用眼神问她哪不好了，霍品为什么要离开她？霍品在她肩上摁摁，如果再和她来往，她的日子不会安宁，可这些话没法和她说。哑女执拗，如果她说自己不怕呢？霍品怎么回答？说他害怕吗？

霍品掩门出来，身后传来啜泣。霍品顿顿，终是没有回头。他没资格找哑女了，也没了那种雄心勃勃的感觉。

吴石捋他的时候，霍品还有些不在乎，现在他的心境彻底变了。他是在乎的，非常在乎。他甚至后悔轻易放弃，他应该想法捂住那顶帽子。当然，霍品不会死心塌地认输。他开始考虑怎么上去，他和村长应该叠在一起，那个位置属于他霍品。现在的村长是代理，转过年要正式选举，霍品的心思草一样疯长着。

有两个人比霍品还急，一个是方干头，一个是老郝。

方干头官名方福，开着榨油厂、面粉厂，是黄村首富。方干头个儿不高，脑袋连三两肉也剔不下来，乍一看像骨头上绷一张皮。哪个女人愿意嫁这样一个男人呢？丑不说，还穷。可方干头没打光棍儿，从邻村娶了一个软骨女。那女人上身好端端的，两条腿却麻秆一样。谁能想到方干头会暴发呢？有了钱，方干头腰板硬了，说话口气也不比从前，只是脑袋还是那样干巴。脸皮绷得太紧，一丝肉都长不出。

那八万块钱,霍品就是和方干头贷的。霍品倒了,方干头当然着急。他问霍品就这么认了?霍品说不认咋的?我还能把乡长杀了?方干头说你拍拍屁股歇凉了,我的钱咋办?霍品说谁也欠不下你的。方干头说理是这么个理,可你都弄不上钱,别人又有啥办法?霍品说我是没辙了,办法你想吧。方干头一闲了就找霍品,这家伙鬼主意挺多,但没一个用得上。

老郝三五天就找霍品一次,每次还要在霍品家住一夜两夜的。老郝不再大着嗓门叫,没用;也不再低声下气,霍品已不是村长了。他缠,死缠。霍品说你找新村长吧。老郝说冤有头债有主,我就找你,不给钱,我就住你家了。霍品说愿意住你就住。老郝喜欢热炕,早早把位置占了,赵翠兰只得挪窝儿。老郝能喝水,一夜下几次地,在尿盆里冲出朗朗的声音。赵翠兰不乐意了,每日供老郝吃喝,还得给他倒尿。她和霍品抱怨,霍品说老郝也可怜,女人撵得不让他回家,他能去哪儿?赵翠兰问,你要养活他了?霍品说,还不上钱,我就得养活他。赵翠兰就躲出去,到了吃饭时间,又得乖乖回来。那个春节,老郝就在霍品家过的。赵翠兰到女儿家过年了。女儿在县城,是一名小学教师。霍品和老郝面对面喝酒,老郝醉眼蒙眬,但愿新的一年咱俩能两清了。霍品问,还欠多少?老郝说,装什么糊涂?整整十万。霍品说那是先前,你在我家住了四十六天,连吃带喝,哪天不得一百块钱?老郝几乎跳起来,你讹人!霍品说,你可以告我去。老郝呆了半晌,声音就稀了,我实在没地方去啊。霍品嘿嘿一笑。你敞开住,我说着玩儿呢。老郝却不踏实了,说你要是讹我,我就死在你家。

霍品尽量装出轻松样儿,心里却憋得几乎发霉。他霍品咋就狼狈成这样呢?不,这不是他。老郝的缠磨在某种程度上坚定了霍品的决心。他必须上去。

第二年选举,霍品终于把那顶帽子抓在手里。吴石对选举结果挺意外,话中有话地说,群众基础不错嘛。霍品谦卑地笑笑,谢吴乡长夸奖。吴石说,好好干吧,别辜负大家的心意。霍品说,我记着。

霍品记着吴石的狠,他绝不会轻易任吴石摆布。可在鸡心湖这件事上,霍品还是踌躇了,那九十万如一群蝴蝶在脑里飞舞。吴石是一定要把蛋糕吞进肚里的,霍品能拦住他吗?霍品想起吴石扬着那封信的样子,是的,吴石还会下手的,如果霍品成了拦路石。与其这样,不如顺着吴石,也算送吴石个人情。挺窝囊。可有什么办法呢?他的村长还得当下去。

五

霍品进屋,吴老三两口子同时站起来,一副受宠若惊的样子。霍品再次当选,第二天吴老三便给霍品道歉,说那天喝多了,让霍品别计较,还说他投了霍品一票。霍品挖苦,这么说我欠你的情了?怎么个还法?请你喝酒?吴老三忙说,我请霍村长喝酒。从此,吴老三三天两头请霍品,霍品当然不会去。一年也没把霍品请去,现在霍品竟然主动上门。吴老三斥责女人,呆头呆脑的,倒水呀。吴老三声音嘶哑,目光却凶。其实吴老三脑瓜蛮活络,只是嗜酒如命,毁了自己,也害了别人。那次出车祸就是酒后驾驶,一位搭车的老汉摔出几米远,当场身亡。看病,赔偿,踢光了家底,还背了外债。

霍品和吴老三说了两句，闻得一股菜香，问，还没吃饭？吴老三神色带了些兴奋，霍村长是稀客，上门不容易呀。霍品明白过来，正色道，我不是来喝酒的，我还有事。吴老三生怕霍品跑了，堵在门口，喝一点点，就一点点。转眼，吴老三女人已把酒菜摆上。霍品推托，吴老三说，霍村长怕啥？我不会下毒。霍品说，说好了，就一点儿。吴老三说，多了我也不敢呀。

一喝上吴老三就控制不住了，一口一杯。霍品见吴老三女人神情紧张，让她把酒瓶拿走，今儿就到这儿。霍品提出湖边土地的承包，吴老三和女人面面相觑一会儿，问，听说有人要把鸡心湖买了，这么说是真的？霍品纠正，不是买，是承包，三十年期限，三十年后还是黄村的。吴老三说，还不一个样，没准儿三十年就成了他自己的，这老板也邪了，干吗还要承包湖边的地呢？霍品说，搞旅游，光有一片湖不行。吴老三问，一亩给多少承包费？霍品说，三十。吴老三又问，一次结？霍品顿了顿说，一年一付。吴老三骂，这老板也太欺负人，凭什么来黄村占便宜？霍品说，这得从大局出发，鸡心湖开发对黄村是有好处的。霍品把吴石的话照搬过来。吴老三说，不划算呀，我八亩菜地，每年怎么也得收入几千块，让给他，才两百四十块钱，这点儿钱连吃粮都买不回来。霍村长，我还欠一屁股债，就指望种菜还呢，承包了，谁替我还债？吴老三说的是实情，其实霍品何尝不知？可吴石催得紧，顺着吴石，只能牺牲吴老三之类。这些话霍品不能说，只说是上面的意思，并提出在别处划一块地给他。吴老三说，地和地能一样？霍品明白吴老三的意思，一块好菜地几年才能养出来。这么做对吴老三不公平，可既然说出来了，就不能把话收回去。霍品说，已经定了，你不同意怕是不行。吴老三问，没法改了？吴老三身子前倾，脖子伸得格外长，如一只待宰的羊。霍品第一次看见吴老三可怜兮兮的样子，被派出所铐了也没这样。霍品觉得自己的心开始融化，已经有了水迹，可他最终控制住自己，硬了声音道，不能改了。吴老三不死心，我要是不同意呢？霍品反问，由你吗？

吴老三女人哭了。先是一绺细细的水，很快便成了挟带着泥沙和石块的洪水。吴老三骂，号啥丧？老子还没死！吴老三女人想压制，嘴巴闭住，声音却从鼻腔往外喷，鼻孔大张。吴老三不敢和霍品撒火，只好借女人出气。

霍品站起来，已经没有再待下去的必要。

吴老三喊住霍品，霍村长，我想再问问，我不同意，是不是要坐牢？

霍品觉到吴老三言语的冷硬，停了停说就算让你种，你的菜怕也要变成一堆垃圾。

吴老三说，变成屎我也不怕。

霍品问，这么说，你就是不同意了？

吴老三没有马上回答，迎视着霍品，目光红得怕人，似乎要把霍品吃掉。霍品轻轻笑笑，吴老三的目光突然凉下去，一根根折弯。吴老三说，我不甘心啊。

霍品说，我再和上面争取点儿补偿。

吴老三说，霍村长，我不怕上面，上面能把我怎样？顶塌天就是坐牢。我……你说话了，我听你的。吴老三终于掂量出来，和霍品顶是没有好结果的。霍品说出来，自然有招数让他服。他对抗不了霍品，就像霍品对抗不了吴石一样。这种时候，吴老三没忘向霍品卖好，不就是证明吗？吴老三的恭顺其实是无奈。

霍品把吴老三搞定，却没一点儿喜悦。

黄村的夜晚是宁静的，偶有一两声狗吠。对霍品来说，白天和夜晚没什么区别，旮旮旯旯都熟悉。他的脚踢到一块石头，估摸鸡蛋大，石块在地面划出声响。霍品没有直着走，他寻到石块，又踢了一脚。霍品知道自己在踢石块，可不知干吗要和石块过不去，踢出去就觉得舒服一些。就这样，他一直把石块踢到黄棒子门口。

黄棒子的屋和夜晚一个颜色，霍品喊了两声，没人应。他推推门，门开了，伸进头喊，黄棒子，开灯！没有声音，这家伙又去瞎逛了。黄棒子从来不锁门，他不用担心丢东西，实在是没东西可丢。霍品正要离开，忽然闻见一股腥味。再嗅嗅，确信了自己的感觉。霍品摸了一会儿，找到灯绳。突然一亮，霍品的眼睛竟然发黑，但还是一眼瞅见散在地上的鸡毛。揭开锅盖，腥臭直冲鼻孔。水面上依然漂着鸡毛。霍品骂声娘，把锅盖住。屋内尚有烟气，黄棒子肯定没走远。霍品拉灭灯，决定守株待兔。

仅一会儿，霍品就适应了屋内的气味。霍品觉出哪些地方不对，想想，赶紧拉着灯。是的，没找见鸡的影子。黄棒子肯定没来得及煮，可鸡到哪儿去了？黄棒子听到他的声音躲了？偷鸡是黄棒子的老毛病，霍品收拾过他一次，黄棒子收敛不少。霍品对黄棒子恩威并施，平时没少照顾他。黄棒子没的吃就找霍品，霍品损他，却不缺他食粮。咋也不能饿死人呀——当然，霍品清楚黄棒子饿不死。黄棒子没钱交电费，被掐了电，霍品和电工打招呼，电就接上了。霍品有自己的考虑,有个灯,黄棒子还能在屋里待会儿,黑灯瞎火的,他该整夜瞎逛了,那就真是祸害了。他虽然怕霍品,可精力过剩,难免搞出点儿什么。

霍品没想到黄棒子又犯了毛病。

站了很久,黄棒子依然没露面。霍品骂声娘,离开。谁知道黄棒子会不会逛一夜?霍品脑里闪出二丫痴痴的样子。这家伙该不会……心顿时沉甸甸的。

霍品问赵翠兰有人找他没,赵翠兰说没有。霍品纳闷,丢了鸡该有人告状才对。

第二天,霍品把黄棒子堵在被窝里。黄棒子边打哈欠边揉发红的眼睛,黄村长,我正做梦入洞房呢,你再晚来半小时,我的好事就成了。霍品喝道,你还扯白皮!黄棒子马上正经了,看着霍品说,我没干犯法的事呀。霍品问,地上的鸡毛是怎么回事?黄棒子顿时慌了,你来过?霍品冷笑,你还想赖?黄棒子露了怯,却咬定没偷,说谁家丢鸡,他就剁只手给他。轮到霍品犯怔了,如果黄棒子偷了,没这么气冲。霍品盯住他,问,鸡毛是怎么回事?黄棒子说,反正我没偷。霍品突然想到什么,问,你从别村偷的?黄棒子嘻嘻笑,兔子不吃窝边草嘛。霍品骂,狗日的,越偷越胆大了,你以为去别处偷我就管不住你了?黄棒子小声道,别的村也不行?霍品说,不行!黄棒子说,我改,我改!霍品问鸡哪儿去了,黄棒子犹豫一下,说拿饭馆换钱了。

霍品训了几句,忽然说,湖边的地别种了,你这号人占着也是浪费。

黄棒子紧张了,好歹打点儿粮,不种我吃啥呀。

霍品说，我替你承包出去，到时候自会给你钱。

黄棒子嘿嘿几声，你就是为这事找我吧？

霍品问，怎么，不愿意？

黄棒子说，愿意，我的事你做主。

霍品说，就这么定了。你长记性啊，别给我惹麻烦。

黄棒子说，一定一定。

黄棒子比吴老三还容易搞定。湖边土地的户主虽有七八家，有一半在外打工，目前种的只有四户：吴老三、黄棒子、大牛和黄毛。这四户同意承包，难题就解决了。可霍品也知道，剩下的两户有点儿麻烦。哑女和黄毛毕竟不是吴老三和黄棒子，吴老三和黄棒子怕霍品，但哑女和黄毛不会。相反，霍品倒有点儿怕他们，尤其是黄毛。

六

霍品喜欢喝浓茶。他不喝绿茶、花茶，而是喝砖茶。砖茶水黑红黑红的，喝一口，满嘴都是香气。每天晚上，赵翠兰早早熬好，不管霍品回来得多晚，必定要喝。

晚饭后，霍品本打算出去，一搁碗，赵翠兰已将一杯茶端上，霍品就没动。喝了一口，马上问，换新茶了？赵翠兰说，换了，你一年得四五块。霍品随意问现在多少钱一块，赵翠兰迟疑一下，说比以前贵了。霍品咬住不放，贵了？贵多少？赵翠兰支支吾吾。霍品挺恼火，你又白拿人家东西了？赵翠兰手贱，别人随便让让，不管是真是假，她是不客气的，霍品没少说她。赵翠兰说你少给我扣帽子，这是别人送的。见霍品盯她，补充说，方福给的。霍品问送了几块，赵翠兰说五块。霍品的声音里带着狠，他送你就要？赵翠兰嘴硬，不就几块砖茶吗？你又不是没收过他的东西。霍品突然火了，你倒有理了？送回去，现在就送！赵翠兰委屈地说，你看我不顺眼，也不能这么找碴儿吧？我看你让免了一次，胆子吓破了，半夜让人砸玻璃吭也不吭，为几块破茶大嚷大叫。霍品重重将茶杯放下，赵翠兰闭了嘴，装了余下的四块就要出去。那块劈下一个角。无论如何不能还了。

恰好方福进来，问赵翠兰要出去啊。赵翠兰嗯了一声，用目光勾着霍品。方福看看霍品，再看看赵翠兰手里的东西，顿时明白。他一把夺过来，搁在炕上，霍村长，你这是把我当外人啊，不就几块破茶吗？霍品看赵翠兰一眼，赵翠兰识趣地退出。霍品这才说，不能惯她这个毛病。方福说，跟嫂子没关系，要怨就怨我。方福扭着脖子，表情生动，这使他的脑袋看上去更小，而肚子蛮横地腆着，仿佛一只竖立的乌龟。霍品摆摆手，那个话题就此掐断。

方福自己倒一杯茶，坐在霍品对面。他的随意显示着和霍品关系的特殊。没错，方福有资格这样。霍品否认不了，只是不舒服。

方福呷了几口，说我也开始喝砖茶了，我觉得砖茶味贼香贼香。霍品淡淡一笑。砖茶味道虽香，毕竟上不了台面，比那些名贵的绿茶、红茶差远了。霍品喜欢喝是因为离不开，不喝砖茶他的消化就极其糟糕。霍品没对旁人说过，赵翠兰也不知道，方福这还不是瞎起哄？

方福直来直去地问，那事怎样了？霍品明白他问的是什么，装糊涂，什么事？方福说，鸡心湖啊。霍品哦了一声，正弄着，不知协议什么时候能签。方福问，卡在哪儿？湖边的地？霍品讨厌方福，又知道自己必须敷衍，村里毕竟贷着方福八万块钱。鸡心湖承包出去，方福的钱才有指望。霍品点点头。方福叫，那还是个事？这难不倒你嘛。霍品说，涉及个人，不能硬来，搁你头上你愿意呀？一亩三十，比自己种差远了，不愿意承包也在情理之中。方福问，那怎么办？霍品说我还没想出来，总会有办法的。方福说我相信你，黄村没你办不成的事，你是能人，我方福也不是谁都帮。霍品的厌恶又涌上来，冷冷盯着方福，你知道给黄村多少承包费？方福说，不是三十万吗？霍品说，是三十万，分三十年给，一年一万。方福的眼顿时硬了，照这么付，我的钱什么时候能还？霍品说，急啥，连利息算，十年怎么也够了。方福呆了半晌，又道，这也太长了，再说，村里还欠包工头的钱，他一定也盯着呢，到时候你给谁？霍品想，好，你自己把问题抛出来了。他的回答很圆滑，没什么意外，当然先还你。方福并没因霍品的承诺踏实，起身给霍品续满水，没再给自己续。他说，霍村长，咋说也得先替我考虑啊。霍品说，当然。

送走方福，霍品站在院外墙角撒尿，觉得异常痛快。终于杀了方福的气焰，方干头，以为你是谁呀！

一声凄厉的笑划破夜空。

霍品突地打个寒战，那点儿快感顿时消失，他知道二丫又跑出来了。黄毛稍有疏忽，二丫就往外跑。笑声消逝，可分明又在霍品耳朵里钻着。如一柄钢钻，狠狠往里扎。如果刚才对方福只是厌恶，现在则是痛恨了。方福对二丫造了孽，可霍品充当了什么角色呢？那是霍品不愿触及却又躲不过去的痛。

霍品再次当选，方福立了头功。方福生怕他的钱打水漂，天天给霍品出主意。那日，方福说他出点儿钱，给村民点儿甜头。霍品早就想到了，但他没那个闲钱，就算有，也不愿意那么做。花钱买选票，霍品做不出来。他没点破，等方福自己说出来。霍品并没附和，让你破费，这不合适。方福说，为了你，我豁出去了。霍品还是不同意，不行，不能这么干，乡里知道那就麻烦了。霍品这样，方福更坚定，他说，这事你甭管了，有什么问题也跟你无关，我只问你一句话，你当了村长还记住我不？霍品笑笑，黄村人谁都记得你，贷了你的钱嘛。

霍品如愿以偿。方福也没花多少钱，不外乎吃点儿饭喝点儿酒。可在方福看来，没他，就没霍品今天这个村长，不管心理上还是架势上，总想以恩人自居。霍品不舒服，但方福提出什么要求，还是尽量满足，毕竟欠了方福。况且，那贷款一时半会儿还不了他。方福先让自己的兄弟当了电工，后又让霍品给他小姨子弄块地。方福女人没福，方福发迹，她却彻底瘫了。方福小姨子以照顾姐姐为由，整日住在方福家，还离了婚。其实两人早住一块儿了。那女人没名分，自然算不上黄村人，可霍品硬是给她划了块地。不久，方福又找霍品，说想挨着原来的房再盖几间。霍品问，在别处可以，那儿怎么盖？方福家西面是路，东面挨着黄毛的房子，根本没地方。方福提出把黄毛的房子扒了，占那块地，让霍品再给黄毛批一块。霍品说，这怎么可能？方福说只要霍品同意，其他的事他找黄毛商量。霍品说黄毛同意，我当然没意见。方福和黄毛没商量成，吓唬了黄毛几句。黄毛倔，根本不吃方福这一套。没几日，方福小姨子被黄毛家的狗咬了，方福让黄毛赔二百块钱，黄毛拿不出钱，方福就让二丫侍候他小姨子三天。黄毛觉得这笔账合算,让二丫去了。方福却不让二丫回了,理由是小姨子的伤口恶化,除非黄毛同意把房子让给他。方福家高墙深院,二丫逃不出,黄毛进不去。黄毛找霍品告状,霍品知道这是方福搞的把戏,劝方福不要过分。方福说现在占理的是我,我不会逼迫他,怎么办随他自愿。霍品嘴上说管,其实没怎么管——方福答应如果黄毛让步,他给黄毛补偿。霍品觉得也说得过去。二丫就在隔院,黄毛却见不着她,情急之下同意了方福的条件。方福给黄毛两千块钱,让黄毛在收据上摁了手印。方福把黄毛的房子扒了,然后才放出二丫。黄毛和二丫租了一个在外打工的户家住。二丫心情郁闷,几个月后竟然疯了。黄毛告了几次,当然不是找霍品,他已不信霍品了。黄毛上乡里告,这是他能去的最远的地方。派出所调查,方福拿出和黄毛的协议及黄毛收钱的收据。方福还有霍品这个证人。派出所问霍品当时是否在场,霍品说在场,可……后边的话霍品没说出来。后边的事看似合理,可那是建立在前面的不合理之上的。黄毛脑子缺根弦,只告方福硬占他的房,却不提女人被方福关着——也许他认为自己的狗咬人就该那样。如果说出来,结果可能是另外一个样子,方福关二丫的性质其实是拘押,这是犯法的。当然,霍品也逃不脱,他当了方福的帮凶。那样,他的村长可能又当不成了。种种担心使霍品没说一句多余的话。

方福加盖了几间房,成为村里最气派的人家。黄毛放弃了告状,他的生活只剩两项内容:干活儿、追逐二丫。

一切似乎都归于平静,霍品却没能忘掉这件事。这事如一把锋利的刀窝在心里,时不时划开一道血口子。黄毛更没忘掉,恨霍品超过恨方福。每隔几天，霍品的玻璃就会碎裂。霍品当然知道是黄毛干的，放在过去，霍品早就收拾他了。现在不，那声脆响，释放着黄毛的怒气，也使霍品的内疚得到某种减缓。

霍品怕过什么？没有，现在确实怕了。黄毛没把霍品怎样，但他在霍品心里插了刀子。

七

霍品被眼前的一幕惊呆了：

黄毛在炕上趴着，二丫骑在他身上扇巴掌。人疯癫，却扇得又准又狠。每扇一下，二丫都要骂，方干头，还欺负人不了！黄毛诚惶诚恐地，不敢了，我再也不敢了。二丫扇得更欢了，黄毛的脸便激起道道紫痕，他讨饶，二丫呀，我方干头不是人，我再也不敢了，饶了我吧。

难怪黄毛脸上常带伤。

二丫抽累了，呼哧呼哧地喘，人也安静许多。黄毛坐起来，把二丫抱在怀里，说，二丫，吃饭。舀一勺稀粥往二丫嘴里送。二丫目光呆滞，忽地将一口粥喷出来，黄毛的脸顿时成了地图。二丫叫，我要打方干头。黄毛哄，方干头吓跑了。二丫嘻嘻笑，吓跑了？黄毛说，是呀，让我的二丫吓跑了。

二丫扭过头，看见站在门口的霍品，叫，方干头！黄毛这才向霍品抛来冷冷的一瞥——其实，他早就看见了霍品。冰冷的目光收回去，马上面条一样柔软了，他说，那不是方干头，是村长。二丫欲挣脱出来，村长来了？我要告状。黄毛说，村长把方干头抓起来了，你不好好吃，他就放了，嗯？二丫安静了。

霍品不知应该站着还是离开。一个声音催促他，走吧走吧。另一个声音说，来了还是要把话说清的，你没退路。脚抬起来，似乎要挪开，摆了摆，还是搁到原来的位置。

二丫睡觉了，神色婴儿般安详。

黄毛带住门，问霍品，干啥？

霍品没说话，慢慢蹲下去，看着空阔的院子。黄毛则靠在墙上，目光戳着霍品，见霍品没反应，便游弋开去。院子很大，却没有旁的活物。那只肇事的狗已被勒死，狗皮换了八十斤小麦。一只鸡探头探脑地出现，两人同时望过去。显然，这是一只外来鸡，想进院觅食，也许曾经进来过，知道院子很少有同伴光顾，没谁和它争夺。可两个男人的注视让它警惕了。它探进一只脚，再探进一只脚，没再向前，转身溜掉了。

霍品说，找个地方看看吧。

黄毛没反应过来，左右看看，似乎想搞清霍品是否和他说话。

霍品说，二丫的病。

黄毛十分干脆，不用你管！

霍品并未对黄毛的态度意外，问，今年还种油菜？

黄毛依然僵僵地，不用你管！

霍品说，鸡心湖承包了，上面要把湖边的地收回。顿了顿，补充，在别处给你划一块。

黄毛喉咙呼哧呼哧响着，死死盯住霍品，想说什么又说不出的样子。霍品觉出他有点儿抖。

霍品征询着，就这么定了吧，你没意见吧？

黄毛大叫，不——！脸上道道暗紫的伤痕几乎跳起来，那是我的地，我就要在那儿种。

霍品说，没错，那是你的地。

黄毛叫，我不同意！

霍品问，不同意？

黄毛说，死也不同意！

霍品站起来，说那就这样吧。霍品似乎妥协了，他的话绵软无力，这不是霍品，至少不是进门前的霍品。霍品虽然内疚，但不得不遵照吴石的想法把障碍清除，所以硬着头皮来了，决心一定，黄毛是拦不住的，只须吓唬几句。黄毛是个愣头，也许不怕吓唬，可谁身上没软肋？黄毛的软肋是二丫。霍品只需说你要是抓起来，二丫怎么办？黄毛肯定蔫。但霍品没这么说。他甚至在暗示黄毛，地是你的，你不同意，谁也没办法。那一幕让霍品发蒙，二丫抽打着黄毛，也抽打着霍品。霍品摸摸自己的脸，别人看不见，他自己清楚伤在哪儿。

黄毛不同意。霍品知道黄毛绝不会同意。二丫的疯癫是有规律的，在野外基本就好了，很安静；回到村，穿行在房屋之间，她的病就重了。黄毛干活儿总把二丫背上。二丫在地头逗弄蚂蚁，追逐蚂蚱，或揪些花草装饰自己。黄毛可以一心一意干活儿。天一热，黄毛会在地头搭顶帐篷，夜里和二丫睡在那儿。可是吃饭还得回村，一进村二丫就犯病。北方，春夏季节短暂，油菜花一落，秋风就起。那时，黄毛和二丫不得不回村住。在黄村，没有谁比黄毛和二丫更留恋田野。黄毛肯定认为,只有那片地才能让他的二丫安静下来,就算他不恨霍品,也不会承包出去。

霍品竟有些轻松,原本憋足劲儿要打一仗,忽然觉得没必要,放弃了。

可……一个问题很快横在霍品面前,吴石那儿怎么交差?其实不止一个问题:老郝的校舍款怎么还?方干头的贷款怎么还?

霍品再次站到那排红房子前。天色暗下去,它依然那么刺眼。没有这排房,也许吴石不会那么催逼他。那次,吴石没把霍品喊去,而是亲自来黄村转了一圈,说秦小龙没事干,想在鸡心湖边做点儿营生,问霍品行不。霍品很痛快,那有啥不行的?霍品复出后,吴石第一次找他办事,用的还是商量口吻,霍品没有理由不痛快。霍品只是不解,虽说也有人看鸡心湖,来鸡心湖玩儿,可仨瓜俩枣的,在这儿做营生不等于喝西北风?秃子打地基时,霍品揣摩出味了,吴石是要做点儿文章的。什么文章?猜不出来。直到吴石抛出谜底,霍品才看清吴石的棋路。当然,吴石不提红房子,吴石在招商引资嘛。一个硬得不能再硬的理由。

吴石在等霍品信儿,霍品怎么答复他?说那几户死活不同意?显然不行,吴石会说同意还要你这个村长干啥?也许吴石正等霍品这句话呢。干不了?那就甭干了,想干的人有的是。躲着吴石?更不行。吴石会认为霍品消极怠工,故意和他作对。一个村长违背乡里的大政方针,等于用脑袋撞镢头。同样,吴石会免了他,还可能把他作为顽固不化的典型。

霍品一筹莫展。霍品没被什么事难住过,现在似乎迈不出去了,眉间那个疙瘩几乎撑裂。

第二天,霍品去了乡里。他想了半夜,决定变被动为主动,要让吴石相信他是上心的。吴石相信又怎样?他还想不出,但知道这是前提。他费劲儿了,事情有难度,吴石总得缓个时间吧?

吴石似乎熬了夜,眼睛泛红,一脸疲倦。一见霍品,目光便亮了,老霍,我正等你呢,怎么样?

霍品说,我就是来向吴乡长汇报的。

吴石声音很大,却只一个字,讲!

霍品重重地叹口气。

吴石不耐烦了,有什么说什么,怎么娘儿们样?

霍品忽然骂起来,真想叫派出所铐了他们,平时人模狗样,遇事就露出本性,脑袋个个像花岗岩。然后,添油加醋地讲他怎么做工作,那些村民怎么刁难,怎么骂他。霍品天生就有这个本事,能把假的说成真的。说到最后,霍品委屈得要掉泪了,当了这么多年村长,我还没这么窝囊过。

吴石的脸黑得要滴墨,冷冷地问,没做通?

霍品很老实地说,就差两户了。

吴石脸上的墨顿时散尽,那不错呀,我说嘛,黄村哪有你办不成的事。

霍品不安地说,他们恨我呀,半夜砸我家玻璃,就差刨祖坟了。

吴石说,鸡心湖开发了,他们会反过来感激你。几块玻璃算啥,暂时受点儿委屈吧,谁让你是村长呢?我倒是想替你受,可这个事只能你来做。

霍品一副谦恭样儿，吴乡长出主意就行了。

吴石拉长声调，老霍啊，别给我戴高帽子，我哪有你主意多？不是剩两户了吗，这几天抓紧落实一下。

霍品点点头，提出承包费能不能加点儿，村里的钱能不能一次性付清。霍品知道这不可能，吴石谈妥的事，怎么会轻易更改？霍品之所以提出来，是要让吴石意识到，他没有答应黄村的要求。

吴石一挥手，似乎要把霍品的话斩断，不可能！眼光放远一些，不要盯着眼皮底下这点儿蝇头小利。

霍品告辞，再说下去，吴石就该罗列大道理了。那无非是一堆臭袜子，塞进耳朵实在难受，霍品已多有领教。

出了乡政府大门，霍品听见有人喊他，四下逡巡，然后便看见老郝从对面理发店跑出来。老郝身上还系着护裙，头发刚剃了一半，如同被劈开的葫芦。他喊住霍品，让霍品等会儿。几分钟后，老郝顶着光头跑出来。霍品问他怎么跑这儿理发，老郝笑眯眯地说，等你呀，我去过你家了。为追那笔钱，老郝什么招数都使了，软的硬的，歪的横的，还扬言要绑架霍品，只是没付诸行动。霍品几次打算把钱摊到村民头上，可一想到白白被吴石涮了，就心有不甘。就这么拖着。

老郝生拉硬拽，把霍品弄进饭馆。欠着钱，再让人家破费，霍品于心不忍，说我请你吧。老郝讨好地说，哪能让你请呢？一顿饭钱我还掏得起。几盏下肚，老郝就转到房款上，霍村长，这次该给我结了吧，你说一有钱就给我。霍品道，谁说我有钱了？老郝眨巴着眼，你这不是耍小孩儿吗？鸡心湖承包了谁不知道？霍品说，没定呢，还不知道行不行。老郝额上的青筋便凸起许多，你的意思，这是狗操猪，没影儿的事？霍品说，没影儿。老郝声音顿时高了，你哄谁？以为我是傻子？我早打听清楚了。霍品心情突然恶劣，盯着老郝的光头说，别看你光，你以为光就能吓住我？老郝骂声娘，扑上来掐住霍品脖子，双眼喷火，有了钱你还想赖，老子掐死你！霍品没想到老郝这么大劲儿，脸憋成紫色的球。若不是服务员拽开老郝，霍品没准就断气了。霍品猛烈地干咳着，老郝却傻了，脸色煞白，眼里满是惊恐，似乎难以相信自己掐了霍品。怔了片刻，忽然大哭起来，霍村长，我不是故意伤你，我他妈又犯浑了呀。霍品没理他。老郝把脖子伸过来，你掐我吧，你掐死我吧。霍品往后仰仰，老郝扇了自己一巴掌。霍品的心颤了颤，厉声道，你他妈还让我喝酒不了？老郝听出霍品的态度，连声道，喝喝，我他妈不是人。演戏一样，两人又碰杯了。霍品没和老郝计较，知道老郝窝着火。老郝小心翼翼地问，不疼吧？霍品骂，要不你试试？再用劲儿还想要钱，去大牢蹲着吧你。老郝不知所措地讪笑。霍品叹口气，说我哪是哄你呀，现在还没说定，就算定下来，承包费一年才一万块钱。老郝说，少也是钱啊，你答应给我就行。霍品说，我也急呀，当初也不是有意骗你，我也是让人坑了。事情定了，这钱我会给你留着。老郝得了霍品的保证，酒喝得就猛了，结账时已是人事不省。

八

玻璃又被砸了。一块渣子飞到霍品脸上，划出一道血痕。赵翠兰披头散发地坐起来，说什么也不睡了。她埋怨霍品不报警，没准儿哪天要命呢。霍品没好气地说扯淡。赵翠兰说，我是瞎说吗？砸玻璃的见你不吭气儿，胆子一天比一天大，今儿划了脸，明儿要扎眼上呢？不成独眼儿龙了？霍品骂，乌鸦嘴！赵翠兰道，你咋越来越窝囊？霍品扯了灯绳，赵翠兰马上拽亮。她说想起个办法，晚上在窗户上遮块木板，并且为自己这个办法高兴得眉飞色舞，说明儿就找赵木匠钉一块。见霍品没反应，问你说咋样？霍品说少丢那个人。赵翠兰说，你让砸出瘾了吧？几天不砸你痒痒是吧？你过瘾，我害怕呢。霍品让她去女儿家住几天，消停了接她回来。赵翠兰说，这可是你说的啊！霍品说我还逗你不成？第二天，赵翠兰上县城了。

霍品倒没生赵翠兰的气，五次三番这样，放哪个女人头上不害怕？但霍品没法解释自己沉默的原因，甚至不愿意碰那个问题。赵翠兰说得对，砸一次他确实舒坦一点儿，可说出去谁信呢？事实就是这样。霍品只能沉默，别无选择。如果说这是秘密，霍品要让它烂在肚里。

方福鬼头鬼脑地溜进来，发呆的霍品吓了一跳。霍品说，你怎么像个鬼，连声儿也没有。方福的眼神四处抓抓，我不能大摇大摆的，万一撞上啥呢？我看见嫂子出门了，得小心点儿。方福玩笑中依然透着随意。霍品说，撞见又有啥？有本事我还娶两个老婆呢。方福嘿嘿一笑，将话岔开，问协议什么时候签。霍品问，你不清楚？方福愕然，我怎么清楚？霍品说，都喊你二村长呢。方福品出味了，正色道，嚼舌根的家伙陷害我，霍村长，我可没乱搞啊。霍品说，你紧张啥？你给学校捐八万块钱，我这个村长就让给你。方福差点儿跳起来，这可不行。霍品说，村长不值钱喽！方福说，我不是那意思……那点儿钱也是我黑天半夜刨出来的。霍品说，放心，没人逼你。方福身子微微前倾，做出一个恭敬姿势，说了来意，请霍品这几天去他家吃饭。霍品推辞，方福说，一个人开什么伙呀，到时候我喊你。

没到中午，方福就来了，说前天从乡上买了两瓶好酒。霍品想方福这么上劲儿不单是怕他赖贷款，肯定另有用意。别看方福脑壳小，里面的渠渠道道却不少。霍品说留着以后吧，我有点儿牙疼。方福说牙疼也得吃饭么，霍村长当真不给面子？霍品说我什么时候见外了，今儿真不行。方福终是没喊动霍品，讪讪地走了。霍品盯着方福背影，冷笑。如果不是欠他钱，连眼皮子也懒得睁。可如果不是欠他钱，方福不可能在选举中那么卖力，霍品也不欠他人情。那样，在二丫事件上，霍品就不会由着方福折腾，也不会给自己背一笔良心债。欠钱是因为吴石出尔反尔。推导半天，责任在吴石那儿。当然，这不过是霍品自我安慰罢了。其实，他完全可以说句公道话，只要他说，方福总会有所顾忌。但他哑了，他的舌头在那一刻失效了。

霍品没想到方福把小姨子打发来了，不是喊他吃饭，而是干脆把饭拎来。小娘儿们确实比方福媳妇漂亮，还会打扮，猛瞧上去还以为城里来的。她不怯生，款款一笑，霍村长，尝尝我的手艺。揭开，霍品看清是一摞馅饼。霍品淡淡地说，搁那儿吧，你告诉方福，别再麻烦了。她没有马上走，似乎要看着霍品吃。霍品看她，她又是一笑，说这几天她来给霍品烧饭吧。霍品说，我可没方福那福气。她脸微微一红，却不慌不忙地说霍品有屋里的活儿尽管招呼她。霍品想，这娘儿们不简单，就算方福女人不瘫，也得被她篡位。

霍品夹张馅饼，还未送到嘴里，忽然听见门口有嬉笑声。瞥一眼,似乎是二丫的影子。霍品跑出去,果然是二丫。她敞着怀,边走边唱,几个小孩在她身后扔石块。霍品把小孩喝走,二丫扭过头,迟钝的目光在霍品身上摆了摆,忽然叫,方干头!霍品说,我不是方干头。二丫跟在霍品身后进了院,站在那儿痴痴地寻找着什么。霍品喊她进家,她不进,霍品就拿了张馅饼。二丫眼睛突然亮了,伸出手又停住,她说,方干头。霍品说,我不是方干头,我是村长。二丫偏着头,似乎想在脑子里搜寻村长的样子。霍品将手再次伸过去,她犹犹豫豫地接了,大口吃起来。

黄毛旋风一样冲进来,从二丫手里夺出馅饼扔在地上,怒气冲冲地说,不能吃!二丫说,我要……黄毛叫,不准要!仍嫌不够,在半拉馅饼上踩了几脚,背起泪汪汪的二丫,大步离开。

霍品骂,狗日的,有毒呀。连他自己都没听见声儿。再看那摞馅饼,怎么看都是方福的脸,心想难怪呢。一点儿胃口也没了。

晚上,方福又来了,提出让小姨子给霍品烧饭。霍品说你小姨子水灵着呢,我怕犯错误。方福笑嘻嘻地说,我倒愿意和霍村长当连襟。霍品骂少扯淡,绕什么弯子,有鸡巴话赶紧说。方福提出要在鸡心湖边建几间房。霍品吃了一惊,方福真会算计。霍品不动声色地问,你盖房子干啥?要把面粉厂搬过去?方福说,我女人心情不好,想给她换个地方。霍品说,我还想盖呢,但现在不行了,乡里不批。方福僵僵地问没可能?霍品反问,你以为这主意就你想得出来?方福的脑袋终于缩回去,我也就是说说。

方福的话提醒了霍品——只是太迟了。秦小龙在湖边建房那阵,如果村里也跟着建一排,绝对有赚头。可那时,怎知吴石的棋路呢？不过，借这个由头可以试探一下吴石。

两天后，吴石把霍品召去。霍品见到一个西装革履的后生，后生眼窝深陷，皮肤黝黑，像个混血种。后生是老板助理，姓郎。霍品微笑着，心里却想，姓氏够凶的啊。郎助理不说话，脸像带着硬壳的花苞，一说话便灿烂地开放了，仿佛和霍品熟了几百年。牙齿外凸着，亲热得要跳到霍品嘴里了。郎助理说霍村长辛苦了，霍品说我不辛苦，吴乡长才辛苦呢。吴石说郎助理来打前站，问霍品怎样了。霍品说还是那两户。吴石不悦，老霍，你的劲儿都使到什么地方了？霍品当然听出吴石的意思，装出委屈的样子说，我全使外面了，老婆和我闹别扭，把我一个人撇下了。吴石说，装什么窝囊，我还不清楚你？你是猫，你老婆是耗子。霍品说，那是过去，现在耗子都比猫厉害。吴石说，少废话，你行不行吧？霍品把球踢回去，吴乡长认为呢？吴石硬邦邦地撂下话，别让我失望。郎助理补充，有什么条件，还可以商量。霍品看吴石一眼，吴石的嘴皮子粘住了。

吴石带郎助理和霍品到邻县度假村参观。邻县的度假村到处都是，几百米就一个，拉拉扯扯的，连绵数十公里。吴石说，鸡心湖搞起来，就能拽一部分游客过去，别看他们规模大，自然资源不如黄村，缺水啊。瞅瞅吧，哪个地方有水？霍品确实没看见水，但也没看见人。吴石对霍品说，鸡心湖开发了，黄村可以搞一些农家旅社。霍品趁机说了方福的意思，但不止方福一人，方福和老郝都想在湖边盖房，村里还不上钱，不如就此抵顶一下。眉飞色舞的吴石顿时严肃，这个……怕是不行，马上要签合同了，突然冒出几间房算谁的？过去盖的也就盖了。似乎意识到自己的口气过于温和，后边的话就硬了，绝对不行！你别把村里的鸡毛蒜皮掺进来。霍品竭力笑着，承包费一时半会儿补不上这个窟窿，我实在是让人追怕了，要不，先跟乡里借点儿？吴石说，你以为乡里有钱？发工资我得四处凑。有机会吧，看能不能从上面争取点儿。另一个办法就是村里自行解决，谁受益谁出资，你比我懂。霍品还欲再说，吴石阻止了他，咱们别当着郎助理讨论这个。霍品愤然，难道自己连说话的份儿也没了？霍品依然适度地笑着，但他沉默了。不得不开口的时候，就哦哦几声。吴石和郎助理选了一处景点照相，郎助理招呼霍品一块儿过去，霍品说憋不住了，得放放去。听见吴石在背后说，老霍水箱不好。霍品冷笑，你怕进嘴的蛋糕掉出来。我怕啥？也就是泄泄气，霍品知道自己是有怕的。比如，他怕免掉村长，怕看见疯癫的二丫。可谁心里没怕呢？

霍品游走在黄昏的街道上，不光是喜欢那种感觉，还为想些事。黄昏总能让霍品想点儿什么。那时，他不怕什么，而他是让人怕的。他把黄村看成自己的孩子，训斥着，也呵护着。霍品沾沾自喜，让人害怕不是谁都能做到的。他以为自己是一枚钉子，牢牢钉在黄村，可吴石随便一个借口就把他拔掉了。没了那顶帽子，黄村不再怕他。他终于明白，黄村怕的仅仅是一顶帽子。当然，那得看戴谁头上，在代理村长头上和霍品头上就不一样。霍品明白自己和黄村的关系，说穿了只是一个字：怕。他舍不得村长，因为他需要有人怕。霍品看清了别人的怕，也看清了自己的怕。

郎助理碰碰霍品，想啥呢？

霍品说，没想啥。

吴石说，老霍怎么突然像个哲学家？霍品淡淡一笑。

中午在县城吃饭。饭后，霍品说要回村，郎助理当即提出送霍品，并不由分说上了吴石的车。吴石说有郎助理送，我就不去了。霍品连连摆手，我可担待不起呀。郎助理竟然是个话篓子，整整说了一路。到村边，郎助理把一个信封往霍品兜里装，霍品怔了一下，马上明白过来，往旁边撤撤。郎助理动作异常有力，同时给霍品使眼色，那是怕司机看见。霍品迟疑的工夫，郎助理把信封塞进去。

车一离开，霍品马上掏出那个信封。尽管已经猜到，可看到厚厚一沓钱，还是被烫了一下。整整齐齐的，外面还扎着封条，数数，共一百张。霍品知道郎助理什么意思，那算是他的酬劳，因为他要代表黄村签字。他看着那些钱，一时无措，有点儿兴奋，有点儿不安。过了一会儿，把钱塞到一个地方，出了屋子。

霍品转了一圈，潦潦草草的，之后便急急往家赶，仿佛母亲惦记着吃奶的孩子，仿佛家里放着一枚炸弹，随时会引爆。

钱原封不动地躺着，霍品吁了口气。

这钱该不该留下？霍品自问。留下来应该没什么问题，吴石一处房子卖八九十万，他拿一万块钱又算什么？对霍品，这是一个不小的数字。当村长多年，好处没少占，比如每年的吃吃喝喝，加起来也是挺惊人的；比如吴石发的那部手机，他转手给了女儿；比如电费，电工从来不收他的。还有女儿的工作，女儿先是分配到乡下，他找了找教育局局长，女儿就调到县城。局长是先前的乡长，是霍品的上司。如果他不是村长，局长能认识他是谁？他舍不得村长，和这些没关系吗？可这么大额的钱砸他头上还是第一次。就算不拿，他能阻止吴石吗？不能！他干吗要阻止吴石？也许吴石说得没错，长远看，开发鸡心湖是有好处的。这笔钱，自己也用得上。别看是村长，住的房子和方干头差远了。更重要的，装了这个信封，吴石就不会拿另一个信封找他碴儿了。霍品几乎能列出一百条理由说服自己。就这么着吧，他想。

九

霍品决定找哑女和大牛。

想起哑女，霍品的心情极其复杂。他和哑女的关系随着村长的结束而结束，却未随着村长的开始而开始。说不清为什么，也许是没了那份心思，也许不想给吴石留下把柄。总之，人不去了。他甚至不愿走进那个院子。他和哑女照过几次面，哑女打着手势，一脸急切和疑问，她想知道为什么。霍品没有回答。他没法回答。他至今没有把大牛拎出来。哑女是固执的，她一定要搞清楚。她问霍品是不是不喜欢她了。霍品说，是的，不喜欢了。哑女没纠缠霍品，没找过霍品麻烦，再见面，她抛出幽怨的一瞥，便匆匆走开。

现在，霍品不得不找哑女，和她说地的事。哑女和吴老三一样，把那块地侍弄得很是肥沃。她肯定舍不得包出去。霍品没有选择，他安慰自己。哑女在他心中占着位置，但与村长的分量不能相提并论。

霍品熟悉那处院子，熟悉那两间黄泥小屋。院子破，但永远收拾得干干净净。哑女是个洁净而勤快的女人。每年有一定收入，那些钱最终被大牛赌光了。正是大牛的四处赌博，给哑女和霍品提供了便利。

哑女和大牛都在，霍品突然驾临，令两人意外。慌乱卷过哑女清瘦的脸颊，她站起来四处找杯子。大牛则显得紧张，霍品当了村长，还从未找过他。霍品找碴收拾他一顿，他反而会踏实点儿，但霍品什么也没做，难免让他忐忑。哑女倒了水，平静下来，脸还有点儿沉，但眼睛亮晶晶的。霍品还注意到她把鬓角的乱发理到耳根后了。

六目相对，一时无言，挺尴尬的。

大牛说，霍村长你坐，我出去一下。

霍品忙说，你不能走，有个事要和你一块儿商量。

哑女瞥一眼霍品，再瞥一眼大牛，目光中有了丝丝缕缕的疑惑。

霍品的舌头有点儿硬，那些话不怎么利落，仿佛每个字都带着粗大的刺儿，但意思还是说清了。他说一句，大牛冲哑女比画一下。

哑女突地站起来，幅度很大地做着手势，我不同意！仿佛觉得这样不够坚决，她的手在脖子上比画着，死也不同意。她的胸脯急剧起伏，眼里堆满愤怒的乌云，随时要将冰雹击到霍品脸上的样子。

大牛摁她一下，被她甩开。她的脖子伸得长长的，为什么？为什么？如果她能发出音，一定是声嘶力竭，字字带血。

霍品无力地解释，这是上面的决定。上面，一块锋利的玻璃片。

大牛说话了，他说，别和她说了，说不清，这个事我做主，就这么定了。

霍品略一顿，干吗瞒她，地是她在弄。

哑女不知霍品和大牛说什么，询问地看霍品。霍品告诉她，不同意也罢，我和上面说说。

霍品起身离开，哑女忽然牵他一下，霍品捕捉到她眼里的急切。

哑女说，她改主意了，她同意。

霍品怔住，没想到哑女变化这么快。霍品点点头，突然有点难过。他想他该再说点儿什么，可又不知说啥。本来要和哑女说的，最后却说大牛，别再赌了！大牛眼睛红红的，是熬夜的缘故。

哑女询问大牛，大牛告诉了她。霍品看见她的目光迅速灰暗下去，霍品决绝地扭转身。

事情比霍品预料得顺利，太顺利了，霍品的心却更加沉重。他知道哑女为什么改主意。哑女并不看重村长这个身份，从来没有。

霍品听见有人吵架。若是往常，霍品会过去，他不说话，只须往那儿一站，双方便会自动收敛。对错在其次，重要的是他们看到霍品的态度。似乎有点儿简单，可三五年是修炼不成的。别人看霍品只是随意地站着，其实霍品在使劲儿呢，劲儿在目光上，阴冷而凌厉，活脱脱的剪子。此时，霍品不愿意过去，提不起精神。

刘会计从那边跑过来，说黄毛和方福打起来了。霍品一惊，大声问，你是干啥的？刘会计说，我拉不开啊。

霍品到了那儿，黄毛已把方福摁在地上。方福肚大，被黄毛一压，身子往两边摊开。方福拼了劲儿挣扎，可是动弹不得，只是脑袋左右拧着。黄毛只用一个膝跪着方福的背，冲二丫喊，过来呀，踢他的干头。方福小姨子抓着把扫帚抵住二丫，二丫不敢动，脸因兴奋和恐惧扭曲得变了形。

霍品的目光硬硬地戳着黄毛，黄毛没有丝毫畏惧，喊，打呀，二丫，这是方干头。

二丫往前挪挪，马上又缩后了。霍品看方福小姨子一眼，她马上把扫帚拿开。但二丫并没上前，她的眼睛失去了光彩，如被拔掉羽毛的呆鸟。

霍品本可以喝开黄毛，但他没那么做。尽管他怵黄毛，但众目睽睽之下，他绝不让自己的威严扫地。他不开口，就那么盯着黄毛。只是苦了方福，憋得吭吭的，喊都喊不出来。黄毛避开霍品的目光，然后，欠欠膝盖，方福趁机滚开，跳起来踹黄毛一脚。

霍品喝道，方福！

方福的第二脚撤回来，怒气冲冲地骂着脏话。

霍品很快弄清事情的原委。二丫在方福家门口撒尿，被方福撞见，方福踹了她，恰被黄毛看见。基本是方福在讲，黄毛冷冷地站着，仿佛方福的叙述与他无关。那也是一副豁出去的架势。方福羞恼万分，语速极快，说他早就发现有人在门口拉屎撒尿，早就憋上气了，竟然敢找他的碴儿，真是活腻歪了。

霍品的眼皮渐渐耷拉下去。方福已经说得很清楚，可仍然喋喋不休。他确实气坏了，挨打让他丢了面子。他是谁啊，他可是二村长。霍品心中冷笑，早就该挨打，这顿打来得太迟了，黄毛不知替你挨过多少次了。

方福越来越愤怒，霍村长，你要是不替我做这个主，我就找派出所了。

霍品终于听不下去了，说，行啊，那就等派出所处理吧。霍品让黄毛回去，黄毛领着二丫僵僵地走了。方福拦住霍品，我不是冲你，我气坏了。霍品点着他鼻子骂，你有啥气的？你女人疯了？还想找派出所，派出所没找你算账算你轻的，非法拘押是什么罪你知道不？方福的脸顿时绿透，半晌才软中带硬地说，霍村长，你可是做过证明的。霍品说，你以为不能改了？我做了伪证，我宁愿坐牢！方福慌了，我开个玩笑，霍村长怎么认真了。方福变化快，从头到脚都是笑，非拉霍品进屋坐。霍品说，我可没这个胆子，你那院进不得啊。方福小姨子也拽霍品，霍品不好发火，说我还有事呢，改天吧。方福小姨子半真半假地，改天你一定要来啊。霍品走出一截儿，方福又追上来，霍村长，别生我的气啊。霍品骂，我生个蛋气！方福嘿嘿笑，知道霍品不跟他计较了。

霍品没工夫和他计较，他急着去黄毛那儿。目睹黄毛和二丫离去的背影，他有一个猜测，当然不是好奇，只是想印证一下。

果然。

老远就听到抽打的声音。无人围观，二丫不再胆怯，她果敢有力，每一巴掌都带着仇恨。

霍品站在门口听了听，大步离开。

离开并未让他好受。那声音一直追着他，走哪儿跟哪儿。吃饭时响，睡觉时也响，怎么也摆不脱。睡不着，索性坐起来，他想起什么，跳下地。那沓钱依然完好，没那么烫了，相反，冰凉冰凉的。霍品感觉到阵阵寒冷。他没有马上放回去，而是丢在那儿，冷眼瞅着。没有它，他并非就能拧得过吴石，可它在那儿摆着，霍品就有一种被拴住的感觉，被打败的感觉。只能妥协，他舍不得村长。这不是他一个人的事，是整个黄村的事。他一直这么认为。村里一个女人不孝敬公公，总是冷食剩饭打发老人，有一次竟然两天不给老人吃饭，老汉饿昏。霍品狠狠收拾她一顿。霍品的法子是给她开会，就在她家。霍品领了好几个人，轮流教育，教育是表面的，主要是在她家吃饭。十一只鸡杀了，一头猪杀了，该杀牛的时候，那女人终于痛哭流涕地告饶，从此服服帖帖。老汉对霍品说，黄村离不开你啊。怕，但又离不开；离不开，所以才怕。霍品飘飘然。但在这个夜晚，他被巨大的疑问罩住，村长给他带来了什么？他给黄村带来了什么？村长带给他的是清晰的，比如这沓钱，他带给黄村的却说不清，唯有二丫的抽打看得见听得清，结结实实。

霍品没打算把钱送回去，赵翠兰不在家挺好，落到她手里就拿不出了。他觉得这笔钱该用在一个地方。第二天，他揣着钱找黄毛，让他给二丫看看病。黄毛嘴巴张得能塞进皮球了，目光噼噼啪啪烧着，他绝对没见过这么多钱。可黄毛拒绝了，眼中的警惕毫不掩饰，他肯定认为霍品别有用心。他问霍品，你凭啥给我钱？这个简单的问题把霍品问住。说怕他砸玻璃？怕二丫抽打他？

十

黄毛不“合作”，霍品难住了。难的不是没有招数，而是没有勇气把招数使出来。怎么和吴石解释呢？那些话没法说，何况吴石也不听。吴石才不管你黄毛黑毛呢。吴石修的是一条路，他会把所有影响畅通的石块花草树木铲掉。霍品不愿把黄毛拎出去，那样，黄毛无疑是一棵没长对地方的草。

这时，黄村发生了一件事。其实不是在黄村发生的，但主角是黄村人。黄棒子惹了麻烦。黄棒子到邻村搞女人，被那家男人堵住，女人为洗脱自己，咬定黄棒子强奸。男人将黄棒子暴打一顿，问黄棒子公了私了。黄棒子答应私了，但他一无所有，家里最值钱的就那口铁锅。结果，黄棒子把湖边的地给了对方。

霍品赶到黄棒子那儿，黄棒子已处理妥当，躺在冷炕上歇着。霍品骂，这回穷得就剩一条鸡巴了。黄棒子愤愤地，那女人不是东西，男人一回来就不认账了。霍品问，你去过几次？黄棒子说七八次。霍品问，那天你是给她送鸡了？黄棒子嘟囔，吃我好几只鸡了。霍品说，你他妈中圈套了，还把地送给人家，你以为地是你自己的？那是黄村的。黄棒子说那男人说了，什么时候挣回那些钱什么时候把地还他。霍品说，这还有个点儿？黄棒子让霍品想个办法，这亏实在吃大了。霍品骂，活该！你以为女人是好睡的？没吃官司就够轻的了。灵光一闪，霍品忽然乐了，有借口向吴石汇报了。

吴石没有霍品想象的那样生气，只是很奇怪地笑了笑，黄村的事越来越复杂了，能写一部书。霍品一副做错事的样子，我也没想到啊。

沉默数秒，吴石忽然说，你不用费心了，过两天签字。

霍品不解地看着吴石。

吴石说，公司改主意了，湖边的地让他们种吧，算个景点。

霍品暗暗一惊，半晌方说，就怕到时候纠缠不清，会有麻烦。

吴石说，以后的事以后再说，老霍，你要记住一个原则，任何时候都要从大局出发。

吴石语气坚定，霍品知道没有再说的必要。事情变化太快，霍品有点儿发蒙，就像一个士兵举着坚硬的盾牌，以为足可以抵挡一阵，没料对方从背后杀过来。

霍品先是沮丧，很快就轻松了。这样也好，不是他顺着吴石，而是和他没关系了。回村，他绕到湖边，看见了二丫。二丫拿个小铲子，正挖辣害害（土名，一种植物）。初春季节，辣害害只顶出一个翠绿的尖儿，尖儿下的白茎都有电线粗。挖起一根儿，她用手抹抹，搁在嘴里。霍品盯着她看了好一会儿，她竟然没有发觉。她的神色痴迷而专注。霍品心中泛起潮乎乎的东西。二丫的季节又来临了。远处，黄毛在给土地施肥。那是农家肥，需均匀铺撒开。两人站在田野上，谁能相信这是一对受到伤害的小夫妻呢？

霍品想起那份协议……二丫的季节怕是要终结了。即使这些菜地作为景点存在，又怎能容忍小两口搭一顶帐篷？况且女人还是个疯子？即使可以容忍帐篷存在，度假村夏天肯定有不少人，难保二丫会如此安静，黄毛和二丫依旧会被垃圾一样清理掉。霍品哆嗦一下，然后听到骨头开裂的声音，似乎有什么东西渗出来。和他没关系？这是自欺欺人的鬼话。只要他签字，那就和他有关。霍品不想从大局出发了，他要从小局出发。

是的，小局。

霍品的嘴角飘起一丝笑意。

那天清早，对捡垃圾的张老汉来说，是个特殊的日子。他从家里出来，夜色尚有淡淡的痕迹。原先附近只有张老汉一人捡垃圾，一个死了丈夫的女人没有生活来源，和张老汉抢饭碗，张老汉只得比过去起得更早。他知道先去什么地方，乡政府、学校、医院，总有意外的收获。不像卖肉的关麻子，一张报纸油腻得没了边也舍不得扔。快到乡政府门口，张老汉看见一个包，然后看清那是一个麻袋。真是意外的收获。张老汉四下瞅瞅，心跳加快。这是什么东西？摸摸，麻袋里传出呜呜的声音。妈呀，是个人！张老汉大叫起来，惊颤的叫喊传出很远很远……

一小时后，霍品躺在了医院病床上。麻袋里的那个人是霍品，昨天夜里，他被人算计了。霍品浑身是伤，脸是青的，手是肿的，鼻子嘴巴血迹斑斑。

吴石进来，霍品龇牙咧嘴地欲起身，吴石摁住他。吴石已然知道经过，但还是问，怎么回事？吴石话里含着关切，也含着恼火。老板就要来了，霍品却出了事，所幸没出人命。本乡曾发生过两起报复村长的案子，一桩是村长家柴垛被点，殃及房屋，三间房烧了两间半；另一桩是村长被砍伤，行凶的村民很快自首。这两桩案子在全乡影响极大。

霍品简短说了过程。晚上，他在村里溜达，忽然挨了一棒。他还清醒，喊救命，随后嘴被堵上。他被装进麻袋扔上车，挨了一顿打，什么都不知道了。霍品的样子可怜到极点，声音气愤而委屈，我咋这么倒霉啊。

吴石皱着眉说，放心，你这顿揍不会白挨。

霍品说，谢谢吴乡长。

吴石说，我相信老闫，他有办法。

老闫永远粗声大气的，还没露面，声音就滚进来，迟了，迟了。霍品说，我早盼着你呢。老闫说，我刚从外地回来，脸还没顾上洗呢。霍品的目光落在老闫鼻子上，数日没见，鼻子似乎又长大了，鼻孔明显粗了。霍品曾嘲笑老闫,鼻子占去半张脸。霍品和老闫是老关系了。老闫爱喝酒,每次去村里,霍品都管个够。老闫说黄村烂事少,他出不上力,酒喝得不公气。霍品说没准儿哪天就麻烦你了。老闫脸上透着隐隐的兴奋。霍品说,你总算有机会了。老闫忙说,我说着玩儿的,谁喜欢出事?

老闫询问霍品一些细节,比如,夜里几点钟出去的。是别人约的,还是自己出去走走?哪些人熟悉霍品的生活规律?霍品得罪过什么人?包括过去和现在的。霍品对行凶的人有没有什么印象?是一个还是两个还是多个人?说什么没有?霍品很配合,有些他能肯定,如他是十点来钟出去的,老婆不在,一个人睡不着,想在街头溜达溜达。但多数问题,霍品回答得很模糊。二十多年村长,得罪过什么人?他哪说得清楚?行凶的人肯定两个以上。但究竟是两个还是多个,霍品回答不上。说了什么没?霍品竭力想着,脸就抽得难看了。老闫忙说,别急,慢慢想。霍品说,除了要×我祖宗,没听见旁的。老闫问,声音熟不?是本地人?估摸年龄多大?霍品说是本地人,声音有点儿熟悉,年龄在二十到四十之间吧。老闫让他想想,那声音与哪些他所知道的声音相仿。霍品表情痛苦不堪。老闫问,疼?霍品说踢着命根儿了。老闫骂,狗日的,我一定替你出这口气!再想想?霍品说,那个声音与吴乡长挺像的。老闫的鼻子险些跳起来,你说胡话了吧?霍品说我也没说是吴乡长啊,只说是挺像。老闫咧嘴笑了,伤成这样还吓唬我?霍品说,我是认真的。老闫制止了他,歇着吧,我先去村里调查一下。

老闫白天调查,晚上继续询问,霍品让已经从县城赶回来的赵翠兰出去,老闫说没关系,又不是什么秘密,没准儿她还能提供点儿线索。赵翠兰得意地瞟霍品一眼，把欠起的屁股稳在那儿。

老闫的询问有新问题，也有老问题。霍品说过他先是被抬到车上，拉出村后，又把他弄下来揍了一顿，再次抬到车上。第一次上车，霍品是有记忆的。老闫让霍品推测他挨揍是在路边还是什么位置。如果只是报复，为何把他丢到乡政府门口？这样做用意是什么？霍品说我也纳闷呢，想在乡长面前臭我？一旁的赵翠兰终于憋不住了，说，杀鸡给猴看呗，今儿绑架村长，明儿就轮到绑架乡长了。霍品瞪她一眼，她闭了嘴。老闫笑笑，问霍品假如是黄村人，谁嫌疑最大。没等霍品开口，赵翠兰抢先道，大牛！老闫问她何以断定。赵翠兰说，你问他，他最清楚。而后小声补充，大牛有个哑巴女人。霍品骂，住嘴！老闫说，让她说嘛，我要把相关线索都摸清楚。霍品说一堆烂谷子，抖不清楚。老闫问最近发生过别的没有。赵翠兰说，家里玻璃让砸了好几次。老闫眼睛一亮，忙问怎么回事。赵翠兰瞅着霍品，似乎等霍品批准，老闫就盯住霍品。霍品讲了，说，这事挺丢人的，我也没放心上，砸玻璃的人没什么胆量。老闫严肃道，你这不是宽容，是纵容。

在医院住了两天，霍品就回家养着了，毕竟没受内伤。他不想待在医院。他问老闫进展如何，老闫说我一定给你个交代。过了五六天，没听到什么信儿，老闫连面也不露了。赵翠兰抱怨，看他那样以为有多大能耐呢，原来是个饭桶。霍品骂，没人当你是哑巴！赵翠兰又嘟囔什么，霍品没听清。

吴石来家里看过霍品一次，说那件事不能再耽搁了，你的手能握住笔吗？霍品为难地说，案子不破，我心里不踏实呀，不知绑架我的人出于什么目的，会不会和这个有关？这次揍一顿，没准儿下次就用刀了。吴石沉下脸，案子也许会拖一段。霍品说，老闫说快了，他有办法。吴石说，原来你伤了胆呀。霍品知道吴石生气了，扮出一脸无奈相。

一天夜里，霍品和赵翠兰再次被玻璃的爆裂声惊醒。几乎同时，院子里传来叫骂和扭打声。霍品跑出去，拉着院里的灯。老闫已经把黄毛摁在地上，并戴上了手铐。老闫呼哧呼哧喘着，摁倒黄毛并非易事。黄毛一脸惊恐，肩微微抖着，可他还想挣扎，老闫踹他一脚，还想逃？

霍品难以掩饰自己的惊愕。老闫说他这几天一直在霍品院外蹲坑，天黑来天亮走，他没告诉霍品，霍品知道也许会受影响。老闫要连夜带回黄毛审讯。霍品说算了吧，不就一块玻璃吗？老闫说，现在我抓住了，就不是你个人的事了。霍品说他家里有个疯女人。老闫掷地有声，什么理由都不能犯法。

赵翠兰骂，原来是黄毛呀，这个该杀的。霍品没理她，样子呆呆的。

天亮，霍品就去找刘会计。刘会计边系扣子边问霍品什么事。霍品草草说了，让刘会计安顿女人去看二丫。霍品说，告诉你女人，不白用她。刘会计迟疑着说，黄毛要是关进去……霍品火了，我不追究，他能有什么事？

早饭前，霍品赶到派出所，他要把黄毛弄出来。黄毛不在，二丫就更惨了。霍品不计较，老闫还能拿黄毛怎样？如果想收拾黄毛，霍品早就收拾了，哪轮到他老闫？但老闫兴奋地告诉霍品，黄毛都招了，是他绑架殴打了霍品。

霍品目瞪口呆。半晌方问，他招供了？

老闫得意地说，我还骗你？喏，这是口供，我连夜审的。我早怀疑他了，调查时就觉得他对你很敌视。

霍品感到彻骨的寒意，反反复复道，怎么会这样？怎么会这样？不是问老闫，而是问自己。绝不是黄毛干的，霍品最清楚不过。因为那是霍品自己导演的。

霍品要从小局出发。霍品受伤，就有理由拒绝，除非破案。吴石总不能按着他的头签字。还有，这件事搁在那儿，吴石不会把他免掉。霍品认为老闫破不了，这根本就是一桩无头案，那样就会无限期拖延。

霍品选择了老郝，他给了老郝一万工程款，说这样做是为了和开发公司叫价，剩余的九万就有指望了，并说一切后果由他承担，与老郝无关。老郝感激涕零。霍品选择老郝有自己的考虑，他要让老郝相信，为了还钱，他什么都豁出去了。

霍品没想到老闫这么快就确定了“真凶”。纸上竟有黄毛签字画押的口供，不说出实情，黄毛会被公安局带走，如果说出来，霍品知道那意味着什么。

老闫冲发怔的霍品说，总算能向吴乡长交代了。

霍品的心抽了抽，异常冷静地说，闫所长你搞错了，打我的绝不是黄毛。

老闫鼻子挺得贼高，你什么意思？怀疑我的办案能力？

霍品说，那是我自个儿搞的苦肉计。

老闫的鼻子像被砸了一拳，有点儿歪，有点儿扁，你想往自个儿身上揽?

霍品纠正,不是揽,我就是主谋。霍品把老郝拎出来,说,老郝是在我的安排下实施的,你可以问他。黄毛有帮手吗?能雇上三轮车吗?这么简单的常识,难道老闫没想到?

老闫连连搓手,你唱的是哪出戏,这下可把我坑了,这……这……怎么向吴乡长交代?霍品说那是你的事。老闫要找老郝,走前,把黄毛交给霍品,让霍品先领回去。

黄毛跟在霍品身后,低着头,一言不发。但霍品还是瞅见他耳根后的乌青,没想到老闫是这么破案的。霍品想问什么,最终没开口。黄毛不愿意说,就让他沉默吧。走出乡政府大门,黄毛拔腿狂奔,很快把霍品甩在身后。

这天上午,霍品又去看鸡心湖,还有湖边的红瓦房。红瓦房自从盖起来,一直在等待着。现在,霍品也在等待。目光慢慢缩回,便看见一个人向他跑过来。除了刘会计,别人没这样的步数。刘会计走路稳当,跑起来永远一脚高一脚低。刘会计站定,气喘吁吁地说,吴乡长让他去,现在就去。

霍品说,知道了。

像水一样柔软

一

直到离开村庄，罗盘依然想着数日前的那个黄昏。

当街站的人都听到了宋如花的尖叫。罗盘自然也听到了，但他只是回头瞥了瞥。宋如花总是一惊一乍，四十多岁的人了，没一点儿定性。罗盘不，心慌脚不乱。呛死了，呛死了。宋如花一路走一路揉眼睛，风把她的声音荡过来，如同飞扬的空壳谷子。宋如花就这样把众人的目光拽定。人未站稳，话已离开舌根，烟不往外冒，往家里扑，呛死了。罗盘料定她没什么事，不就是烟囱倒扑烟吗？马上有人说，炕堵了，掏吧。宋如花犯愁道，这顿饭咋办？像问罗盘，又像问众人。罗盘没说话，别人遇到难事都是找他拿主意，自家的事还要人教？罗盘知道问题出在哪儿。他从不在琐事上和人废话，表情往往更有力度。果然，没人再搭茬儿了。

宋如花跟在罗盘身后，征询地问，要不，掏掏？罗盘不答，走了几步，突然回头，什么饭？宋如花说，莜面饺子，馅儿都剁好了，就差和面……你瞅我的眼熏成啥了？罗盘并不看她的眼，他说，炸几个辣椒搁进去。

罗盘找根竹竿，在竹竿一端绑上旧布条。随后爬上房，把绑布条的一端插进烟囱，反复抽动几次，烟灰扑出来，啄着他的头发眉毛。罗盘对院里的宋如花说，你再试试。几分钟后，宋如花跑出来，行了，不冒了。

罗盘没有急着从房顶下来，他在房顶没什么目的，就是想坐一会儿。罗盘家房子地势高，目光拉出去，整个村庄尽收眼底。房屋不整齐，前一户后一户，像一群没垄行的蒜头。烟囱七高八低，有的冒烟，有的没冒。没烟的多数是到城里去了，门窗也都用泥巴糊了。风一阵比一阵软，拂在脸上，像一只毛茸茸的手。一只燕子从罗盘眼底掠过，罗盘的目光追着它，可很快它就没了影儿。燕子把一个新的季节捎来了。罗盘想，明儿得把化肥拉回来。

罗盘闻到莜面饺子的香味。罗盘被香味勾回来，不经意地往远处瞟瞟，目光突然冻住。罗盘看见了侯夏。准确点儿，是看见了侯夏院子里的侯夏。侯夏家和罗盘家隔两户人家，屋顶上的罗盘把侯夏家的院子里看得清清楚楚。侯夏在自家院子里并不奇怪，问题是罗盘看见王丫进了侯夏的院子。罗盘听不见俩人说什么，只看见侯夏在王丫后腰拍了拍。这个亲昵的动作硌疼了罗盘。侯夏和王丫进屋，罗盘仍然是那个僵硬的姿势。宋如花喊他，罗盘才醒过神儿。

饺子是锅巴的，干的一面平平整整，另一面鼓胀胀的，像丰满的鱼肚子。宋如花茶饭好，尤其擅长做锅巴饺子，因为罗盘爱吃。罗盘没像往常那样一口大半个，吃得很慢，而且不声不响。宋如花哟了一声，怎么变成小丫头了？罗盘看看宋如花，眼神却是空洞的。宋如花问，犯什么呆？罗盘说没有啊，谁犯呆了？宋如花说那我考考你，问罗盘饺子像啥。罗盘说，能像啥？像饺子呗。宋如花问，除了饺子，还像啥？罗盘偏头看看，说，像枕头。宋如花追问，还有呢？罗盘说了几样，宋如花用别样的眼神斜着他，有一样儿最像，你没说。罗盘问，哪样？宋如花骂，呆瓜！罗盘突然明白她指的是什么。罗盘说，没正经。宋如花说，两口子，哪来那么多正经？宋如花嘴不饶人，脸却红了。

罗盘没把房顶上看到的跟宋如花说，宋如花藏不住话。而且，罗盘对自己也有些怀疑，他是不是看错了？王丫怎么会和侯夏混在一起？侯夏游手好闲，还好赌，女人和他过不下去，离了。侯夏快四十的人了，王丫不过十八九岁，还没对象，她怎么能看上侯夏？侯夏有什么好？想想，又不是没可能。侯夏虽不务正业，却有一副好嗓子，鼓匠班揽了活儿常喊他去。王丫野性大，行事不管不顾。按说侯夏王丫与罗盘没什么关系，俩人厮混也碍不着罗盘，但罗盘心里堵了烂棉絮似的，又闷又胀。不看见就罢了，看见了，就不能再把眼睛闭上。

第二天，罗盘雇吴四的三轮车去镇上拉化肥。化肥是去年冬天订好的，罗盘年年买，和老板已混得很熟。孰料店里没货，老板说昨儿个有人把存货全买走了。老板说你稍等等，一会儿咱的车就回来了。罗盘不好说啥，可一等就等到了下午。罗盘毛躁了，他嘱咐老板给他留着，改日再拉。老板给司机打电话，说再有一个小时就到了，罗盘说什么也不等了。吴四也劝，现在回去，不白跑一趟吗？罗盘说，就算是空车，我照样付你钱。吴四说，罗哥说哪里话，我不是担心你不付钱。罗盘说家里有事，吴四便发动了车。

罗盘没什么事，他惦记着侯夏王丫。到家，水没喝一口便爬上房。他的目光像一张大网将侯夏的院子罩住。没看见侯夏。侯夏的院子破败不堪，甭说牛羊了，鸡也没一只。一个猪食槽斜在当院，像个醉汉。院角窝着一堆陈年柴，已霉成黑色。霉柴边丢落着数个颜色鲜艳的方便面袋。村里，也只有侯夏这样的人常吃方便面。

罗盘躲在烟囱后面。

黄昏时分，侯夏终于出现。他从外面回来，手里提个绿书包。侯夏进屋，几分钟又出来。他来回踱着，显然在等人。又过了一会儿，王丫出现在门口。侯夏抓了她的手，似乎捏疼了，王丫用另一只手打侯夏一下。俩人进屋，侯夏警惕地扫扫身后。

罗盘暗暗骂娘。狗日的侯夏，王丫还是黄花闺女呢。

吃了晚饭，罗盘去了王宝生家。罗盘很少像宋如花那样串门，除非别人主动找他。所以王宝生两口子大为意外，甚至有些慌乱。王宝生女人让王宝生买烟，罗盘说他晚上不抽烟。王宝生女人是个病秧子，怕烟，王宝生是村里唯一不抽烟的男人。王宝生女人歉意地说，你是稀客，也没啥东西招待你。罗盘说，抬头不见低头见的，客气啥，在家待得闷了，出来走走。王宝生附和，是呀，忙起来倒不觉得，一闲下来就慌。罗盘一边说话，一边琢磨。王宝生两口子肯定还蒙在鼓里，他不说出来，王丫就得毁在侯夏手里。可这话实在难以出口。罗盘犹豫着，直到王丫回来，话仍在舌根底压着。王丫和罗盘打声招呼，进了西屋。罗盘将话引到王丫身上，闺女大了，能指望上了。王宝生女人说，指望啥？一天到晚疯跑，嘴又馋，一点儿没跟我俩。王宝生责备，闺女是你养的，气啥？罗盘看出来，王宝生面子过不去了。王宝生虽憨，却好面子。这点和罗盘有几分相像，这也是罗盘犹豫不决的原因。王宝生女人无奈地叹气。疯跑、嘴馋就气成这样，若是知道和侯夏厮混……还是算了吧。

睡觉时，罗盘没头没脑地骂句脏话。宋如花咦了一声，你这是咋了？谁惹你了？罗盘说谁也没惹。宋如花说没惹你骂什么人？罗盘问，我骂了吗？宋如花肯定地说骂了。罗盘说我骂侯夏这个狗日的。宋如花追问，侯夏惹你了？罗盘说了。宋如花呆了半晌，骂，侯夏这头猪。罗盘突然意识到什么，嘱咐宋如花，可不许乱说。宋如花说，我不说。罗盘不放心，千万不能说啊，说出去王丫就毁了。宋如花说，这话我敢乱说？只是……要不和王宝生两口子说说？罗盘讲了去王宝生家的经过，宋如花问，这可咋办？不能眼看着侯夏胡来。罗盘说，我再想想。

思量半夜，罗盘还是决定告诉王宝生。拖下去，王丫会出事。再者，宋如花已经知道，三五天还行，时间长了，她那张嘴难免露馅儿。罗盘改变了策略，单独把王宝生约出来。罗盘说，不说对不住你啊，不过你得瞒着女人，她闹点儿病，挺不住。王宝生紧张得眉毛都竖直了，啥事，啥事嘛？听罗盘说完，王宝生第一句话是，不可能！侯夏什么东西，王丫哪能和他混？罗盘僵了僵说，我是说胡话的人吗？我无缘无故胡说王丫干啥？王宝生的眼睛瞪得又圆又大，眼球上的血丝蝌蚪一样跳着，蝌蚪很快没了踪迹，甩下一层灰白。他恼怒地骂，这个死丫头，我揍扁她。罗盘一把拽住他，你这么闹，能瞒住你女人？她那个病，怕是撑不住。王宝生呼哧半天，我找侯夏算账。罗盘摇头，更不能去，你没证据，侯夏能承认？嚷嚷开，就更不好了。王宝生嗨了一声，抱着脑袋蹲在地上。

过了一会儿，王宝生仰起头，这可咋办啊。

罗盘犯难地说，是挺麻烦。

王宝生脸上扭出一片片紫青，仿佛挨了打。你得帮我拿个主意。

罗盘就等王宝生这句话。他说，你信得过我，我就帮你想个办法。第一，不能报官，除非王丫咬定是侯夏强迫，不然，治不了侯夏的罪，还弄得谣言满天飞。我看王丫不会这么说，这招不能用。第二，得现场捉拿，有了证据，侯夏王丫都反不了口。第三，对付侯夏打骂不是办法，打骂还是搞得全村都知道，让他赔王丫损失费，没钱让他打条子。另外，尽量瞒着你女人。王宝生频频点头，罗盘让他回去等消息。

罗盘早早爬上屋顶，伏在烟囱旁。罗盘有点儿紧张，还有点儿担心。怕王丫不来。这担心挺不地道，可已经和王宝生说了，就得给王宝生证据。其实，让王宝生把王丫锁屋里也是个办法，可罗盘怕王宝生撬不开王丫的嘴。王丫死不承认，王宝生会怀疑、埋怨罗盘。罗盘管是管，但不能把自己扯进去。

看见侯夏王丫，罗盘麻利地溜下屋顶。宋如花想跟，罗盘狠狠瞪她一眼，你以为看戏？宋如花定在地上。

罗盘在门口喊王宝生，王宝生两口子同时出来。王宝生女人灰白着脸，目光飘飘忽忽，如飞扬的柳絮。罗盘看王宝生，王宝生说，她知道了，走吧。王宝生女人恨恨地说，看我不扒他的皮。罗盘不知她要扒谁的皮，说，不能嚷嚷，千万要冷静啊。

门从里面插着，王宝生撞两下没撞开，王宝生女人抓起石头击碎门旁的玻璃，王宝生抓住窗框一扯，窗户整个掉下来。王宝生手割破了，红了半个手掌。王宝生从窗户跳进去，罗盘叫他先把门打开，王宝生根本没听，径直跑进去。王宝生女人也要跳，可爬不进去，两条腿甩来甩去。罗盘托她一把，她总算进去了。

待罗盘进去，屋里已乱成一团。侯夏缩在墙角，王宝生女人叫骂着，又撕又抓。王宝生想拽女人起来，几次被女人甩开。王丫呆站着，傻了一样。罗盘和王宝生合力拉开王宝生女人，侯夏的脸成了地图。

二

事情暂时平息了。侯夏发誓不再招惹王丫，并当面给王宝生写了一张两万块钱的欠条，算给王丫的赔偿。王丫也被王宝生关起来。王宝生一再向罗盘致谢，要不是罗盘，王丫不知被侯夏祸害成啥样呢。罗盘说你别客气，看到我就要管，王丫不懂事，我不能看她受骗。嘴上谦虚，罗盘心里颇得意。如果不是他偶然发现，后果难以想象，王丫搞大肚子，怎么嫁人？当然，罗盘并不指望王宝生谢他。换了张宝生李宝生，他也会这么做。

几天后，王丫突然失踪，同时失踪的还有侯夏。

那个夜晚，王宝生敲开罗盘的门，惊慌失措地说王丫不见了。罗盘边穿衣服边问怎么回事。王宝生说这几天王丫挺规矩，他也就大意了，没再锁她，谁知她就没了影儿，他也是刚发现。罗盘劝，别急，也许她串门去了。王宝生说，这么晚了，她去谁家？罗盘和王宝生去侯夏家，门上也吊着锁。罗盘情知不妙，陪王宝生去邻村亲戚家，说没见王丫。

王丫和侯夏私奔了。侯夏把王丫拐跑了。

那天捉住侯夏，侯夏咬定和王丫是两相情愿，是爱情，王宝生女人要扯他的脸，被罗盘和王宝生拽住。罗盘损侯夏，王丫还是个孩子呢，你咋有脸说？侯夏不吭声了，对赔偿的事答应得特别痛快，那时侯夏心里怕就有了鬼念头。其实，罗盘该想到的，他大意了。

王丫失踪第二天，王宝生女人就大躺了。王宝生去镇上抓了几服药，女人死活不喝。没办法，王宝生求罗盘，让罗盘劝劝。罗盘便拉了宋如花，去王宝生家当说客。

王宝生女人拥着被子半仰半躺，怀里揣着一个枕头，见了罗盘宋如花，咧咧嘴，似乎要笑的，末了只抽出一口寒气。宋如花握住王宝生女人的手，王宝生女人的眼泪唰地下来了。宋如花劝，你想开些，王丫那么大了，不会有事。王宝生女人拧着脸说，我没这种闺女。宋如花说，也怪不得她，她让侯夏哄了。王宝生女人骂，别提那头猪。宋如花跟着骂，连猪都不如，难怪女人和他离婚。两个女人你一句我一句嚼侯夏。罗盘给王宝生使眼色，王宝生把药端进来。王宝生女人还是不喝。宋如花说，喝了吧，别跟自个儿怄气。罗盘也劝，身子要紧，别落下病。王宝生女人说破罐子破摔，活着也没什么意思，爱咋咋吧。罗盘严肃地说，可不能这样，王丫咋错也是你闺女，哪有妈和闺女记仇的？王丫说回来就回来了，落下病可不是三天两天能好的。你作践自个儿王丫看不见，只是苦了宝生。王宝生女人软软的目光在王宝生身上摆了摆，罗盘忙对宋如花说，你喂她。宋如花从王宝生手里接过碗，王宝生女人顺从地张开嘴。罗盘听王宝生喉结重重响了一下，似乎裂开了。

罗盘宋如花回家不久，王宝生就来了。王宝生神色凝重，愁眉不展，让他上炕不上，给他凳子不坐，只在地上蹲着。似乎出了这档事，他就矮人一等了。罗盘劝，女人家想不开，你可得撑起点儿。王宝生叹气，都怨我，该把那死丫头好好锁着，我哪能想到她会跟侯夏跑了呢？罗盘道，这是意外。王宝生道，我该想到的，我咋就大意了呢？你说侯夏能把王丫带哪儿？罗盘眼珠子错动，脑里却是一片空白，是啊，他能带哪儿？按说他没地儿去，你没再打问打问？王宝生摇头，我问过了，都说不知道。罗盘骂，侯夏这狗日的。王宝生又捡回话头，你说，侯夏能把王丫带哪儿呢？罗盘斟酌着，这也说不好。王宝生揪着自己的头发，揪一下，举在眼前看看，揪一下，举在眼前看看，仿佛要揪出一个答案。过了一会儿，王宝生再次道，你说，侯夏能把王丫带哪儿呢？罗盘说，慢慢打问吧。王宝生看着罗盘，那眼神很难判断他是否在听罗盘说话，是否听懂了罗盘的话。

第二天晚上，王宝生又来了，依然心事重重，往地上一蹲，摆出一脸愁容。罗盘看王宝生蹲着，心里别扭，又不好说啥，问道，吃过了？王宝生说，吃过了。罗盘问，你女人喝药了？王宝生说喝了。顿顿，王宝生说，这事怨我啊，我要是一直锁着王丫，她就不会跟侯夏跑了，我哪里想到呢？罗盘说，这不是你的错，也不能老锁她。王宝生叹息两声，问，你说，她和侯夏能跑到哪儿呢？罗盘想了整整一夜，现在能回答王宝生了。他俩肯定去了城里，城里混饭容易。王宝生目光灼灼，是啊，城市多了去了。罗盘问，王丫没留下啥？王宝生说没有，罗盘说你好好想想，关她那几天，她说过什么话没有？王宝生缓缓摇头。罗盘问，她没留下信什么的，哪怕一张纸片呢？王宝生说，她写字比锄地还难受。罗盘想想也是。王宝生问，你说，她会去哪个城市？罗盘说，我长千里眼就好了。

王宝生蹲到很晚，直到罗盘问你女人一个人在家行不，他才如梦方醒，站起就走。一晚上，王宝生反反复复那几句话。

送走王宝生，罗盘拍拍脑袋，这事闹的。宋如花边拉被子边打哈欠，困死了。罗盘又说，这事闹的。宋如花斜着他，你怎么成王宝生了？罗盘说，这事……顿住没往下说。宋如花说，王宝生没怪罪咱的意思。罗盘说，越这样我越不安，他怪我倒好了。宋如花说，这怨不得你，睡吧。宋如花躺下，罗盘仍坐着发呆。宋如花拽拽罗盘，罗盘哦了一声，脱衣服。脱一件，停一停，好一会儿才脱完。宋如花横过一条腿，见罗盘没什么反应，她将整个身子伏过来。宋如花似乎要用这种方式把罗盘拽回来。她的努力终于让罗盘兴奋起来。忽然间，罗盘停住。罗盘盯着宋如花的眼睛，你说，王丫和侯夏能去哪儿？宋如花没好气，你是能人，你掐算呀。罗盘说，这事闹的。

第二天，王宝生进来，宋如花躲出去了。俩人说了些客套话，便默然相对。王宝生手没闲着，仍一下一下揪头发，罗盘忍不住说，别揪了，揪光也没用。王宝生伸出两手左右看看，缓缓搁在膝盖上。他问，你说，她进城了？罗盘说，绝对是。王宝生问，你说会去哪儿呢？罗盘说，难说啊，你没打算出去找找？王宝生说，她在炕上躺着，我哪儿走得开？罗盘问，她好点儿吧？王宝生说，心病，吃药效果不大。罗盘说，你多开导她，和自己闺女生什么气？王宝生黯然道，生什么气呀，她现在想王丫呢，一天到晚抹眼泪。罗盘觉得某个地方被烫了一下，想说什么，终是没想出合适的话来。

到罗盘家串门成了王宝生每晚必不可少的活计，而等待王宝生则成了罗盘的任务。王宝生没怪罗盘什么，从来没有。甭说言语了，王宝生的神态表情也没有怪罗盘的意思。王宝生只是自责、检讨。可是，罗盘越来越不安了。没有那个黄昏，一切都不会发生，至少，与罗盘无关。每个晚上是那么漫长、难熬，到后来，罗盘有点儿怕见王宝生了。

罗盘决定躲王宝生。王宝生扑几次空，该不会来了。那天晚上他和宋如花在吴四家坐到很晚。吴四刚买回一张二人转光盘，看得宋如花屁股都不想动了。罗盘瞪她，她才下炕。吴四咬罗盘耳朵，改天你自己来，我这儿有三级片。

王宝生竟然在大门口蹲着。看到那个黑影，罗盘的心就直往下坠。问声谁，王宝生霍地站起来。罗盘故作惊讶，宝生啊。王宝生委屈地说，我等你一晚，以为你出门了。罗盘解释，找吴四拉化肥，顺便坐了一会儿。他让王宝生进屋。王宝生说，不早了，我回去了。孑孑地走了。宋如花说，回来早了吧？罗盘没好气，还在别人家住下？他看出来了，回来多晚王宝生也会等。

就那么一晚，罗盘没再躲。但是面对王宝生，竟然有恐慌感，而且，听到侯夏王丫的名字，就会被刺一下，仿佛侯夏王丫是马蜂屁股，他们的针会从某个遥远的地方甩过来。

一天，罗盘从街头走过，王丫二字忽然飘进耳朵。他皱皱眉，想躲开，腿却被牵着似的，顺着声音寻过来。几个人在碾台旁说话，其中有宋如花。碾房废弃后，碾台便成了村民的聊天场所。罗盘走过去，几个人都不说了。但罗盘知道他们在议论啥。罗盘狠狠瞪宋如花一眼。一个人和罗盘打招呼，问今年种啥好。罗盘说去年莜麦便宜，今年肯定贵。在这方面，罗盘总是有先见。那人似乎还有什么话，罗盘已转向宋如花，让她回家。宋如花说，又不到做饭时间，回去干啥？罗盘大声说，让你回你就回，哪儿那么多废话？罗盘很少当着外人训宋如花，但此时有点儿控制不住。

宋如花跟在罗盘身后。

进门，罗盘便瞪住宋如花，谁让你把王丫的事嚷出去的？宋如花委屈地说，哪是我嚷的！王丫一跑，全村都知道了。罗盘说，别人嚷是别人的事，你别掺和。宋如花说，我不过是听别人议论。罗盘绷着脸，那也不行，听别人嚼这话头你趁早躲开。宋如花不满了，我又没做啥事，干吗……早知这样，当初就不该告诉王宝生。罗盘骂，闭住你的嘴就不行？谁还把你当哑巴卖了？宋如花扭过脸，她生气了。

晚上，王宝生进屋，见宋如花在炕上躺着，问罗盘，怎么？闹病了？罗盘说，没啥事，身子不舒服。王宝生劝，有病可要早看啊，千万别拖着，王丫妈生生是拖的。罗盘问，怎么样？好点儿了吧？王宝生愁眉苦脸地说，光吃药哪行呢？她心重，王丫不回来，药其实是白吃。罗盘问，还没消息？王宝生摇头。罗盘说，其实，能出去找找就好了。王宝生为难地说，她闹这么点儿病，我哪走得开？都怨我，不关王丫就好了。罗盘暗想，王丫想跑不关也会跑，但他没说，只能由着王宝生说。王宝生说一句，叹息一声，每声叹息都像锤子击在罗盘心上。

王宝生走后，罗盘说，我得把王丫找回来。宋如花猛地从炕上弹起来，你没疯吧？罗盘说，我好着呢。宋如花叫，凭什么？你又没欠他。罗盘说，我受不了啦，再拖，没准我真疯了。罗盘一旦做出决定，宋如花根本无法更改。她嘟囔，眼看就种地了，丢下我一个人咋办？罗盘说，雇人种嘛，你看着就行。宋如花问，你知道他俩在哪儿藏着？去哪儿找？找也不一定找见。罗盘说，找和找不见是两档子事，我总得试试。宋如花又想到一个问题，出门要路费，谁出？罗盘说，咱先垫上吧，还能找王宝生要路费？王宝生也没逼咱去。宋如花不甘心，真要去？罗盘说，我跟你瞎说啥？

三

罗盘没把真实想法告诉宋如花，他所谓的寻找只是做做样子。没有一点儿线索，寻找王丫不是嘴上说说那么简单。不是三五天的事，得几十天几个月甚至几年。如宋如花所说，要花钱，路费住店费吃喝费，那是无底洞，丢进多少钱也没个响儿。儿子去年刚娶过媳妇，罗盘的钱已花去大半。还没到结婚年龄的儿子和女方已同居半年，女方没提过分的要求，否则罗盘攒的那点儿钱根本不够。要是告诉宋如花，说不定哪天她就说漏了。罗盘不是成心骗王宝生，没这个必要。甭说王宝生没怪他了，就是打官司罗盘也输不了。罗盘绝对占理，可占理不等于心安理得。王宝生每天串门对罗盘是一次折磨，罗盘宁愿王宝生揪他罗盘的头发，王宝生不，连一句重话都不说。罗盘实在受不了啦，找个借口躲几天。

罗盘说要找找王丫，王宝生并未表现出意外，但他的态度却很坚决,不行,怎么能麻烦你呢?你这儿还有一大摊子呢。罗盘说,你走不开,我替你找找吧,没准能打问见呢。王宝生无措地说,这怎么行呢?已经给你添够多麻烦了,这……真是不合适。罗盘说,有什么合适不合适的?王丫还叫我大爷嘛,王丫不回来,你女人的病怕是腻歪。王宝生低头寻思一会儿,说,我和王丫妈商量商量。罗盘说,没必要,就这么定了。王宝生满脸歉疚,哎呀着,似乎想说什么感谢话,却不知怎么表达,末了突然大骂起王丫来。罗盘制止他,王丫还小,错的是侯夏。王宝生站起来,让你受累,我实在过意不去。你放心,家里的活儿我帮嫂子干。罗盘点头,让王宝生一早把王丫的照片送来。

王宝生走后,罗盘让宋如花拿钱,宋如花数出五百,罗盘说不够。宋如花不情愿,五百还不够?罗盘说,现在的钱不禁花,多带几个吧,你想让我要饭?宋如花嘟囔,又不是村长,什么事都想管。但还是给罗盘拿了。

刚睡下,王宝生又敲门了,罗盘披衣出去。黑暗中,王宝生的眼睛闪闪发亮,好像抹了磷火。罗盘觉出王宝生脸上的热气,显然他是跑来的。王宝生说,我翻了半天,总算找齐了。王宝生抓了厚厚一沓照片。罗盘说,用不着这么多,王宝生说,放家里也没用,留你这儿吧,万一用上呢。

王宝生没有马上走开,罗盘问,还有事?

王宝生突然抓住罗盘的手,动作又快又猛,罗盘吓了一跳。

王宝生说,让你受累了。

罗盘吁口气,还说这客气话干吗?

王宝生保证,家里的事我一定帮嫂子。

罗盘说,不早了,回吧。

王宝生执拗地让罗盘先关门,罗盘关了。

罗盘没在意王宝生是否在门外站着，他不想再说什么客套话。宋如花瞅着罗盘手里的照片说,不是让他明早送来吗?半夜三更的,着什么急?罗盘说,闺女跑了,搁谁头上不急?罗盘把照片摊开,足有二三十张。有王丫的单人照,也有合影。宋如花拥着被子坐起来,和罗盘一块儿翻看。宋如花说,王宝生的脑子是不是糊涂了,拿小时候的照片干啥? 罗盘说,他是怕我认不出王丫嘛。

第二天,罗盘未能走成。一大早,宋如花的弟弟宋如兵来了。罗盘一瞅他脸上的血印,知道他又和媳妇吵架了。两口子一吵架就往罗盘这儿跑,要么是宋如兵,要么是媳妇。罗盘几乎成了调解员。宋如花要看宋如兵的伤,宋如兵扭着脸不让。宋如花说,打人不打脸,没见过这么狠的女人。宋如兵媳妇是刁了点儿,可一个巴掌拍不响,宋如兵也不是善茬。宋如兵蔫头耷脑的,罗盘猜不只是吵架这么简单。果然,宋如兵说媳妇要离婚。宋如花顿时哑口。她很明白,离婚宋如兵肯定惨。罗盘自然走不成了。匆匆吃了口饭,罗盘随宋如兵回家。宋如兵家在杨柳村,离营盘村二十多里。路上,罗盘问明俩人打架的原因。宋如兵一个朋友说能买假币,拿到僻远的村子花,根本认不出来。宋如兵便从家里偷了三千块钱,换回一万假币,被媳妇发现了。宋如兵埋怨女人眼光太浅。罗盘训斥,亏得她眼光浅,由你,早撞大狱门了。谁是傻子? 能让你骗了? 宋如兵嘴巴狠硬,我想拿到外地买两头牛,听说那地儿人好哄。罗盘生气了,你和你媳妇商量吧,我不去了。宋如兵忙说软话。

宋如兵媳妇和罗盘打过招呼，便开始罗列宋如兵的不是。末了说，这种东西，我还能跟他过？离定了。罗盘说，是啊，换个女人早跟他离了，还能过到这会儿？亏得你老是迁就他，这也是他的福气呢。我路上还说，要不是你，他早撞大狱门子了。宋如兵媳妇骂，整个一头猪。她这么骂，罗盘心里就有数了。他陪着她一块儿骂。宋如兵倒是老实了，不吱声。宋如兵媳妇骂了一阵，把一万假钱丢到炕上。罗盘捻捻，若不是事先知道，还真认不出来。罗盘说，这事是他不对，不过本意是好的，想给你弄几个钱花花呗。谁也难免犯个错误，你给他个改过机会。宋如兵媳妇说，姐夫就是偏向他。罗盘笑笑，我当然有私心啦，他离婚，我就少个兄弟媳妇。宋如兵媳妇轻轻一笑，你是为这个劝我的？罗盘说，这门亲不能断呀，给我个面子吧。宋如兵媳妇说，我要不给呢？罗盘说，不给我也没办法，你没错。宋如兵媳妇说，我真是气死了。如此一说，意味着罗盘的任务完成了。平时，宋如兵媳妇也蛮听罗盘的话。罗盘说，我一会儿走了，你好好教训他。宋如兵媳妇说，我稀罕他!她问那些钱怎么办，罗盘说，当废纸烧了吧，别搁着，也别交派出所，那会惹事。宋如兵媳妇遗憾地说，真是可惜了。罗盘说，就当丢了，破财免灾。以后扣他点儿，一天给他吃一顿饭，争取把三千块钱扣回来。宋如兵媳妇神色暖了许多，姐夫教的，我就这么做。

罗盘回村已是下午。罗盘看见王宝生，想躲已经来不及，硬着头皮迎上去。罗盘心虚虚的，仿佛欺骗了王宝生。罗盘解释，本来今天要走，但小舅子家出了点儿事。王宝生忙说，不急不急，事从紧处来。罗盘生怕王宝生不信，说了劝架的过程，亏得我去了，不然两口子就散了，凭小舅子那样，下半辈子打光棍吧。王宝生点头，是呀，男人就得有个女人管着，不然就坏了。

王宝生目光迟缓，可罗盘总觉得他眼底长着毛刺样的东西，扯了几句话，匆匆离开。罗盘暗骂小舅子，不迟不早，偏在这当口儿吵架。

次日，罗盘离开村庄。他走得早，到镇上商店还未开门。他没有急着赶上县的车。侯夏女人在镇上卖瓜子，他想见见她。俩人虽离了婚，但侯夏女人毕竟了解侯夏，罗盘想从她嘴里掏点儿有用的。等了一个多小时，看见侯夏女人推小车出来。罗盘喊她一声，侯夏女人说，哥啊，这么早就来了。罗盘说，等你半天了。侯夏女人脸红红的，今儿起晚了，有事？罗盘笑笑，我打算到县里，王宝生闺女王丫跑了，王宝生女人有病走不开，我帮他找找。侯夏女人吃惊地说，是吗？罗盘说，侯夏把她拐跑的。侯夏女人稍一怔，破口大骂，这个不要脸的，一点儿好事不干。忽然意识到什么，我早和他没关系了，你找我干吗？罗盘说，当然和你没关系，打扰你也不合适，我琢磨着，这世上只有你把侯夏看透了，我是想让你指点指点，我想不出侯夏会带王丫去哪儿。侯夏女人神色缓和了些，山旮旯他不去，肯定找红火热闹去了。罗盘说，你说得有道理……红火热闹的地儿多了去了……他在城里有亲戚吗？侯夏女人寻思了一会儿，说，大同有他个姨姐。罗盘忙问，你有她地址没？侯夏女人摇头，我没见过她，只听侯夏说起过，好像开个粮店。罗盘说，你这个线索很重要，真是谢谢你。侯夏女人又骂，这个东西，净干丢人现眼的事。罗盘嘱咐她，有什么信儿，往村里捎句话。

到县城正是中午时分，罗盘在车站喝碗羊杂汤，吃了两个烧饼。然后掏出王丫的照片，到售票处问见过没。售票的女人轻轻瞟了一眼，说没见过。罗盘怀疑她根本没看。罗盘把照片从取票的口子递进去，你再看看。结果照片掉了下去。售票员不耐烦了，没见就是没见，不是跟你说了吗？罗盘赔笑，麻烦把照片给我。售票员没好气，谁拿你照片了？你这人怎么回事？罗盘解释，不是你拿了，掉地上了。售票员捡起来丢给罗盘。周围的人都看罗盘，罗盘尽量装出不在意的样子，脸还是憋得通红。在村里，谁用这种口气和罗盘说话？罗盘想，这是何苦？凭啥替王宝生受这个气？他冒出放弃的念头，可转身一想，已经出来了。怎么也得打问打问。随便转一圈回去，那就真是哄王宝生了。这和装样子是两码事。他安慰自己，这是县城，不是营盘村，谁认得你罗盘是老几？

罗盘拿着照片到车跟前问。侯夏和王丫肯定得坐车，说不定哪辆车拉过他们。这样，罗盘至少知道俩人逃跑的方向。如果王宝生出来，绝对想不出这招。王宝生种地是好手，动脑子远不行。问了几个，都说没见过。要么说，每天拉的人多了，谁能记住？

半下午，罗盘离开车站，去日日红饭馆。儿子在饭馆当厨师，儿媳当服务员。估计这个时间饭馆没生意，罗盘一来看看儿子，二来找个住处。这样，店钱就省下了。

两男两女正在饭桌上打麻将，其中有儿子。儿媳站在儿子身后。儿子看见他，只说你怎么来了，便让儿媳带他回家。儿子屁股动都没动。罗盘对儿媳说，你把他叫出来，我得让他带我去医院。儿媳惊问，你咋啦？罗盘严肃地说，没事，你叫他出来。儿子出来，儿媳跟在身后。儿子疑问，你一直好好的嘛，咋就病了？罗盘骂，少废话!儿子没再问什么，打车要送罗盘去医院。罗盘说回家，儿子糊涂了，看病不去医院，回家干吗？罗盘说，让你回你就回。

到了儿子租住的地方，儿子仍不明白，爸，你咋回事？罗盘绷着脸，你还认我这个老子？我以为你只认麻将呢。儿子品出味儿了，却没一点儿内疚，反而抱怨罗盘，你生哪门子气，我今儿正手气好。罗盘说，看来我碍你事了，我走。儿子拦住罗盘，笑嘻嘻地说，我哪舍得你走，要不，你打我两下？罗盘瞪他一眼，你这个样子，早晚也得让老板炒了。儿子说，打麻将的就有老板，炒了我，谁陪他玩？罗盘无语。儿子问，你上县干吗？罗盘说，没事，看看你。儿子鬼精鬼精的，不大像啊，你准有什么事，不是看病就好，我得走了，晚上让小红请假回来做饭。罗盘说，不用了，你把钥匙留下就行。他不愿给儿子添什么麻烦。

天色还早，罗盘再次去车站打问。直到所有的车走光，还是一无所获。罗盘又拿照片让车站附近摆摊儿的人辨认，万一王丫到过车站，万一王丫买过货呢。摇头。摇头。摇头。摇头。有一个问，是你闺女？罗盘说不是。那人满有把握地说，那就是儿媳妇了，这年头娶个媳妇不容易啊，我儿子也这命，八万块钱娶个媳妇，结婚不到半年跟人跑了。

罗盘回去已经很晚，儿子儿媳还没回来。罗盘吃了两个烧饼，无事可干，就打开电视，拿着遥控器来回换台。眼珠子忽然黏屏幕上不动了，一个想法冒出来。儿子儿媳进门，罗盘说了来县的目的。儿子瞪大眼，王宝生闺女跑了关你什么事？罗盘说王宝生走不开，我能眼睁睁看着吗?儿子没好话,啥事都揽,村长也没你管得宽。罗盘提高声音,乡里乡亲的,谁没个难事?儿子的脸马上就变了,我不过说说,也挺好,拿他的钱四处逛逛。如果不是儿媳在身边,罗盘非给儿子一个嘴巴不可。儿子变得越来越陌生了。儿子看罗盘不高兴,赔着小心说,这跟海底捞针一样,除非你给提供线索的人钱。罗盘咬咬牙,要是说出王丫的去向,给钱。儿子问,找谁联系呢?你又没手机。罗盘说,打你手机吧。儿子差点儿把脖子摇断,那可不行,接电话不少钱呢,除非王宝生出话费。罗盘重重咽口唾沫,话费你先垫着,到时我来跟你算。儿子说,这还差不多,劳务费就免了,算给王宝生做贡献吧。

电视寻人广告挺简单,不到一小时就办完了。只是有点儿贵,三百块钱,才播六天。花钱像打水漂一样,几个泡泡就没了。之后,罗盘又去了车站。罗盘本打算在县里住一阵就回去。找见找不见,罗盘尽力了,也对得起王宝生了。可住两晚他就待不住了。儿子儿媳夜间折腾的声音太响,睡在外屋的罗盘面红耳臊,贼一样不敢吭气。狗日的,也不懂避讳点儿。现在回村有点儿早。罗盘寻思一阵,决定去大同。

四

罗盘不在,宋如花早早睡了。宋如花喜欢枕罗盘胳膊睡觉,二十年了。一个人睡不踏实。营盘村怕是没一个女人有宋如花的习惯。一次,几个女人洗衣服,宋如花不小心说走了嘴,她常犯这种错误。当然对宋如花已算不上错误。几个女人挤眉弄眼，一个还说宋如花骚。宋如花顶她，你不骚，儿子咋出来的？

宋如花没贪床，躺躺便爬起来，家里养两头奶牛，二十只羊，罗盘一走，喂养任务自然落在她身上。

屋门一响，院外便传过问话，嫂子在吗？宋如花听出是王宝生，忙拢拢头发，把扣子系好，打开院门。王宝生叫声嫂子，几乎不由分说挤进来。宋如花哎呀，你这么早……王宝生说，罗大哥不在，家里的活儿就交给我吧。宋如花说，那怎么行，我干得了。她想拦，王宝生已经忙活开了。王宝生好像对这个家很熟悉，先把羊圈清了，给羊添了草，把牛粪铲到院门外，又把牛牵到门口，拿出取奶器给牛挤奶。宋如花要帮他，罗盘干这些活儿宋如花也常打下手。王宝生不让，他说你忙你的。宋如花就由着他。挤完奶，王宝生揭开缸盖瞅瞅，提了两桶水，又扫了院子。宋如花忽然想到一个问题，你出来，王丫妈怎么办？王宝生头也不抬，我早侍候她吃过了。干完活儿，王宝生在院里转了一圈，屋里转了一圈，觉得暂时没啥活儿，方洗手离去。

中午，王宝生扛来一把铡刀。宋如花愕然，问干啥？王宝生解释，青玉米秆子太长，整喂都糟蹋了。宋如花说费那个劲儿干吗，罗盘一直这么喂。王宝生说，铡和不铡不一样。铡草得两个人，一人往刀垛上送一人铡，宋如花只得戴了套袖帮他。王宝生不让她干，抓着她胳膊说，我一个人来，你干不了。宋如花拗不过他，便站那儿看。王宝生左手抓青玉米，右手握铡刀，反复蹲站。俩人不说话，只有铡刀嚓嚓的声响。不一会儿，王宝生脑门儿上就出汗了，阳光下闪闪发亮。王宝生不像村里的男人用袖子擦，而是掏出手绢。宋如花抿嘴笑了，一个大男人装块手绢。王宝生不知宋如花笑，他的眼睛吊在铡刀上。宋如花憋不住了，她已经憋了很久，嘴唇都要粘一块儿了。宋如花说，有意思。王宝生没听懂，停手问，什么有意思？宋如花说你的手绢啊。王宝生脸涨红了，没接茬儿。宋如花说，你用不着这样。王宝生动作慢下来，罗大哥替我找王丫，我就得替他干活儿。宋如花劝他歇歇，王宝生说，不累，再干也没罗大哥累。宋如花说，累倒没啥，就怕白跑一趟。王宝生说，那怪不着罗大哥，怪王丫。同时瞄宋如花一眼。宋如花觉出，王宝生大约嫌她说话不吉利，他似乎认定罗盘会把王丫带回来。宋如花问，王丫妈好点儿没？王宝生说，听说罗盘哥进城找王丫，她的病就好多了。宋如花暗想，一对实心眼儿。想到这儿，咯咯笑了。王宝生再次停下，嫂子笑啥呢？我铡得不好？宋如花说，笑我自个儿呢，我先前担心你铡了手，没想到你干活儿这么利索，不长不短好像机器弄出来的。王宝生受了鼓舞，更加卖劲儿。宋如花说，吃坏我家的牛，你可得赔。王宝生嘿嘿笑了。宋如花一本正经，我可不是说着玩的，全靠这两头牛挣钱呢。王宝生认真地说，牛懂得自个儿肚里装多少东西。宋如花眯眼斜斜他，我开个玩笑，看把你吓的。王宝生说，我没吓，你和罗盘哥是什么人，我心里有数。

每天下午，奶站的老王都来收奶。老王在当街一吹哨子，养奶牛的人家就把牛奶提过去。验奶过秤开票，每到月底，凭老王的票去奶站兑钱。宋如花不愿王宝生帮她卖奶，在家里干也就罢了，折腾到街上怪不好意思。可老王哨子还没响，王宝生就来了。宋如花板着脸不让提。俩人抢来抢去，牛奶洒了。宋如花生气了，挺大个男人，你这是干啥呢？我说不用就不用。王宝生傻住了，怯怯地看着宋如花，眼里有亮闪闪的水光。宋如花心软了，你这是何苦呢，我又不是没长手。王宝生小心翼翼地恳求，还是让我来吧，我过意不去呀。宋如花说，你家里还有一摊子呢。王宝生说，我都干完了，不信你去看。宋如花想，不是你过意不去，是我过意不去。王宝生再次央求，就让我干吧。王宝生软塌塌的目光望着宋如花，像等待宋如花施舍。宋如花叹气，好吧，不过得等会儿，老王还没来呢。

哨子一响，王宝生提起奶桶就走，走得飞快。宋如花喊，你慢点儿，等等我。王宝生没听见似的，斜着膀子猛走。宋如花不放心，跟在王宝生身后一溜小跑。到了街中心，宋如花后背全湿了，老王边验奶边说你俩跑啥，我还以为捉贼呢。宋如花反应快，那个贼就是你。老王的目光在宋如花胸上瞄瞄，我倒是想偷，没那个胆啊。宋如花笑骂，烂嘴，该撕。老王很冤枉地对王宝生说，你评评这个理，我没偷，凭啥撕我嘴？王宝生聋了一般，两眼盯着老王的每一个动作。老王甚是无趣，问，写谁的名字？王宝生抢着说，罗盘。

交完，宋如花说，空桶给我，你回吧。王宝生胳膊一甩，桶到了另一只手上。俩人边走边扯，宋如花说，空桶，我拿得动。王宝生连声说，不碍事，不碍事。便有长舌的人问宋如花，罗盘呢？王宝生抢着说，替我找王丫了。虽然王丫私奔已不是秘密，但王宝生不加遮掩地挂在嘴上，宋如花还是吃了一惊。有人追问，你呢？你怎么不去？王宝生做了亏心事似的，满脸不安，老婆闹病，我走不开嘛。

第二天，王宝生早早就过来了。宋如花有心不开门，他一口一个嫂子叫得宋如花心慌。宋如花没想到王宝生这么拗。她软不行硬不行，只得随他。早中晚一天三趟，所有的活儿干得利利落落，强过罗盘。比如青玉米，罗盘从来不铡，比如院子，脏了罗盘才扫，王宝生每天一扫。过了两三天，宋如花就习惯了。王宝生干活儿，她在一旁说话，或者边嗑瓜子边远远瞧着。有时，她丢下王宝生去串门子。不用惦记给罗盘做饭，她想几点回就几点回。原先不行，饭做迟了，罗盘的脸就裹了黑麻布似的。

一天晚上，宋如花正洗脚，王宝生扑进来，叫着，看见了，看见了。宋如花吓了一跳，问他看见什么了。王宝生挥着胳膊说，电视播了，寻王丫呢。目光灿烂地扑闪着，像一群飞舞的彩蝶。宋如花也很兴奋，忙打开电视。寻见本县节目，俩人眼睛紧盯着屏幕，电视里是售酒广告，之后是药品，治中风偏瘫的，不孕不育的，再后是驾校招生，饭店开业。王宝生脖子渐渐拉长，几乎要钻进去……砰的一声，王宝生猛地缩回头。电视机稳稳的，电视里的楼爆炸了。播上电视剧了。王宝生失望地说，怎么不播了，我明明看见了。彩蝶折翅断头，纷纷掉到地上。宋如花安慰，今儿不播，明儿肯定播。王宝生点头，还是罗盘哥有招，换了我，借个脑袋也想不出来。

王宝生没走，蹲在那儿自言自语，也不知王丫看到看不到。宋如花却在琢磨播一次花多少钱。宋如花盼罗盘找回王丫，但花钱她心疼。又一想，她只给罗盘拿了一千，撑死也就这个数。于是笑问，这下你放心了吧？王宝生声音很高，原先也放心，罗盘哥是能人。宋如花撇嘴，能什么能？能还没当个村长？王宝生说，他不愿意干哩，他干还能轮到别人？王宝生边和宋如花争论，边盯着宋如花的脚。宋如花感觉到了，想他别是要给我洗脚吧，这么一想，便把脚抽出来。

王宝生端起洗脚水就往外走。

宋如花叫，别，别……

王宝生已经出去了。

王宝生返回，宋如花的脸依然发烫。责备道，你看你这人，你看你这人。王宝生憨憨地笑笑，我回去了。

次日晚上，王宝生早早来到宋如花家。俩人盯着电视，像等待一个隆重的节目。宋如花给王宝生沏杯水，想想，又加了勺糖。王宝生出进惯了，不再拘谨，喝完自己倒了一杯。他对宋如花说，你也喝呀。宋如花说自己不喝，王宝生说，倒一杯吧。宋如花没动。

终于等到了。

王宝生一脸喜色，我没骗你吧？宋如花说，那个手机号是我儿子的。王宝生又不安了，麻烦多少人啊，该死的侯夏！宋如花劝，气也没用。王宝生说，是啊是啊，是自家闺女不争气。不争气也是手心的肉，你猜我那口子怎么说？王丫要是有个意外，还不如让她跟了侯夏。宋如花吃惊地张大嘴巴，她真这么说？王宝生挺难过，那还有假，她是想闺女想疯了，我不好说她。要不是知道罗盘哥出去找，她非寻了短见不可。电视一播，她又好了几分。罗盘哥是我的恩人，你们一家都是我的恩人。宋如花说，快别这么说，谁还没个难处？心下寻思，花完钱罗盘就该回来了。

自看见电视里的寻人启事，王宝生干得更欢了，而且搜寻着干。进了院子，王宝生的目光就左钩一下右钩一下。有一天，宋如花忘了叠被子，王宝生挤完牛奶，看见了，上去就要叠。宋如花狠狠扯他一把。王宝生大概没防住宋如花这么大劲儿，从炕沿摔下来。王宝生龇牙咧嘴地捂着腰，宋如花紧张地问，摔哪儿了？王宝生摇头，不……

碍事。宋如花搬个凳子让他坐，王宝生还是摇头。宋如花担心他摔断腰，那是天大的麻烦。她说，你走走，看有事没？王宝生走了走，扭扭腰，噌地上了炕。宋如花吁口气，没敢再拦他。这个王宝生啊，宋如花不知说啥好了。

五

罗盘到达大同是下午，阴天，灰蒙蒙的。罗盘只知道大同产煤，此外一无所知。站在火车站广场，罗盘颇犯踌躇，这么大地儿，粮店怕有上百家吧。这时，一个胖胖的妇女问罗盘住店不，罗盘问多少钱，妇女说三十到一百什么价位都有，二十四小时热水。罗盘嫌贵，女人问想住多少钱的，罗盘说二十。妇女一副嘲弄表情，什么年代了，二十块钱想住店？一斤猪肉多少钱？罗盘拔腿就走，他可以不住店，但不能受嘲弄。一个稍年轻的瘦女人跟上来，大哥，我那儿便宜。还未等罗盘说话，胖女人追过来，说就按你说的价，便拽罗盘胳膊。瘦女人说，大哥，咱不是说好了吗，抓住罗盘另一只胳膊。罗盘说我不住了，两个女人不但没松开，反撕拽起罗盘。罗盘一会儿偏向这边，一会儿偏向那边，胳膊疼得要断了。罗盘大叫一声，放开我。两个女人不理罗盘的愤怒，争吵起来。罗盘灵机一动，叫，钱，谁的钱掉了？两个女人同时低头，罗盘抽出胳膊，跑开。

罗盘出了一身汗，泡过一样。仍有女人问他，他再不敢答理。罗盘决定自己找。转了两个小时，终于选定一家。在巷子深处，一天二十五，还算便宜。罗盘买一张市区图，伏在床上，试图找粮店的位置。

他想自己出来确实比王宝生强，王宝生怕是地图也认不来。

屋内光线很暗，罗盘打开灯，并没起多大作用。地图像一张巨大的网，罗盘则是一只陌生的蜘蛛，一根线一根线地爬，一个角落一个角落地走。一遍又一遍。地图上什么都有，就是没有粮店。罗盘眼睛酸胀酸胀，一碰便吧嗒吧嗒掉泪。还是没有。

地图上没标记，只能自己找了。罗盘把地图划成几块，打算一块一块找。屋内住四个人，鼾声一个比一个响，罗盘一夜没睡好，一早就出来了。找到第一家粮店，还未开门，罗盘便门口等。罗盘有点儿急，城里人太懒，要是自己的店，天亮就开。又想，着什么急呢？他答应替王宝生找，并没答应替他找见。当然找见更好，问题是找不见啊，至少，罗盘心里没底。找和找见是两个概念。终于开门了，是个碌碡一样的男人，罗盘想店主倒像个卖粮的。男人问跟进来的罗盘，米？面？罗盘尽可能让自己的脸带出笑容，我打听个事，你是侯夏的亲戚不？男人问，什么人？罗盘说，营盘村的侯夏。男人很干脆，不认识。罗盘提醒，也许你女人认识。男人立刻瞪了眼，我女人早他妈死了!罗盘忙说对不起对不起，又问男人附近还有粮店没，男人蹦出三个字：不知道。罗盘暗想，他女人肯定是跟人跑了。

一小时后，罗盘找见第二家粮店。也不认识侯夏。一家一家问下去，罗盘变换着不同的表情。态度好点儿的，罗盘赔着笑感激人家；粗鲁不耐烦的，罗盘依然挤出笑脸，转身会骂句脏话。你认识侯夏吗？罗盘反复着这句话。

一天下来，罗盘仅找见九家粮店，腿几乎累断。这一天收获也不小，粮店一般在什么地段，心中有了底儿。第二天多跑了两家，依然没有消息。罗盘走得远，回去已经半夜。旅店关了门，罗盘敲半天才开。看门老头儿没好脸色，让他以后早点儿回。罗盘争执，我花了钱，还把我锁在外面？老头儿说我按规定办事，十一点关门，丢了东西算谁的？有意见找老板去。罗盘憋了一肚子火，想自己几时受过这种窝囊气？他又没欠王宝生的，王宝生也没监视他，何必这么遭罪？一个看门的也这么凶。次日起晚了些，他决定休息一天。躺到下午就躺不住了，花钱闲待着，怎么也不划算啊。王宝生是没监视他，但王宝生是一根刺，在他肉里扎着。他没疼到哪儿去，那感觉却比疼痛还难受。

晚上，罗盘又在地图上爬行，邻铺问罗盘整天在地图上找啥，罗盘说找粮店。邻铺说市区图不标，再说粮店多了去了，你找哪一家？罗盘说所有的都找。邻铺问推销大米？罗盘说找人。邻铺说你找粮食局，全市有多少粮店，都在什么位置他们肯定清楚。罗盘拍一下脑袋，自己咋就想不出来？他的能也仅仅在营盘村，在外面终归差点儿。

罗盘找见市粮食局，让他到区粮食局问；找见区粮食局，说粮店多了去了，让他到工商局问；找到工商局，让他去邮局买本黄页，上面都有。罗盘没听懂，问什么是黄页。费了两天时间，罗盘终于弄到一本黄页。所谓黄页其实就是电话簿。果然有大大小小的粮店名称，后面写着电话。罗盘欣喜万分，决定打电话问，这样省事。罗盘不再问你认识侯夏吗，这么问太生硬，让别人摸不着头脑，他说我是侯夏的亲戚。如果对方认识侯夏，自然和他搭腔。一上午电话就打完了，没一个认识侯夏。罗盘对侯夏前妻的话产生了怀疑，难道她诓他？又想不大可能。

罗盘数数身上的钱,再住两天就得回去。快种地了,出来的时间不短了,也对得起王宝生了。他完全可以在店里坐着,或者闲逛。他没有,他实实在在找了。找不见,那怨不着罗盘,只怪这个世界太大了。侯夏王丫不是名人,不会在电视报纸露脸;他俩也不是逃犯,充其量是王宝生的逃犯,公安局不会给王宝生的逃犯发通缉;侯夏王丫就是海里的针,罗盘没本事捞出来。

两天他也没闲着,仍出去寻找。粮店有大有小,未必所有粮店都安电话。就像一个村,总有穷的富的,有的烧大同煤,有的烧本地褐煤,有的烧羊砖牛粪;有安电话的,有不安电话的,有白安也用不起的。侯夏姨姐可能开家小粮店呢。

回家前一天下午,罗盘在一条杂乱的旧街找见一家粮店。一个正在算账的女人抬头问,要点儿什么?罗盘说,我是侯夏的朋友。女人的目光忽然紧了,盯着罗盘,你说什么?罗盘重复一遍,女人哦了一声。罗盘有种感觉,这个女人正是他找的人,她的脸盘和侯夏真有几分相似哩。罗盘声音里带出了激动,你是侯夏的姨姐吧?女人反问,侯夏让你来的?罗盘愣了愣,觉出女人怀着戒备,多了个心眼儿,点头。女人追问,让你来干啥?罗盘机械地说不干啥。女人追问,他在哪儿?罗盘愕然,女人卖的什么药?如果知道侯夏在哪儿,他费这个劲儿干吗?女人忽然一笑,你等一会儿,边往外走边掏手机。

罗盘心跳加快了,看来,她真是侯夏姨姐。他不知她的电话打给谁,也许是侯夏。他回味着她刚才的问话,寻思她的拷问怕是装糊涂,怕漏了侯夏的信儿。这么一想,罗盘紧张了,她是不是给侯夏报信儿？罗盘正要出去，女人进来了，她让罗盘稍等一会儿。罗盘问，侯夏过来吗？女人含含糊糊应了一声。

来的不是侯夏，是两个警察。罗盘蒙了，警察要带他走。罗盘的眼睛飞出绿毛样的东西，叫，我没偷没抢，凭什么带我？又冲女人嚷，你说，我干什么了？女人冷着脸一言不发。

罗盘被带到派出所。警察问罗盘从哪里来，来干什么，侯夏是他什么人，他找侯夏干什么。罗盘想，要么侯夏和警察伙穿一条裤子，知道他来要收拾他——侯夏未必和警察有多大交情，但侯夏姨姐有面子；要么侯夏出了什么问题。不管什么原因，在这个陌生的地方，罗盘觉得不能隐瞒。于是详细讲了侯夏怎么拐走王丫，他如何从侯夏前妻嘴里掏信儿，怎么找到这儿。两个警察相视一眼，其中一个说，这样的话，与你无关。

罗盘没吃苦头。罗盘又返回粮店，证实女人确实是侯夏姨姐，数日前侯夏确实来过，住了一夜，偷五千块钱没了影儿。女人大骂，我好吃好喝招待他，谁知他是个贼。说到激愤处，女人嘴角旋出两团白沫。罗盘小心翼翼地问他没说去哪儿？马上意识到是句废话。果然女人气愤地说，他连人都不是了，还能说人话？

好歹逮住点儿侯夏的消息，没白跑，该回了。

六

罗盘回到营盘村，依然是在下午。远远的，罗盘就闻见村子的树香，看见了十字街的收奶车。王宝生和老王正在争吵。王宝生说秤错了，老王说王宝生看走了眼。王宝生面红耳赤，非让老王再过一下秤，老王说都倒进大桶了，你不是故意找茬儿吗？王宝生说我的奶也就罢了，我是替别人卖，亏了我怎么交代？老王一扭头看见罗盘，哟，主人回来了。王宝生的眼睛突然被点亮，扑过来抓住罗盘胳膊，另一只手似乎要做个什么动作，绕了几绕，慢慢掐定罗盘。老王让罗盘评理，罗盘说算了算了，开票吧。王宝生顾不上和老王吵了，一手捏票一手拎桶，跟在罗盘身后。

怎么样？找见了吗？王宝生问。罗盘想，这么两天能找见，我成神仙了!罗盘没敢在街上说，应道，先回。可王宝生等不及，嗖地蹿到前面，拦住罗盘，罗盘哥，你倒是说呀。王宝生喘气粗重，两眼溜圆。罗盘摇摇头，王宝生顿时定住。

罗盘走了一段，王宝生又追上来，他不再问了，影子一样拖在罗盘身后。

宋如花一脸意外和惊喜，呀，回来啦？找见没？罗盘皱皱眉，让宋如花赶快弄饭，饿死了。宋如花系围裙的工夫，王宝生也麻溜坐到灶坑。罗盘说，宝生，让她一个人弄，你歇着。王宝生说没事没事，宋如花倒没说什么。

吃过饭，宋如花又问，罗盘说，我没那么大能耐。然后讲自己怎么寻找、怎么找见侯夏姨姐，还差点儿被警察戴了铐子。宋如花骂，这个侯夏，到哪儿也不学好。王宝生一脸无望地说，是难呢，城市那么大，谁知他们藏在哪个旮旯？王丫算是让他坑了。罗盘劝，想开点儿，慢慢打听吧，混不下去，早晚要回来。王宝生头垂得更低了，似乎被砍了脖子。罗盘想王宝生还当真了，自己并没保证给他找回王丫。

安慰几句，见王宝生不开口，也便作罢。一时冷场。宋如花打破沉默，你不在，宝生把咱家的活儿全揽了。罗盘望望王宝生，想说谢字。王宝生突然开口，罗盘哥，谢谢你了，让你费心了，找见是王丫的福，找不见是她命苦，我不怪你，也亏得你去，找见了侯夏的姨姐，要是我出去，怕是自个儿也弄丢了。罗盘想，你没理由怪我。王宝生说你也累了，早点儿歇着吧。罗盘站起来，说那好。王宝生却没有一点儿走的意思，罗盘只得坐下。

罗盘终于想起一件事，问宋如花，儿子没打电话？宋如花摇头。罗盘推断，看来电视播没起多大作用。宋如花说，钱白花了，那得多少钱呢？罗盘狠狠瞪宋如花一眼，同时瞄瞄王宝生。王宝生像没听见，蹲在那儿，一点儿一点儿萎缩下去。罗盘本想解释几句，见王宝生如此，把话藏回去。

王宝生不走，也不说话，眼睛呆滞，不知在嘟囔什么。

罗盘说，宝生，炕上坐。

王宝生不答。

罗盘说，喝点儿水。示意宋如花端过去。

王宝生碰也不碰。

罗盘问，王丫妈一个人在家？

王宝生浅浅嗯了一声。

罗盘和宋如花面面相觑。

好一会儿，王宝生方站起来，说我走了。罗盘说慢走，同时给宋如花使眼色，宋如花悄悄跟在王宝生身后。

罗盘大大松口气。他去羊圈看看，羊都低头吃草，没理他。过去他一露面，那些羊就咩咩叫着和他打招呼。他去牛栏瞅瞅，牛心满意足地嚼着嘴巴，看样子早吃饱了。他又转了一圈，看到新起的羊砖整整齐齐码着，青玉米秆被切成一截截的，那个烂了沿儿的筐他本来想扔，现在用新柳条补好了。王宝生倒是用心，罗盘心里沉甸甸的，又有几分难过。

宋如花进院，罗盘问王宝生回去了？宋如花说回去了。罗盘环顾一圈，都是王宝生干的？宋如花说进屋吧，我跟你细说。宋如花讲了王宝生怎样和她抢活儿，但没讲王宝生叠被子。罗盘埋怨，你拦着他嘛。宋如花挺不高兴，王宝生像个疯子，我能拦住他？我怕他锉断我骨头呢。你替他找闺女，他还不替你干点活儿？罗盘忧心忡忡地说，以后怕是麻烦呢。宋如花说，他是没少卖劲儿，你还花一千块钱呢，还是他划算。罗盘反驳，闺女跑了，划什么算？宋如花说，也是，不过，这不是咱的错，王宝生也没怪罪你。罗盘想，王宝生要怪罪倒好了，可以和他理论。王宝生不怪他，他反而不安。又想，自己找也找了，于情于理都说得过去了。

宋如花催罗盘睡觉，别让王宝生搅得颠倒了。罗盘看着宋如花，心痒痒了。是啊是啊，该把王宝生丢到一边。便有些猴儿急。刚抱到一块儿，王宝生敲门，宋如花吐吐舌头，怎么办？罗盘说，不理他。宋如花似乎比罗盘还了解王宝生，不理，他会一直敲。罗盘骂这个猪脑子，悻悻起身。

罗盘打开门，语气含了些不满，什么事？王宝生说我早该过来的，进去说。罗盘用身子挡了一下，王宝生一挤，罗盘闪开。罗盘不忍把他堵在外面。王宝生丢下罗盘，往里急走。罗盘大声说，宋如花睡了!王宝生这才驻足,从怀里掏出一个纸包,我糊涂,早该把钱送过来。罗盘明白了,说,算了算了,没花几个钱。王宝生执拗地说,这怎么行?不能让你出钱,你替我找,我就感激不尽了。罗盘不要,王宝生死活要给,俩人推让半天,罗盘累出一身汗,不得已接了。王宝生想必也头昏了,出门脑袋撞了墙。

宋如花知道王宝生来送钱,说,他总算识趣啊。罗盘打开纸包,厚厚一沓,竟然三千块。宋如花问,他没问你花多少钱?罗盘摇头。宋如花又问,他怎么不问问?罗盘呆呆地应,问就不是王宝生了。宋如花说,明天再说,别犯呆了!良久,罗盘才缓缓地说,我快顶不住了。

第二天,罗盘还睡着,宋如花摇醒他,快起吧,王宝生又来干活儿了。罗盘忙爬起来。王宝生正在挤牛奶。罗盘说,我来!王宝生说,你刚回来,太累。罗盘说,我不累,歇一夜了。说着打个哈欠。王宝生责备,还说不累,歇着去!罗盘铲牛粪,王宝生似乎想拦,目光一直追着罗盘。他丢不开手里的活儿,最终没说什么。罗盘挺不自在,不敢贸然和王宝生对视。

干完活儿,罗盘叫住王宝生。王宝生一瞧罗盘手里的钱,叫,你这是干啥?罗盘耐心地说,宝生,你听我说。王宝生马上道,不能让你垫钱。罗盘说,只花了一千,这两千你拿回去。王宝生说,哥,别骗我,这年头钱不禁花,一千哪够?罗盘说,真的,不信你问宋如花,她只给我拿一千。宋如花插话,真的。王宝生说,你俩都是好人,我不能让好人吃亏,我没穷到这份儿上。罗盘说,我没吃亏。王宝生说,你肯定哄我,三千也不一定够。罗盘有些急了,我真没哄你。王宝生想逃,罗盘抓住他的胳膊,往他身上塞。王宝生坚决不要,由于用力,脸涨得像风撑开的红布兜。不行,不行!声音极高。俩人拱到墙角,王宝生几乎哭出声,罗盘哥,你这是作践我吗。罗盘愣住,王宝生跑了。

半晌,罗盘缓过神,那两千块钱被攥得变了形,水嗒嗒的。宋如花劝,管他呢,他愿意给就给,你又没跟他要,权当工钱。罗盘白她一眼,什么混账话,这钱你能花?宋如花嘀咕,发什么火嘛,当我稀罕!

晚上,罗盘和宋如花去王宝生家,一来看王宝生女人,二来送还那两千块钱。无论如何不能要,不是偷的抢的,但比偷的抢的更扎手。

王宝生女人见俩人进屋,便要往起爬。宋如花摁住她,躺着吧,又不是外人。王宝生也劝,躺着,谁还怪你?宋如花问,前几天不是好了吗?王宝生神色凝重,是啊,前几天是好了,谁知昨天又重了。罗盘宋如花相视一眼,罗盘清清嗓子,说道,你可得想开些,王丫说到底是不懂事,早一天晚一天都会回来,等她回来……你说她侍候你还是不侍候你,不侍候你你是她妈,侍候你什么时候是个头?你不能一辈子把她拴在身边,哪个父母也不能这么做,你得养好身体。王宝生女人有气无力地说,就怕她回不来了。罗盘笑笑,你别胡思乱想。王宝生女人眼角溢出泪水,早知这样,还不如让她跟了那个畜生。罗盘僵了僵,说,我知道你想王丫想得心疼了,可不该有这个念头。且不说侯夏人品,就他的岁数,和王丫差的不是一星半点儿,那不让人笑话吗?王宝生女人说,现在还不是让人笑话?罗盘正色道,这又是乱猜,我没听哪个笑话,只听骂侯夏的。父母把孩子往雪窟窿塞,那可真让人笑话了。王宝生女人叹口气,也许我是糊涂了。罗盘适时转移话题,和王宝生说些墒情调种之类的事,宋如花和王宝生女人聊些家长里短,她擅长这个。

临走,罗盘掏出钱,王宝生脸色紧紧的,膀子架高,似乎要跳起来。罗盘忙说,这个留给你女人看病,我帮不上别的忙,表示点儿心意,你的钱我收下了,这是我的钱。王宝生女人说,怎么能要你们的钱?王宝生也说,不能留!罗盘语气坚决,必须留,这是我送你的一个吉利。这个理由不容辩解,王宝生两口子似乎被遥远的希望震住了,痴痴地,没再争执。

宋如花对罗盘此举甚是佩服,出门就说,你还真有两下子,王宝生眼睛都直了。罗盘颇为得意,不这么说,王宝生会和我打起来。

罗盘以为王宝生该消停了,晚上,王宝生又把钱送回来。罗盘不由瞪了眼,不是说好了吗?王宝生憨憨一笑,你的吉利钱我收下了,这钱是另外的,我不能亏你。罗盘哭笑不得,随后绷了脸说,我说不亏就不亏,要不我给你拉个账单?王宝生似乎生气了,让你拉账单,我成什么人了?我还信不过你?罗盘说,信我就把钱拿回去。王宝生执拗地说,不行,不能让你亏了。罗盘最终没拗过王宝生。

王宝生还像往常一样过来替罗盘干活儿。罗盘委婉地劝他不要来了,他自己干得了。王宝生似乎听不懂,罗盘便干脆地说,你别来了,用不着你了。王宝生说,闲着也是闲着,你帮我多大忙,我才帮你多大忙。罗盘说,这不是帮不帮的问题。王宝生说,是啊是啊,干这么点儿小活儿,什么帮不帮的。王宝生的逻辑让罗盘头疼。说话不行,罗盘便给他冷脸,王宝生视而不见,仿佛他干活儿上瘾,无可救药。那天俩人因挤牛奶抢来抢去,结果把取奶器拽坏。罗盘火了,你怎么回事?自己没家?王宝生的脸突地煞白,怯怯地看着罗盘,眼里似有泪光。罗盘摆摆手，走走。王宝生踉踉跄跄地离开。宋如花责备他不该发这么大火，罗盘也感觉自己过头了，王宝生并无恶意。又想拉下脸也好，早晚也有这么一次。上午，王宝生又来了，而且拿来个新取奶器。罗盘不悦，你这是干吗？修修还能用。让王宝生退了，王宝生说退不了。罗盘无奈地说，你这是何苦？王宝生蹲在地上，罗盘哥，我是有家，可我没奶牛啊，羊也没你多，那点儿活儿撑不住我干，不干活儿我烦得要命。算你帮我忙，好不好？王宝生几乎是乞求了。罗盘无力地点头，一种从未有过的失败感笼罩全身。

晚上，王宝生还是喜欢到罗盘家串门。王宝生没什么话，只是蹲着发呆，仿佛他就为发呆而来。罗盘不理他，和宋如花说别的事。可突然间，王宝生会扔出一个问题，如，侯夏姨姐咋不把侯夏留住？罗盘答，他偷了钱，还敢待？王宝生应，狗改不了吃屎。又是沉默。

王宝生离开，罗盘宋如花一个字也不提他。王宝生成了极敏感的三个字，甚至成了忌讳。罗盘宋如花都没明确说，但俩人不知怎么就达成默契。宋如花那样一张嘴也学乖了，只有一次，宋如花说出个“王”字，罗盘扫她一眼，她立刻把后边的话咬断。王宝生就这样在俩人的空间蒸发，就算他刚刚还在场，一转眼便成为一缕烟。但烟气消散并未让罗盘宋如花轻松，相反，虚虚浮浮的轻松更让人压抑。

几天下来，罗盘就憋不住了。他到小卖部给儿子打电话，问有没有王丫的消息。儿子说我正要找你呢，我的手机快打爆了，你得让王宝生替我交手机费。罗盘不耐烦，少废话，有王丫的消息没？儿子说有是有，我琢磨没一个有准儿，要么说王丫让绑架了，拿钱赎人；要么让给他账号上打钱，钱到再说王丫的下落。亏得我知道王丫是让侯夏拐跑的，没上当。罗盘说我还以为你的脑子让麻将堵了呢。

那天夜里，罗盘在宋如花身上趴了很久，宋如花腿都麻了。之后，罗盘翻出王丫的照片。宋如花不笨，一看就明白罗盘要做什么。罗盘的话掷地有声，我得把王丫找见！

七

王宝生一定要把罗盘送到镇上。这几天，王宝生就像充气的皮球，走路都有些跳了。但他诚恳地劝阻罗盘，说已给罗盘添了太多麻烦，再让罗盘跑，实在过意不去。王宝生又提出所有费用由他出，并很快凑了三千块钱。罗盘嫌多，王宝生说，出门在外，多预备几个好。要是心疼钱，就不这么折腾了。找见人比啥都强，罗盘说那我把账记上，王宝生急得脸都红了，你现在就是我，自个儿花钱还记什么账？一路上，王宝生没少说感谢话，并说家里罗盘尽管放心，如果哪点没干好，罗盘抽他大嘴巴子。

罗盘上车，看到王宝生追车跑了一段，边跑边挥手。这个镜头电视里常有，车上的人似乎都有些动容，罗盘无动于衷。与上次相比，罗盘有种无形的压力。上次只是寻找，这次得有结果。这些年，村里的青壮年多数外出打工，罗盘本子上记着他们的地址。有的地址很清楚，还有电话，有的只是城市名。第一步跟这些人打听。侯夏那几个钱经不住花，没钱自然要找事干。至于怎么找，罗盘暂时没想好。这些人分布在七个城市，罗盘分别标了号。

罗盘决定先找马三定。罗盘找马三定有自己的考虑。马三定嘴长,消息多;马三定是光棍,罗盘想借宿。省几个算几个。马三定接到罗盘电话,甚是热情,一口一个罗哥,让罗盘尽管找他。罗盘到那儿是在夜里,他被人流挟裹着拥入地下通道,迈不开步,只能一点儿一点儿挪。半夜三更,竟然这么多人,罗盘颇为感慨。出了站口,终于透上一口气。看看表,已经一点多。住旅店不划算,在候车室挨到天亮,出来找公交车。辗转到马三定所说的白城,已是九点多钟。几年不见,马三定竟然胖了,腮帮子有了肉。马三定领罗盘回家。罗盘调侃,你小子牛啊,城里有了家。不过是客套话,租个房子临时住,算不得家。不料马三定竟然一脸得意,尽管嘴上说凑合。罗盘说给你添麻烦了,马三定说客气什么,你找我是看得起我。这倒是实话,在村里,罗盘很少理马三定。马三定手贱,经常小偷小摸,罗盘根本瞧不起他。

马三定租住在一个大杂院,四周全是鸽子笼般的小房子,对面相隔不过五米。马三定推开一间,嘿嘿笑着让罗盘进。屋里很暗,床上乱扔着被子,还躺着一个人。是个女人,粗长的头发团在被头。罗盘纳闷儿,马三定找上女人了?马三定拍她一下,还睡,看谁来了?女人打着长长的呵欠坐起来,上身只穿着背心。罗盘正要调转目光,她先说话了,罗盘啊,几时到的?罗盘看清了,竟然是吴志成女人。一刹那间,罗盘大脑里一片糨糊,吴志成女人怎么和马三定住一块儿?马三定只对罗盘笑笑,让吴志成女人去买菜,特意强调,弄一个肘子几块口条。

吴志成女人出去,马三定解释,我俩都夜班。罗盘一脸疑惑,你俩……?马三定嘿嘿一笑,说和吴志成女人一块儿两年了。罗盘虽然瞧出些眉目,经马三定证实,还是惊愕不已。吴志成是村里的羊倌儿,女人外出他守家,每年春节吴志成女人都回家一阵子,吴志成肯定不知道女人早和马三定同居了!罗盘语气里带了责备,你怎么能这样?马三定装糊涂,罗哥,我怎么了?罗盘说,吴志成没惹你啊。马三定笑了,你说这个啊,我可没强迫她,她自愿,撵都撵不走。在城里合住有好处,省房租。罗哥,你老在村里,落伍了,城里这根本不算啥。罗盘甚是恼怒,轮着谁也轮不着马三定教训啊。罗盘忍着,没再说难堪话。

马三定和吴志成女人倒是热情,一个敬酒,一个夹菜。吴志成女人问罗盘最近见吴志成没,罗盘瞥马三定一眼,天天见,他没给你打电话?他崴了脚。吴志成女人神色甚是关切,真的?厉害不?她着急的样子让罗盘发蒙。罗盘犹豫一下,说好像不太厉害。吴志成女人吁口气,那家伙就知道死受,从来不懂打个电话。罗盘心想,吴志成打电话能阻止你跟马三定同居?现在,罗盘吃惊倒不是马三定和吴志成女人同居,而是俩人的态度。甭说马三定,吴志成女人也没一点儿避讳的意思。他们那么坦然,那么理直气壮,没有丝毫羞愧,仿佛本该如此。

喝到一半,马三定突然问,你找我什么事,不是也想打工吧?罗盘这才想起正事。马三定听完,破口大骂,侯夏这个王八蛋,不干一点儿好事。吴志成女人附和,我早看侯夏不是个东西。罗盘暗想,你们有什么资格说侯夏?你们比他强不到哪儿去。如果在村里,罗盘会说;在这儿,罗盘舌根终是软些。吴志成女人问,王宝生怎么不出来找?罗盘还是那句话,王宝生走不开。马三定和吴志成女人大夸罗盘人好,王宝生出门,怕是东南西北也分不清。他俩倒真像两口子,一唱一和。罗盘不接茬儿，马三定这儿住不成了，他打算吃了就走。马三定喝得兴奋，一只手搭罗盘肩上，哥长哥短的。过去马三定不敢这么放肆，再喝二两也不敢对罗盘拍拍打打。罗盘轻轻拨一下，马三定很快又搭上来。罗盘皱眉，马三定视而不见。睡本村的女人，对罗盘指手画脚，谁给马三定这样的胆子？罗盘无暇去想，他待不下去了。马三定摁住罗盘的肩，别急，我不晓得侯夏王丫在哪儿，咱村在这儿打工的多，我带你去找他们，说不定有信儿。罗盘说，不用了，你还要上班。马三定说，我请几天假，也算帮王宝生忙。罗盘再次道，我能找见。马三定说，你没我熟。吴志成女人也劝，让他去吧，他就是个热肠子。罗盘看看马三定，再看看吴志成女人，没吭声。

那几天，马三定一直领罗盘转悠。他对村里出来打工的人确实熟，有时到居住地找，有时直接到干活儿的地点找。侯夏王丫来找过没？有他俩消息没？怎么了？侯夏把王丫拐跑了。这头猪，黄花闺女也敢拐。没有。没听到。每次看见对方摇头，罗盘的心便往下沉一沉。这么网一遍，如果捞不见一丁点儿消息，那就说明罗盘思路错了。侯夏肯定躲避村里人，他怎么敢露面呢？但已经这么做了，就一定得网到底。找见王丫，他好回去交差。王宝生没强迫他，没差遣他，但在罗盘心里，这是个比差事还重要的差事。

马三定每天晚上都回去。他让罗盘跟他住，说挤一挤嘛，怕啥？罗盘坚决不去，宁可糟蹋王宝生的钱住旅店。马三定先请三天假，之后又请了几天。马三定的热情倒让罗盘不好意思。一天晚上，马三定没来得及赶回去，和罗盘住店。他劝锁着眉头的罗盘，找不见就找不见呗，还把你愁成这样？罗盘不愿和他深讲，敷衍，王宝生给我拿了盘缠，找不见咋交代？马三定嘻嘻笑，也就是你了，换成我，先找个好地儿玩一趟，反正王宝生也不知道。罗盘白他一眼，抛出悬在心头的疑问，你就不怕我回去告诉吴志成？马三定大咧咧地说，这有啥可怕的？怕也是吴志成怕。罗盘闻言一愣。他以为马三定这么卖劲儿是堵他的嘴，看来并非如此。马三定没有丝毫担心，好像已经掐中吴志成死穴。罗盘有些郁闷，想知道的没音讯，不想知道的偏撞进眼眶。

第七天，马三定回去上班。也就在那天，罗盘终于捕到侯夏王丫的消息。

八

夜里落了场春雨，空气格外新鲜。宋如花和王宝生一前一后出了村。地种完了，很顺利，宋如花没插手，只往地里送了两趟饭。还有半亩多小片田，宋如花打算点了红豆。夏天摘豆角，秋天剥豆子，干豆角冬春熬菜，一菜吃四季。宋如花想悄悄自己干，可王宝生似乎是狗鼻子，宋如花一出门便撞见他。王宝生执意要去。宋如花无奈地说，你这个人，让我怎么说你好呢。不过宋如花警告，要干一块儿干，可不许你一个人霸了去，我怕身子荒了。

那块地不规则，中间大，两头小，像个胖乎乎的饺子。点红豆是要技巧的，深不行浅不行，至于多深多浅，全靠经验。宋如花点了几下，王宝生瞅着地垄问，怎么深一颗浅一颗的？宋如花说，能长上来就行呗。王宝生说，那不一样，有的长高了，有的还没顶芽呢。宋如花心想，我这么多年都这么点。暗笑王宝生迂，辩论却是一本正经，一个娘胎出来，还七高八低的，何况红豆？王宝生说，它们出来的时候是一样的。宋如花抓住他这句话，你怎么知道？你量过？王宝生红着脸说，都这么说嘛。口气软了许多。宋如花还想逗他，王宝生不再接招。过了一会儿，王宝生又嫌宋如花垄不齐，东丢一颗西丢一颗，他说，你别干了，还是我来吧。宋如花绷起脸，我可说好的，不许和我抢。王宝生别别扭扭地瞅着宋如花，宋如花故意乱丢。王宝生看不下去了，宋如花丢一颗，他拨正一颗。宋如花加快了动作，她不知怎么想气气他。两个人比快慢，结果铁锨碰王宝生手上了，王宝生哎呀一声缩回胳膊。宋如花吓坏了，碰哪儿了？我瞅瞅。王宝生捂着手腕不让看，连说没事。宋如花强行掰开，王宝生的手腕渗出了血，一片片洇开。宋如花心疼地责备，你这人真是，抢什么抢？搜遍全身，没有可包扎的东西，忽然想起王宝生的手绢，问，你的手绢呢？王宝生说一包就弄脏了。宋如花说脏了我赔，硬从他兜里掏出来。宋如花给他包扎好让他回。王宝生梗着脖子，这算啥？我没那么娇气。不但不回，还不让宋如花干。宋如花不同意，王宝生央求，让我一个人干吧，我答应罗盘哥的。宋如花说，他也没说必须你一个人干呢。王宝生的样子可怜巴巴，一个人干我踏实，你别干了好不好？要不，你在边儿上看着。宋如花突然心软，闪到一边。

田野上，俩人的样子显得奇怪。一个专注地干活儿，一个漫不经心地乱瞅。王宝生确实干得好，一招一式像经过严格的训练。王宝生埋头干活儿不再说话，宋如花有些憋闷，便挑起话头。

宋如花：这场雨真及时，看来收成错不了。

王宝生：嗯。

宋如花:现在种地方便多了。

王宝生:嗯。

宋如花:这两年可没少受累啊。

王宝生:嗯。

宋如花:你的手绢挺好看,自己买的?

王宝生:嗯。

宋如花火了,耳朵聋了? 王宝生吃惊地看着宋如花,我不嗯了吗? 宋如花说,你就不会说别的? 王宝生道,别的? 别的说什么? 宋如花说算了算了。她意识到自己过头了,她没理由对王宝生发火。可是,不说话,宋如花又很难受,不,是痒痒。嘴上痒,身上痒,心里也痒,如同掉进蚂蚁窝。这时,她就想起罗盘。罗盘总是有话,他的话能把她压住。情不自禁地,她说,也不知罗盘在哪儿?王宝生说,他去找王丫了嘛。宋如花用目光剐他一下,我没问你。王宝生并不计较宋如花的态度,他说,我干这点活儿还不及罗盘哥一半。顿顿又说,在外受罪呀,找见王丫就好了,他出去这阵子,王丫妈能坐起来了,人没个盼头不行。宋如花想坏了,王宝生收不住了。别看王宝生是闷葫芦,提起王丫闸门就开了。她几次岔开,又几次被王宝生揪回。宋如花说,你用不着我,我回了。王宝生摆摆缠着手绢的手,你放心好了。

又一日,宋如花去挖田韭菜。刚顶芽的田韭菜又嫩又脆,经开水浅烫,用醋和蒜泥拌了,味道极好。宋如花从小就喜欢吃。宋如花刚挖一小把,王宝生突然出现在面前,像从天上掉下来的,宋如花吓一大跳,你怎么来了?王宝生憨憨地笑笑,蹲下去。宋如花又问,你怎么知道我在这儿? 王宝生不正面回答,我就知道嘛。宋如花责备,这是女人干的活儿，你跑来干啥？王宝生说，两个人挖，快。宋如花说，罗盘从来不挖这个。王宝生笑笑，闲着也是闲着。宋如花叹息一声，妥协了。她清楚，就是拖也不能把王宝生拖回去。王宝生表面是绵羊，骨子里是倔牛。

西边飘过黑云，风一下紧了。宋如花说要下雨，催促王宝生回。王宝生正在劲头儿上，非要再挖一把。他挖野菜不是宋如花对手，似乎心有不甘。宋如花不好丢下他，结果半路遇了雨。王宝生脱下上衣让宋如花顶在头上，宋如花还是淋透了，王宝生就更别说了。宋如花埋怨，王宝生低头不说话。走到家门口，宋如花说，你回去换衣服呀，跟着我干啥？王宝生哦了一声，往自家方向走去。宋如花刚换完衣服，王宝生又来了，还是湿淋淋的。宋如花问他怎么不换，王宝生说王丫妈还在睡觉，我回去就把她吵醒了。宋如花突然有些感动，她看看王宝生，再看看，削长的脸，塌陷的两腮。宋如花扭过头静静心，找出罗盘的衣服让王宝生换。王宝生不换。宋如花厉声道，你这样会弄出病，知道不知道？王宝生连说没事。宋如花生气却无奈，她不能把他的衣服扒下来。

可能是王宝生的样子令宋如花怜悯，宋如花主动说起王丫，王宝生灰暗的眼睛顿时溅出光彩，一条条清晰可见。王宝生问，你说罗盘哥找见找不见？宋如花犹犹豫豫地说，这说不好，罗盘也是个庄稼人，没多大能耐。王宝生反驳，庄稼人能一样？罗盘哥就是个能人，全村公认的。宋如花说，就是找见，怕也不是一时半会儿的工夫。王宝生说，一月不行俩月，一年不行两年，我就不信找不见她，她还能钻地缝里？王宝生几乎在宣誓。宋如花愕然，他自己找也就罢了，问题是罗盘在替他找，难道让罗盘没有止境地找下去？宋如花不好这么说，旁敲侧击道，这得花多少钱，你那家底儿经得住折腾？王宝生提高声音，就是砸锅卖铁，也得把王丫找回来。宋如花的心不由得颤了。顿了顿，王宝生自言自语，也不知罗盘哥在哪儿？宋如花说，放心吧，只要有信儿，他肯定往回打电话。王宝生四处瞅瞅，家里没电话。宋如花不由笑了，给小卖部打呀。王宝生使劲儿摇头，宋如花不知他在琢磨什么。

过了两天，王宝生领两个陌生人上门，要给宋如花安电话。宋如花叫，使不得。王宝生说，钱都交了，不安就作废了。安了电话，罗盘哥往回打电话方便。宋如花说那也得安你家呀。王宝生说王丫妈闹那么点儿病，电话一叫她还不得疯了？王宝生总有一种软塌塌的理直气壮。

安了电话，王宝生来得更勤了。王宝生的希望拴在电话线上，他守在电话旁，等待罗盘的声音，等待他自己的希望。宋如花暗示，罗盘不可能打电话，他不知道家里安电话。王宝生似乎没听懂宋如花的话，宋如花干脆说，别等了，根本没这必要。王宝生腼腆地笑笑，万一他打回来呢？王宝生等，宋如花只得陪他。俩人守着一部不说话的电话，说着与王丫有关的话题。当然，也说别的，那大约是宋如花烦了的时候。但王宝生对别的话题没兴趣，有一搭无一搭地应着。宋如花怎么受得了？好几次，宋如花丢下他出去串门，王宝生一个人傻等。王宝生成了宋如花家一件可以移动的家具。

一天晚上，宋如花从外面回来，王宝生兴奋地告诉她，电话响了！宋如花忙问，谁打来的？你没接？王宝生丧气地说，只响一下，我一碰就没声了。宋如花哦了一声。王宝生很是遗憾,怎么就断了?是不是我碰了什么地方?宋如花笑说,可能打错了。王宝生点头,马上又摇头,我看不会,这么几个数还能按错?宋如花说管他呢,要是罗盘他还会打来。突然意识到这话不妙。果然,王宝生眼睛亮光了,我也这么想。宋如花更正,肯定不是罗盘。王宝生反问,不是罗盘哥是谁?宋如花哭笑不得,我怎么知道?王宝生说,等一等,看还响不了。宋如花想,坏了,王宝生的迂劲儿又上来了。

半个小时过去,电话没响。

一个小时过去,电话哑着。

宋如花困了,连打几个哈欠。王宝生有些焦躁,但没有离开的意思。宋如花说,你一走一晚上,家里放心?王宝生说我都安顿好了。宋如花说,不会来了,别等了。王宝生说,再等等,万一来呢。宋如花想不能因为这个不睡觉吧?她干脆说,你回吧,来了我接。王宝生寻思半天,说还是我接吧,我看你困了,你睡吧。宋如花差点儿嚷起来,你戳着我怎么睡?王宝生的样子让她克制住自己。

王宝生是后半夜走的,彼时,宋如花正趴炕上打第二个盹儿。王宝生推醒宋如花,让她听见铃响接着点儿。宋如花胡乱应着,往身上拽了个被子。第二天一早,王宝生进门就问,响没?宋如花说没——后边的话被哈欠冲掉了。

晚上,王宝生给宋如花拎包瓜子,说嗑点儿瓜子就不犯困了。宋如花瞪大眼,她被王宝生吓住了。

九

罗盘回村，小麦已经抽穗。田间小路弥漫着野蒿和油菜花的清香，虫鸣鸟鸣不绝于耳，蝴蝶不时扑到脸颊。时间真是飞快，罗盘抽抽鼻子，竟然酸酸的。

数十日，罗盘奔走于几个城市，追寻着侯夏王丫的踪迹。他以为有了俩人的消息，找见不会费什么劲儿，没想到影儿也没瞥见。侯夏王丫似乎知道罗盘在找他们，故意和罗盘捉迷藏。罗盘刚探到俩人的住处，他们就搬离。一次，罗盘探到侯夏住在尖岭，是个被城市包裹起来的村庄。他没顾上吃午饭，匆匆赶到，一家一户问，傍晚，终于寻到，房东指着王丫照片说，两小时前退了房。罗盘问他们去了哪儿，房东摇头。罗盘还去俩人的屋里瞧了瞧，屋子已被房东清扫，侯夏王丫没留下任何线索。罗盘又赶到火车站，并在车站逗留数日，没逮住侯夏王丫。一次次希望和失望，令罗盘万分焦躁。一天洗澡，还跟人打了一架。那人说罗盘溅到了他，罗盘没情绪，说话也不客气，洗澡还怕溅？那人扑过来就打，旅店老板叫来警察才把俩人分开。罗盘多处受伤，生疼。罗盘没少骂侯夏的娘，骂王丫蠢，甚至产生放弃的念头。第二天，他的怨气便消散了。他答应王宝生，要把王丫找回去。王宝生那张脸像一枚瘦瘦的图章悬在罗盘头顶。

钱花完，罗盘终于有理由回家。罗盘没糟蹋王宝生的钱，每天都精打细算。罗盘也没偷懒，像找自己的女儿一样找王丫，他对得住王宝生。罗盘回家是坦然的、放松的。可闻见野蒿和油菜花的味道，罗盘突然犯难。村庄近在眼前,他怎么见王宝生?怎么向王宝生交代?花王宝生那么多钱,却没带回王丫任何消息。令罗盘发愁的还不止王宝生,没找见侯夏王丫,但罗盘找见了散落在各个城市的乡亲。罗盘知道了他们的真实生活或者说秘密。吴志成女人和马三定同居;刘保说二女儿在服装厂,其实在夜总会,描眉画眼,干的肯定不是正经营生;杨文广两口子在城里捡破烂儿,并非杨文广父亲炫耀的替人看家;马结巴干着偷盗的勾当,还买了车。没有谁让罗盘打探,可罗盘带回了他们的消息。如果有人问,他怎么说?不知道就罢了,偏偏知晓,这令罗盘灼心。罗盘更想不通的是,不管干啥,他们在罗盘面前都有优越感。像杨文广两口子,眉飞色舞地讲述在垃圾里捡到了什么,除了用的,还有现金。杨文广还提出给罗盘捡个手机,好像罗盘是向他乞讨去了。要不是打听王丫,罗盘早就甩手走了。

当然,王宝生最令他头疼。王宝生在等结果。罗盘在路边坐下,琢磨该怎么和王宝生说,直到天黑也没想出啥来。不管怎样,不能在地里过夜,总得和王宝生见面。罗盘悄没声息,想回家睡个好觉。罗盘自嘲,偷偷摸摸,贼一样。

院里静悄悄的,偶尔有一声羊的咩叫。罗盘插了大门进屋,想给宋如花一个惊喜,所以轻手轻脚。一个瘦长的背影撞进眼睛,罗盘以为自己走错了门。犹豫间,王宝生回头,大叫,你回来了?随即抓住罗盘摇晃两下。罗盘愣了,片刻,辨清这是在自己家里,问,她呢?王宝生不答,上上下下打量罗盘,我不是做梦吧?罗盘机械地摇头。王宝生说,我还以为你从电话里跑出来的。罗盘这才看见那部红色电话机,知道是王宝生安的,罗盘责备,花这个冤枉钱干啥?村里有电话嘛。王宝生说往家里打方便。罗盘再次问宋如花哪儿去了，王宝生傻傻的，我不知道啊。罗盘沉着脸骂，真是不要脸，让你看门，她倒去闲逛。王宝生说，不怪她，我在等你的电话。罗盘诧异道，我连家里安电话都不知道，怎么可能打？王宝生不好意思地笑笑，我是怕万一……

王宝生的笑声、王宝生的表情令罗盘紧张。尽管他安慰自己，他没坑王宝生，他很对得起王宝生了，心还是忽悠忽悠地颤，好像在树上挂着。王宝生没有询问，而是直盯着罗盘。罗盘觉出来，王宝生也有点儿害怕，他不敢问，他在等。罗盘头皮阵阵发紧，抽得他都要缩了。王宝生小心翼翼地问，还没吃饭吧？我去买瓶酒。罗盘拦住他，我不饿。事实上，他早就饿瘪了。王宝生目光始终缠绕着罗盘，似乎一眨眼罗盘就飞了。罗盘终于耐不住，宝生啊，你怎么不问王丫的消息？王宝生一脸愁苦，我过意不去啊，哪能一进门不让你歇歇就问这个？我不问你也会说嘛。罗盘歉意地说，还是没找见。王宝生的脸咕咚一下硬了，身子摇了摇，差点儿摔倒。罗盘扯住他胳膊，你没事吧？王宝生慢慢站直，费劲儿地挤出些干巴巴的笑，我没事。罗盘说，我对不住你啊。王宝生苦苦一笑，你说这话就不对了，你扔下家费力流汗地找，是我对不住你。罗盘说，白花那么多钱。王宝生道，可不能说这个，我自己找不花钱？罗盘说家里让你受累了。王宝生说，哥，可不能这么说，要不我就得钻地缝儿了。

有人敲大门，王宝生欲动，罗盘道，别管她，让她敲！王宝生迟疑一下，说可别这样，迅速出去。宋如花责备王宝生，插什么门？敲半天也不开，你这人真是。宋如花进屋，惊喜地说，你回来了？找见没？罗盘狠狠看她一眼，宋如花瞅瞅霜打了的王宝生，明白了。罗盘发脾气,你这个臭毛病改不了,大半夜的乱跑,要不是宝生看着,房子也丢了。宋如花也不示弱,两个月不着家,回家就骂人。王宝生道,这不怪嫂子,我同意她出去的。罗盘愣愣,看宋如花。宋如花不高兴了,谁用你同意了?罗盘用眼神制止她。王宝生尴尬地说,我就是同意了嘛。

王宝生离开时,罗盘嘱咐,先别说我回来了。王宝生说,没事,她撑得住,再说她早晚得知道。罗盘严肃地说,等她病好点儿再说嘛。王宝生一脸愁苦,不见王丫,她的病没个好。罗盘说,别再加重了哇。王宝生点头,我不告诉她。

罗盘让宋如花快弄饭,饿得眼都花了。宋如花埋怨,早说呀!罗盘说你不在家,我跟谁说?宋如花委屈地说,你不知道王宝生有多烦,我在家待不住,怕变成哑巴。罗盘挥手,行了行了,不是王宝生同意你出去的吗?我还说啥呀?宋如花憋不住,扑地一笑,掐罗盘一把。

俩人折腾一会儿,躺在被窝里说话。宋如花说你够狠的,这么长时间不打个电话。罗盘叹道,我打也不能只跟你说,还得跟王宝生说,我说啥?宋如花说,看见了吧?王宝生给安了电话,就等你往回打呢。罗盘说,我不出去了,花那么多钱,有点儿冤。宋如花问,花完了?罗盘说,光光的,要不我也不回来。宋如花说,没找回王丫,这可咋办?罗盘气冲冲地说,什么咋办?王丫不是我拐走的,我尽力了,王宝生清楚。之后,又叹口气,你明儿去劝劝王宝生女人。宋如花问,你不是不让她知道吗?罗盘说,你瞧瞧王宝生那张脸,女人还看不出来?

第二天,宋如花去王宝生家,果如罗盘所料。王宝生女人知道罗盘寻找无果,病一下加重了。本来能在地上转悠,现在又大躺了。罗盘心事重重,王宝生女人要是有个好歹,他就成了罪魁祸首。

王宝生仍和过去一样准时准点儿来干活儿, 罗盘怎么撵都不走。因点子多而备受村民尊重的罗盘束手无策。王宝生每天的光临,对罗盘是一种难以言说的折磨。

一天晚上,罗盘和王宝生对坐,罗盘把准备好的账目递给王宝生。罗盘自己留了底账,这份是刚誊好的。上面记着每天的开销,精确到了毛。

王宝生问,啥?

罗盘说,花销账目。

王宝生脸一抖,几下把账本撕碎。

罗盘叫,你这是干吗?

王宝生脖子一抽一抽的,神色甚是激动,你不是寒碜我吗?我就是信不过自个儿,也信你。

罗盘说,亲兄弟明算账,让王丫妈也看看。

王宝生的手空劈一下,咱别说这个好不好?再说就是打我脸了。你在外面我惦记,是担心你吃不好睡不好,可不是心疼那几个钱。

罗盘惭愧地说,我没用。

王宝生神色严峻,这怨不得你,你尽力了,怪只能怪王丫,她可真会藏,她忘本了,把老子娘忘了。说着说着,王宝生情绪就失控了,这种闺女,养她有什么用? 白养一场啊!要不是她妈闹那个病,就是她回来我也不要她!要她干吗?你说我要她干吗?我一杖把她脑仁儿杖出来!

罗盘劝,你消消气,孩子嘛,总不懂事。

骂了一会儿，王宝生破轮胎一样瘪下去，垂着头说，就算她有千错万错，也是她妈身上掉下的肉，我不和她计较，当父母的不和儿女计较。而后目光灼灼地瞪着某一处，就是砸锅卖铁我也要把她找回来。

罗盘忽地一哆嗦。

罗盘开始躲了，他不像宋如花一躲一晚上，在村里转几圈就回了。丢下王宝生一个人，罗盘终是过意不去。每次回去又很后悔。那天晚上，罗盘转到吴志成家门口。脑子里除了王宝生，吴志成也挥之不去。他总觉得吴志成冤，不知道也就罢了，问题是他亲眼看见吴志成女人和马三定同居。罗盘几次举手敲门，又几次缩回。如果没有王丫这档事，罗盘一定会告诉吴志成。当然，没有王丫，罗盘也不可能知道吴志成的事。现在，罗盘有点儿怕了。马三定说得没错，他无所顾忌，倒是吴志成可能毁了。罗盘最终逃开。

罗盘决定请王宝生吃顿饭。王宝生不肯，你帮我那么多，倒让你请我，我没脸。罗盘说，你也帮了我呀，你我客气啥?你家里有病人，吃饭也不方便，就这么定了。吃饭那天，王宝生还是提一瓶酒过来。罗盘责备，他傻笑，应该的应该的。王宝生说已经侍候女人吃过，罗盘还是让宋如花送一份过去。

罗盘敬王宝生一杯，王宝生马上回敬一杯。罗盘再敬一杯，王宝生照旧。喝了一会儿，罗盘看王宝生情绪还行，抛出主题，宝生啊，这些日子让你受累了，你家里躺个病人，难呀，从明儿你就别过来了。王宝生表情马上凝固，你请我吃饭就为这个?罗盘忙说，和这没关系，不过——王宝生打断，我没干好?罗盘说这倒不是。王宝生问，我碍你事了?罗盘摇头。王宝生说,那你是干吗?算了,饭我不吃了。罗盘宋如花好说歹说才把他摁住。罗盘说,想干就干吧,我不拦你。王宝生说,这还差不多,顿顿又说,不干活儿,我心里烦啊。

罗盘无言。

场面便寡寡的。王宝生不再敬罗盘,自斟自饮。罗盘说你也甭担忧过度,虽然没找见王丫,不过我知道她好好的。王宝生的目光网一样罩过来。罗盘便讲他怎么打听到侯夏王丫的消息,怎么一次次追寻,一次次扑空。罗盘本不想告诉他具体过程,可看王宝生忧伤的样子,觉得还是说出来合适。至少可以说,罗盘没白糟蹋那些钱。王宝生紧张地盯着罗盘,罗盘稍一停顿,他便问,后来呢?罗盘说最后一次打探到侯夏王丫的消息是在D城。王宝生问,后来呢?罗盘说我没钱了。王宝生重重在腿上击一下,可惜了。罗盘说就算追也不一定追上。王宝生说,也可能追上呀,都怪我,给你带的钱少了。我都联系好了,明儿卖羊,卖了就有钱了。罗盘劝阻,不能再扔钱了。王宝生眼睛血红,我豁出去了!

第二天,王宝生果然把羊卖了。罗盘帮他捉羊看秤,十五只羊,卖了四千多块。王宝生数了两遍,又让罗盘数一遍。羊咩咩叫着,罗盘忽然抓住车栏杆,摸摸一只羊的头,而后挥手大叫,快走,快走。

第三天,王宝生卖了那头半大猪。

第四天,王宝生卖了仅有的二十只鸡。

罗盘终于沉不住气了。

十

罗盘再次回村已经是秋天。田野满荡荡的金黄,罗盘却闻不到麦子的香味。罗盘脸瘪了,颧骨上趴着块块紫色的斑痕。从后面看,罗盘走路还有点儿跛,这使他的肩忽高忽低。罗盘当然不知道自己的怪样子,只觉得脚隐隐作痛。由于不停地走路,罗盘的脚不停地起泡,一次次肿胀。有一天回到旅店里,竟然脱不下鞋了。他不敢硬拽,怕把脚拽断。打来热水,鞋脚一块儿泡进去。鞋扒掉,他被自己的脚吓了一跳:像灌了气一样鼓溜溜的,一片白一片粉,似乎一捅就破。罗盘躺了一天两夜,起身时脚刚刚能挤进鞋。他不敢多躺,他的头顶悬着利剑。必须把王丫找回,罗盘没有退路。离开村庄时,罗盘发誓,找不回王丫就不回来。没找见王丫,他还是回来了。钱花完了。尽管有这样一个理由,他还是心虚。可是他实在太想家了。想宋如花的唧喳,想宋如花的莜面饺子,还想那两头奶牛。

虽然没找见王丫,但找到了侯夏。这是此次出行的重要收获。大约是离开村庄二十天后,罗盘在一处工地找见侯夏。侯夏正和一个女人筛沙子,他戴着黄色安全帽,罗盘还是认出了他。罗盘激动得腿都抖了,差点儿扑上去掐侯夏脖子。罗盘瞅了瞅,工地不大,只有一个出口,于是躲在出口对面的角落里,准备跟踪侯夏。估计王丫在侯夏住处。侯夏这么个腰软肚硬的家伙也卖苦力,肯定是缺钱花了。没钱又没样儿,王丫图他什么?罗盘想不通。

收工后,陆续有人出来,但不见侯夏。罗盘瞪得眼睛都疼了,侯夏还是没影儿。罗盘慌了，难道侯夏看见了他，溜了？于是大步冲进去。侯夏和几个民工蹲在工棚前吃饭，侯夏面前放着一瓶啤酒。妈的，倒会享受。罗盘扑上去，抢过侯夏的饭碗摔了。侯夏正要发作，认出罗盘，慌了慌，又笑了，罗盘哥，怎么是你？罗盘揪住他，少废话，王丫呢？侯夏装糊涂，王丫，我不知道啊。罗盘骂，你是不见棺材不落泪，走，去公安局。侯夏欲挣脱，罗盘死死抓住他。罗盘叫，住哪儿？走！侯夏说就住工棚。罗盘吼，你老实点儿！旁边有人证实，侯夏确实住工棚。罗盘问，王丫呢？她在哪儿？侯夏说不知道，二十多天前就跟他分开了。罗盘急了，你把她弄哪儿了？然后对围观的民工说，这个狗东西，拐卖了一个女孩。侯夏忙说，别嚷，我带你去。

罗盘押着侯夏走过一条街，拐进一条巷子，之后又从巷子拐出来。罗盘警告，你别耍花招，不然我饶不了你。侯夏干脆不走了，蹲地上说，我真和她分开了。末了马上改口，不，是她和我分开了，我不知道她去哪儿了。罗盘踢他一脚，侯夏往旁边挪挪，有一句假话，我不得好报。罗盘感觉侯夏不像撒谎。侯夏说王丫新鲜劲儿一过，对他就厌烦了，他哄了又哄，她终是离开。她在一个理发店干过，后来他去找她，她已经不在那儿了。罗盘骂，你干的缺德事，她有个意外，非把你送进牢里不可。侯夏说，王丫野，出不了意外。哎？我就奇了怪了，又不是你闺女，你急啥？罗盘瞪他一眼，侯夏不吱声了。

罗盘把侯夏押到旅店里，让侯夏和他一块儿找，如果找不见，就把侯夏押回营盘。侯夏不坐牢，也得被撕烂。罗盘说，你好歹也披张人皮呢。侯夏答应得很痛快，说他已经后悔了，一定帮罗盘找。他问为什么王宝生不出来，反而是罗盘。罗盘重重地说，对付贼，谁抓都行。侯夏道，我和王丫的事是你告诉王宝生的？你看，你把自个儿套进去了。罗盘骂，你小子倒有理了？

第二天，侯夏带罗盘去王丫曾经待过的发廊。侯夏没撒谎。罗盘问王丫可能去什么地方，侯夏说也许还在这个城市也许去了别处，不过，她肯定在发廊干，她就喜欢这种地方。这也是罗盘的判断。

罗盘押着侯夏开始寻找。白天，俩人挨个儿找发廊询问，晚上住小店。罗盘不让侯夏离开半步，防他逃跑。罗盘让侯夏自己出住店钱，侯夏说他在工地干了不到一个月，还没领到工钱，满打满算，身上还不到二十块钱。罗盘暗暗骂娘，还得管侯夏吃住。罗盘逼侯夏讲这几个月的经历。侯夏讲，罗盘骂。罗盘心里有气，数月的奔波辛苦全因侯夏而起。侯夏狡辩，我没拐她，她自愿的，又不是你闺女。罗盘恨不得甩他嘴巴子。

找遍那个城市的发廊，没有王丫的踪影。罗盘押侯夏去另一个城市，一个月就这么过去。罗盘有点儿吃不消了，两个人吃住，花销翻一倍。侯夏开始发牢骚，嫌罗盘吃得太差，走路又太长，甭说人了，牛马也累死了。借一次上厕所的机会溜了。罗盘想，走了也好，侯夏提供不出有价值的消息，只会糟蹋王宝生的钱。罗盘原打算把侯夏押回去，这样可以向王宝生交一部分差。后来打消了这个念头，押回侯夏，万一王宝生两口子情绪失控，会闹出乱子。他们是想找回王丫，而不是惩罚侯夏。

罗盘一个人找了些日子，终是无果。罗盘往回打过两次电话，第一次是傍晚，王宝生接的。王宝生说他把贮存粮卖了，新粮下来还能卖不少钱。村里王宝生存粮最多，似乎前世是饿死的。现在，他竟然把存粮卖了。第二次是在黎明,宋如花接的。罗盘想问问家里,孰料宋如花说的还是王宝生卖东西,他把那个祖传的铜盆卖了。罗盘再不敢打电话,听王宝生卖东西,心惊肉跳的。他不知王宝生还会卖什么,还能卖什么。除了房子和生病的女人,一个没有踪影的闺女,王宝生还有什么?

见到王宝生,罗盘仍心虚得要命,不等王宝生问,罗盘先说,我回来看看,很快就走。王宝生说,你看你,着什么急,回来一趟不易,多待几天。罗盘再三强调,只是看看。王宝生直搓手,把你拖累了。罗盘说,哪里,花了那么多钱,我怪不好意思的。王宝生生气了,怎么说是你花的?那是我自个儿花的,钱再好也没闺女重要!罗盘苦苦一笑。

罗盘讲了找侯夏的经过,王宝生瞪着眼珠,问为什么不把侯夏带回来。罗盘说,侯夏穷得只剩一张皮了,带他回来有什么用?他回来只怕要加重你女人的病,咱的目的是找王丫。王宝生点头,倒也是,便宜了这狗东西!罗盘说,这笔账以后再算,现在有两点你放心:王丫已经和侯夏分开,王丫在理发店学艺呢。虽然不清楚在哪个理发店,总算有谱了,不像过去东一头西一头瞎撞。城市再大,理发店总是有数的。王宝生频频点头,你说得对,说得对。眼睛灼亮灼亮的,仿佛王丫正向他走来。

只两天罗盘就待不住了。他其实是想歇一阵,他实在太疲惫了。宋如花也劝他好好歇歇,找见找不见不在这几天。可看着王宝生忙忙碌碌的身影,罗盘的心被绞了一样,坐卧不宁。他对宋如花说,我得走了,错过这几天,也许就错过了王丫。

罗盘带着王宝生七拼八凑的钱,还从自家拿了两千。王宝生那几个钱花不了几天。罗盘对宋如花解释,已经找成这样了,不能半途而废。宋如花这次倒是痛快,花就花吧,找见完事。

又两个月过去了。

罗盘的小本上记着他寻找过的理发店:环球造型、爱你一族、卫红发廊、经典人家、红日发廊、老王理发店、爱爱发屋……各种各样的名字,密密麻麻挤在一起,宛如发廊大会。没有王丫的音讯。有一个理发店叫王丫发廊,罗盘兴冲冲扑进去找王丫。一个女孩从沙发上站起来,你找我?我不认识你呀。罗盘紧紧盯着女孩,你叫王丫?女孩点头。罗盘恍惚了,你怎么会是王丫呢?女孩沉下脸,你有毛病吧?出去出去!罗盘被轰出来。罗盘没有失望,叫王丫的理发店他都找见了,王丫还能躲多久?初冬时节,罗盘回了趟家。天冷了,身上得加衣服。还有,得凑钱。王宝生拿出七十块钱,罗盘知道他肯定榨不出来了。七十块钱罗盘咋拿?他说自己有,这个留着给女人买药。王宝生死活不肯,说这一段女人根本不用吃药,王丫有信儿她就好多了。王宝生还说罗盘贴的钱他早晚会还上,让罗盘放心。罗盘说找人要紧,你甭惦记这个。王宝生强调,那可不行!罗盘和宋如花相视一眼,苦笑。

出来二十天后,罗盘往回打电话。宋如花告诉罗盘,王宝生准备借高利贷,二分利贷不上就贷三分的。罗盘脑袋砰地一响,险些摔了电话。他让宋如花拦住王宝生,他近日赶回去。宋如花说我哪能拦住?罗盘说,必须拦住!

罗盘是半夜回去的。宋如花说好歹把王宝生拦住了,不过恐怕是暂时的,王宝生这个人哪听别人的?她忧心忡忡地问罗盘,这可咋办呀?罗盘把想好的计划说了:带她一起离开,不见王宝生的面。宋如花问,让我和你一块儿找?家里怎么办?罗盘说,咱也去城里找个营生干,我看出去的混得都不错,至于找王丫,以后再说,当前的事是赶快离开。宋如花不同意,说不能因为王宝生就不在村里待了,又没欠他的债。罗盘说就这么下去,会毁了王宝生,那就真欠他了。宋如花说在村里住了二十年,舍不得走。罗盘说以后想回来还可以回来,我估摸着王丫一年半载就回来了。宋如花问,要是王丫再也不回来呢?咱就甭回村?罗盘横他一眼,嫌她嘴臭。宋如花气鼓鼓地说,要走,牲畜都得处理,再回来咋办?罗盘说有钱飞机都能买,还怕买不上牲畜?宋如花还是不乐意,罗盘有些恼火,说再这么下去,王宝生毁了不说,他和她也甭想再到一块儿。宋如花窝在罗盘怀里呜呜哭。罗盘松了口气,摸着她的头说,城里光景比村里好,几天你就习惯了。其实,他心里更难过。

第二天,罗盘对王宝生说了。罗盘说,找王丫不是一天两天的事,我俩就在城里住了,这样能省不少路费,让你女人安心养病,有信儿我就告诉你。王宝生脸涨得紫红,结结巴巴地说,这……咋行?罗盘拍拍他,放心,我会好好找。王宝生提出替罗盘饲养那些牲畜。罗盘说现在贼多,卖了好,叫王宝生别操心了。

接下来的一周,罗盘卖掉了奶牛、羊、猪、柴草。鸡给了王宝生,粮食在王宝生那儿存了一些,余下的全卖了。锅碗瓢盆铁锨锄头畚箕叉子都存在房里,罗盘带的只是衣服和两套行李。

最后的工序是封门窗。门窗先用砖垒好,再从外面抹泥。宋如花给罗盘打下手，俩人默默干活儿，谁也不说话。封好，罗盘爬上房，盖了烟囱。然后，他望望村子。数月前，罗盘就是在房顶发现了王丫侯夏的秘密。冬天的村庄枯黄枯黄的，罗盘感觉自己的心也枯了。

罗盘的目光一点点摆过去，猛就看见了王宝生。王宝生正往这边跑，他的样子慌慌张张，由于跑得急，两条胳膊像溺水一样没有章法地挥舞着。罗盘不知发生了什么事，呆了呆，腿忽然就软了下去。

从正午开始的黄昏

一

去的是海滨城市。

两年前，他走过那个方向，但选的是另一个地方。那一次，出了点儿意外。他躲着那儿，并非心有余悸，而是她的话仍挂在耳边，风向不好，妈的。冒粗话，她眉宇间便透出一股豪气，仿佛被西风吹散的并蒂莲花粉。收拾东西时，他看见几天前在地摊儿上买的铜镜。他犹豫了一下，缓缓放进包里，没人窥视，但他却用身体挡住自己的动作。

车站广场乱哄哄的。他刚到那儿，后脑便被啄了一下。不轻不重，那是她特有的击打：五指并拢——她说那是凤凰的嘴巴。他突然回头，那个熟悉的身影闪了闪，消逝在人流中。他的目光迅速滑了一遭，然后慢慢移动。模糊的背影，陌生的面孔。逮她可不易。她喜欢藏在哪个角落，捉弄他取乐。有一次，火车要开了，她还没露面，他急了，支住车门，央求列车员再等一分钟，哪怕一分钟。他忘了他的腿是怎么进去的，似乎被谁猛拽了一把。他再次扑向车门，大叫，我要下去……忽然瞥见她的鬼脸。天晓得她几时溜上车的。进站。检票。上车。找到座位，他把包放在目光触及的位置。她飘过来，如一段浅浅的影子。却不坐，在车厢荡来荡去，假装看不见他，直到他站起来。她挤着他坐了，头靠在他肩上。他把头偏向一边，让她睡得舒服些。她忽而劲头儿十足，数夜不眠，忽而睡瘾大发，就像现在这样。怕惊醒她，他喝水都小心翼翼。对面那位戴着黑框眼镜的女人从他落座就盯着他，当然，也盯着身边的她。他看女人，女人马上移开，等他转到别处，女人又摆过来。如果她睁开眼，准会瞪得女人低下头，然后，她得意地冲他说，咋样？目光真会杀人呀。他没她那么冲，他甚至朝那女人笑笑。女人受了惊似的，有一瞬间，她目现惊恐，嘴巴发出一个低音。女人自己未必听得见，但他听见了。她在睡梦中，常常发出轻轻的却充满力度的低吼音。他收紧脸，目光冷冷地投向窗外。春天到了，树木已经泛青，偶尔能看到枝丫间黑黑的窝。乡间，燕子已开始筑巢了吧。

到站是下午。晴空万里，橘红色的阳光肆无忌惮地流淌。她顿觉神清气爽，高兴得跳起来。他买了张地图，另一个推销地图的动作慢了点儿，有些失望。他又朝他买了一份。他和她头对头研究一会儿，她的鼻息小虫子一样挠着他的脸。他说，可以了，我们出发。出租车司机问他到哪儿，他说了一个地方。他和司机聊天，司机问旅游还是做生意。他说做生意也旅游，司机说一看你就是个会享受的人，挣钱图啥，图的就是个乐子。下车，他和她在那个区域转了一圈，目光不时碰在一起，会心地一笑。有时，她会冒粗话，妈的，就它了。

我都饿得抽筋了哎。她的声音泛着啤酒样的泡沫，她撒娇时就是这个样子。

她喜欢吃辣鸭头，但附近并没有这样的饭馆。他过了两道街，才看见一个重庆火锅店。他说就它吧，这地方人不喜欢吃鸭头。怕她不高兴，吃饭时他掏出那个铜镜晃了晃。她瞥一眼，不屑地说，我以为是什么稀罕玩意儿呢。他说，这可不是一般的镜子，瞧背面。她的眼睛顿时亮了，她眼睛大，放彩时犹如爆开的玫瑰。拿过来，我瞧瞧。他把铜镜放在对面。图案不是很清晰，但能看出那是一对凤凰。她所有的收藏都与凤凰有关。扇子、手绢、画册、烟盒、花瓶。她反复端详，说给你个面子，这礼物我收下了。不，不，我先替你保存着，活儿还没干呢。他抢过来，放进包里。

登记房间，服务员问他是否要大床，他说要双床的，服务员瞧他一眼，又问，先生，是要双床的吗？他说是，然后回过头。他看不见她，她准是逛大厅一侧的商品店去了。她不但要逛，还要一一问遍商品价格，搞得服务员很烦。他劝过她，她说哪条法律规定不买就不可以问？看我不像买的，我偏要问，问晕她我兴许就出手。他再劝，她就瞪眼，你和她伙穿一条裤子咋的？行啊，什么时候搞上的？我是不是能吃喜糖了？他投降。

午夜时分，他和她溜出宾馆。城市的夜依然清得洗过一样，不过罩了层黑色的纱。他惊奇她在这方面出色的记忆力，走过一遍的路，她从不出错。当然，现在是他领着她走。他们从路边的栏杆钻进小区，只一扇窗户有灯光，其余黑乎乎的。这个小区不是他们的目标，走到头，翻过墙，便是另一个世界。用她的话说，是标准的富窝。似乎从开始或在他遇见她以前，她的选择就很明确。帮那些家伙减减肥，她如是说。他转了转，在一处楼前停住。他早已关机，可还是掏出手机确认一下。两年前那次意外，是他的疏忽造成的，他的手机不合时宜地叫出声。他问，我先上，还是你先上？她说老规矩。永远的老规矩。他无条件地服从。他和她贴在墙上，如斑驳的在风中晃动的树影。一楼窗户关着，二楼三楼也没有得手的可能。或许这一排会踏空，这是常有的事。钓的就是万一，当然，危险也伏于万一的边缘。终于把四楼窗户弄开了。他和她先后挤进去。他和她不喜欢在外放哨，一同进入觉得更安全。他拧着手电筒，小心翼翼地搜寻。客厅、厨房，可能存放钱物的角落。他不期望有什么意外收获——那段日子已经逝去，现在他更在乎的是仪式，和她一起的仪式——有枣就摘几颗，没枣也罢。不空手怎么办？豁达一半是因为无奈。电视机上放了二百元钱，还有一张纸条：家中无钱，不要乱翻。他咧嘴笑了。有意思的房主，肯定被人下过手，这也算豁达吧。但聪明处也难免失策，他马上断定房子没人。当然，他并没有麻痹，小心翼翼地推开卧室的门，一一查看了。如他所料。怎么样？他的口气不免有些得意。他打开灯，她跟在后面，看着室内的陈设。这家伙是干什么的？怎么连个照片也没有？他和她曾进入过没人住的房间，那时她就这样问过。在那个房间，他和她喝掉一瓶红酒，从容离开。她对主人不在场的宴请念念不忘，所以在卧室停停便返回。架子上不但有红酒，还有两瓶“酒鬼”。红的？白的？他问。她喝酒很猛，不等她答，他就说，喝红的吧，我们上次喝的就是红酒。他启开，给她和自己各倒一杯。然后，他关掉所有的灯,坐她对面。意外的收获,很久没和她这样对坐了。她总是匆匆地来,匆匆地走。黑暗中,她的脸忽隐忽现,捉迷藏似的。他闭上眼,陷进逝去的光阴。

他:什么时候收手?

她:怕了? 还是烦了?

他:不能永远这样。

她:我喜欢,我要逛遍天南海北,怕了你就走开,我没逼你,对了,你是半拉子大学生嘛,我才不想那么远呢。

他:我担心你。

她:别给我念败兴好不好?

他:那好,我们就此分手吧。

她:你敢? 我的老底都告你了,你说走就走?

他:我不会的。

她:不行! 你走哪儿我跟哪儿,我缠你一百年。

他:……

她:好了,我不过吓唬吓唬你,再干两年,咋样? 攒够钱,咱们买个房子住下来,我可不是非要嫁给你啊,不过,你表现好,我可以给你生一堆孩子。

他扑哧一笑。

第二天,他和她睡了个大懒觉。他早醒了一会儿,躺在那儿,凝视着对面,直到服务员叫门。他忘了设置请勿打扰的灯示。上午,他和她打车到海滩,这一天,他是属于她的。痛痛快快疯一天,她的声音夸张着,已显出疯样。好吧,那就疯吧,他说。

还没到那儿,妻子的电话就追过来。

二

乔丁本打算先回店里放包,可收到妻子讯问的信息,马上改变主意,让司机拐弯儿。他为之前的决定汗颜。仿佛为了弥补什么,他催促司机快点儿。司机不知没听见,还是不把乔丁当回事,依然四平八稳。乔丁不由骂娘,当然骂的是接连不断的红灯和拥挤的车辆。离第一附属医院还有很远的距离,车就走不动了。医院与信访局一条街,相隔不远,要么这头堵,要么那头堵。一头堵整条街便塞得满满当当。乔丁扔下二十块钱,擦着行人和自行车急行。他一路说着对不起,身后还是丢过骂人的话。

妻子半歪在外科病房的椅子上,乔丁露面,她马上弹起来,比他步子更快地迎上来。怎么样?他问。她的眼泪就下来了,和她疲倦的脸一样瘦巴巴的。她说刚输完液,他睡了。妈在里面?她说妈熬了一夜,回去了。他轻轻推开病室的门。岳父躺在门口的床上,嘴角脸颊都旋着青色。乔丁有些恍惚,这张他熟悉得不能再熟悉的脸突然有些陌生,再望,他的目光没有摇摆。不是岳父又能是谁?

妻子讲述,乔丁始终抓着她的手。她讲得有些零乱,可能是紧张兼困乏的缘故,但乔丁听清了。岳父挨了打,打得倒没多重,可他跌倒了,脑袋磕在地上,没什么大问题,但头疼得厉害。他安慰妻子几句,问报警没有。妻子忽然醒悟似的,哎呀,我一着急就忘了,现在不晚吧?乔丁说余下的事交给我,你回去休息。妻子不走,被他逼回去。

妻子和岳父都是谨小慎微、打喷嚏也生怕惊了别人的人,可谓父女相传,但妻子喜欢静——这一点又随了岳母,岳父爱动。不是动粗动武,四处游逛,而是找乐子。从文化馆提前离岗后,岳父每天背着手风琴到公园义务为唱歌的男男女女伴奏,当然多是一些退休没事干的人。风雨无阻。无人唱的时候,岳父就在亭子里自娱自乐。乔丁的店距公园不远,他常坐在门口听岳父的琴声。打岳父的是一个中年男子,乔丁猜出大概。类似的事,每天都在上演,没想怕事的岳父居然成了主角。岳父面皮白净,高高大大,招人喜欢也很正常,但乔丁怀疑岳父未必有胆子。能干出什么?暗送点儿秋天的菠菜而已。怎么会忘记报警?妻子昏头昏脑,没想到是正常的,但岳母不会。岳母文静,却是家里的主心骨,遇事极少慌乱。乔丁想岳母必有别的想法。不管咋样,不能白白挨打。乔丁不爱寻事,但绝不惧怕。岳父挨打,乔丁正好替岳父或替这个家做些什么。是的,该做些什么了。在心底的某个角落,一直潜伏着某种欲望。

乔丁再次进去,岳父已经醒来,眼里掩饰不住的羞涩和委屈,他躲闪着乔丁,大约拿不准把羞涩藏起来还是把委屈藏起来。乔丁叫几声“爸”,岳父的目光方犹犹豫豫地和乔丁对接。好些了吗?乔丁轻声问。岳父不大自然地说好多了。乔丁掖掖被子——其实没必要,病房并不冷——乘势靠在床边,又问岳父喝水不,想吃点儿什么。岳父摇摇头,指指桌上的水果。乔丁说,我吓坏了,你没事就好,躺几天,正好睡几天懒觉,像你上次让马蜂咬了那样。乔丁竭力说得轻描淡写,岳父的羞涩一点点褪去。

那人叫啥?乔丁刚刚想起似的。

岳父看乔丁几分钟，像不明白乔丁指什么，目光渐渐暗下去，说我不认识他。

乔丁问，以前没见过他？

岳父说，没。

乔丁瞄一眼邻床——是个孩子，正玩手机——小心而又随意地说，那个女人……我是说，找到她就能找到那男人。

岳父声音沙哑，我认识她，但不知道她叫什么。好多人我都叫不上名字，我只记得她们的嗓音，会唱什么歌。

乔丁说，你放心，我会查出来，肯定有不少人在场。不能这么放过他，打了人，面儿也不露。他不由愤然了。

岳父忽然"哎呀"一声，头又疼了。

乔丁说，我去喊医生吧？

岳父摆摆手，没用的，过几分钟就好了。

岳父似乎害怕乔丁替他讨公道。乔丁犯了嘀咕，难道岳父真有把柄在人家手里？但握着把柄也不能随便打人，乔丁想让岳父明白这点，可岳父已不给他说话机会。直到岳母进来，岳父的头疼才止住。

岳母既没有妻子天塌下来般的无措，也没有岳父那躲闪的羞怯，更无对丈夫的愤怒和怀疑，只是平静中多了些凝重。她责备女儿吴欢，我不让她给你打电话，她不听，事办完了吗？乔丁说办完了。岳母让乔丁回去，这儿有她就够了。乔丁要留下来，岳母看他一眼，那个也要照顾呀，还有果果。很简单的一句话，乔丁再没有反对的理由。他和她深知那句话的含义。岳母很清楚该说什么。或者说岳母很清楚说什么他会听。

在这个家庭中，乔丁显然是和岳母，而不是和妻子的对话在一个层次上。一点就透并非心里明白，而是明白对方的心理。不错，乔丁挺担心妻子的，但乔丁没有离开，他有别的话要和岳母说。他站在那儿，看着岳母利落地削一只苹果，切成薄片，递到岳父嘴里。岳父似乎要说什么，但岳母制止了他。岳母看上去比岳父年轻许多，可能和她的职业有关吧——舞蹈教练。身材也没有她这个年龄女人的臃肿。如果说他们是父女，肯定有人相信，但岳母完全是一个妻子的神色，内敛或是关切，看似淡薄，却柔韧无比。乔丁突然有些感动，情不自禁地叫了声“妈”。

可能是声音大，岳父和岳母吓着似的看着乔丁。乔丁不好意思地笑笑，又小声叫道“妈”。

岳父依然看着乔丁，似乎等他的后话，岳母却扭转目光，说，顺便买点儿饭，娘儿俩怕还饿着呢。已带出责备。

乔丁说那我先回。他把包放回店里，再回家。如岳母所料，女儿果果边写作业边啃方便面，妻子在餐桌边发呆，旁边是削了一半的土豆。乔丁告诉她情况——多半是她告诉过他的，他不过用自己的方式表述一遍。但话从他嘴里出来，意义大不相同。若说相信，还不如说那是深深的依赖。妻子问报过警没有，那个人会不会再大打出手。乔丁说，放心，我会处理好，这样的事不会再发生。他不说得那么细，他知道怎样让妻子踏实，怎么捋顺她杂乱的目光。待吃完饭，她打开电视机，他彻底松了口气。

乔丁返到医院，岳母没和他争执。乔丁送她出来，她前他后。她的步姿甚是轻盈，带着弹性。但走得很慢，仿佛等乔丁，可乔丁赶上她，她又加快。走廊上弥漫着浓浓的气味，并非医院特有的来苏水味，更像深秋田野上混杂的果实的香味。乔丁不知道鼻子出了问题，还是幻觉——可他清楚置身于什么地方，他没有深思，只是贪婪地张着鼻孔，整个人有些癫。阴暗的走廊就以那样奇怪的方式嵌入记忆。此后几天，乔丁以同样的方式穿行，再没出现那种感觉。

走廊并不长，到了电梯口，乔丁叫声“妈”。岳母从按钮上撤回手，轻轻叹息一声，说吧。岳母已然猜到，乔丁还是讲了自己的理由。岳母不赞成找那个女人，更没必要报警，她说，我相信你爸，肯定是冤枉，但较真有什么好处？你爸是躲事的人，吵吵嚷嚷只会让他生烦，我也不想。乔丁说，他们可不这样想，还以为咱理亏。岳母说，爱怎么想怎么想，反正你爸也没多大事。乔丁说太憋气。岳母说没必要跟这样的人计较，自己走路还跌跟头呢，出了院，照样拉他的手风琴去，那女人管不住自个儿男人，不会再往你爸跟前凑了。她大度地笑笑，谁还没个坎儿？

乔丁无话可说，岳母的态度自然也是岳父的态度。若是别的，乔丁也就罢了，他并不刺儿，可这是挨打啊，打岳父，也就是打这个家。乔丁是家的一部分，如果岳母是左腿，他就是右腿，如果岳母是左眼，他就是右眼。可以闭一只眼，可以缩一条腿，但同时闭两只眼缩两条腿，那就不仅仅是跌跤的事了。他甚至想起那句不搭界的话：养兵千日用兵一时。他心底那个东西鼓胀着，像破土的蘑菇。

乔丁行动了。没费什么事，不但打听到那女人叫什么，连她丈夫的名字、住址都摸得清清楚楚。那女人无论身材长相都比岳母差远了，更没有岳母年轻，她的头发染过，头顶处已露出寸把长的白发，倒是她的眼睛有一种勾人的力量，与她的年纪极不相称。

岳父出院前一天，女人和那个粗短身材、其貌不扬的男人终于露面。两人提着廉价的保健品，虚浮的笑在迈进门那一刻便不断脱落，很快剩下干巴的一绺，像花朵枯落后的秸秆儿。岳父和岳母甚感意外，尤其岳父，竟显出局促不安。女人向岳母解释男人喝了酒，岳父几次张嘴，乔丁巴不得他泄泄怨怒，但知他不会。岳母及时调整了表情，礼貌，冷淡，得体。乔丁掩饰着自己导演的角色，掩饰着那一点点得意，再次退到幕后。

岳母没问乔丁，第二天，在办理出院手续的窗口，才淡淡地说，你根本就不该找她。

三

遇见她那天，他记得很清楚。阴天，没有阳光，像他被击得七零八落的人生。还有一年就毕业，他被逐出那个进出过无数次的大门。说起来有点儿冤，他不外乎想挣点儿钱。他老家在农村，土圪塄——单听地名就能想象出那是个什么地方。每次开学，父亲四处借钱，他放假，父亲的债不过还了大半。然后再借再还。他没有最初回家的喜悦，放假便惴惴不安。他是不折不扣的黄世仁。他的上铺也来自农村，和他一样紧紧巴巴的。不知什么时候，上铺变得出手阔绰，让人生羡。又一个假期临近，上铺问他愿不愿赚点儿钱，他求之不得。他没想到上铺干那样的勾当，没想到自己的运气那样差，还没明白怎么回事就给铐上了。也亏得他运气差，上铺被法办，他被放出来，但是学校没饶过他。他没敢回家，也没脸回去，在那个城市浪荡着。他干过搓澡工，饭店跑堂，还在一黑中介当过几天托。什么都干不长，要么他干不下去，要么人家不让他干下去。忧伤，烦躁，灰暗，绝望。

那天，他又被炒，憋了一肚子气。那个旅店老板当然也是他的老板居然怀疑他偷了烟，他再三辩解，老板说只有他进过那个房间。他火了，进过房间就是贼？还有苍蝇呢，怎么不说苍蝇偷的？话一出口，他就知道不可能干下去了。老板肥厚的眼皮缓缓抬起，眼球便格外地大，格外地硬。老板说一条烟不值得报警，也算对他留情，他半个月工资正好一条烟。老板限他一小时之内离开，否则……老板的声音切断了，寒气如潮。他的拳头握紧松开，松开握紧，终于控制住。

他在大街上搜寻着招工启事，电线杆上贴的也不放过。他没地儿住，兜里的钱撑不了几天。那是他全部家当，不到两千。仿佛是想更清楚一些，他掏出数数，一千九百二十。之后，他又在兜里捻着，这一下吃惊不小，钱少了一张。于是，他蹲在一根电线杆下再数。还是少一张。怎么回事？第一次数错了吗？他恍惚着，又数一遍。一千九百二十。为了确认，他又数一遍。没再出现差错。他站起身，一个女孩向他问路。大眼睛尖下巴，齐腮短发。女孩说声谢谢，忽然绊了一跤。他扶住她，她再次致谢。他的手插进兜里，头皮猛地抽紧，那个女孩走出十几米远，竟然回头扫他一眼，然后飞奔起来。

他没喊抓小偷，只是恼怒地喝叫她站住。那时行人很多，如果他喊，可能哪个人会绊住她。他还记得穿越一个路口时，交警用手势阻止她闯红灯。但他没喊，只有初时短短的一喝。他无声地追着她，像赛跑。后来,她问过他,他说想亲手抓住她,太想了,他一肚子的火终于可以发泄。她问:还有呢?他说没了。就这么简单?是的。她狠狠瞪他一眼,说他一定想占她便宜,还凶蛮地逼他承认。

她是有机会逃进商场的,商场四个门,顾客熙攘,滑进去便针落大海。但奇怪的是,她没进去。一个女孩竟这样能跑,出乎他的意料。如果他有些积蓄,或许就放弃了,他的眼睛已快冒烟。可那是他全部家当啊。还有,他那么需要撒气。他慢下来,她也慢了,还频频回头。他看不清她的表情,但觉出她在戏弄他。怒气再次卷上来,他又加快了。

竟然跑到城外。她没再沿着马路跑,而是拐上一条便道。也许有她的老巢,还有同伙……他犹豫一下,追上去。

没路了,前面是一面大湖。她站住,他也站住。她瞪着他,他也瞪着她。他说,跑呀,怎么不跑?

她说,你别过来,你过来我就跳下去。

他不由龇了牙,她竟然威胁他,真滑稽。他慢慢逼过去。

她说,我真跳了。

他冷笑,你跳呀!

她一步步后退着,退到不能再退,顿时可怜巴巴的,哥呀,好男不和女斗,你放了我吧。

他说,休想!

她忽然怒道,大白天的,你明抢啊?并环顾左右,企图求救。

他说,你倒是个演戏的料。

她竟然又荡起一丝浅笑,哥呀,你想不想演戏?我领你去,挣钱比抢来的还快。

他往前迈了一步，演啊！

她突然凶起来，你想逼死我吗？

他用鼻腔哼了哼。

她纵身一跃，伴随着他的惊叫。扑通。扑通扑通扑通。仿佛跳的不是一个，而是一串，他的耳膜被连续击打数声之后，才醒悟似的扑到湖边。一片水草，几只野鸭，水面突然又空又大。他疯狂地脱衣，匆忙中撕掉两粒扣子。他跳进去，在水底搜寻。他是在大学学的游泳，水性并不是很好。好在水没多深，他很快抓住她，拼力拖上岸。她的头耷拉着，眼睛紧闭。大概呛住了，奇怪的是嘴里并不喷水。他没有救人经验，凭着书本上学的那点儿，猛拍她的后背，忽又翻身，抓着她的胳膊抢救。他似乎往她的脸侧瞅了一眼，又似乎没瞅，目光稍一僵，马上集中到她脸上。她的脸忽青忽紫，忽灰忽白，眼睛依然闭着。他越发慌乱得不得要领，跪下去，打算做人工呼吸。

她突然睁眼，你便宜还没占够？

他重重往后一跌，惊愕地张大嘴巴，你……

她坐起来，目光如针，你想干什么？大白天的你想干什么？

他做了亏心事般，心慌着脸也红了，我想……救你。

她“呸”了一声，谁知你安的什么心？又是揉又是捏的。

他说，我以为……

她抢过去，你以为我死了？死人的便宜你也占？

他已经回过神：让这个女孩耍了。但他一肚子的怒气像被水溶解了，怎么也动不起火来，只是伸出几个指头。

她问，干吗？

他说，别装，把钱还我。

她瞪着他，你欠我一条命，还冲我要钱？

他说，少废话。

她说，你把我逼到跳河，还不放过我？我没钱！

他说，我要我的钱。

她说，你搜吧，搜出都是你的，算我倒霉。

他却迟在那儿，目光胡乱地瞄着。她很瘦，胸脯又扁又平。

她挑衅地，怎么？怕了？

他豁出去似的，我凭什么怕你？

她又阻止了他，你占便宜占惯了是不？我自己来。

她一个一个翻着兜，彻底翻过来，没有，真的什么也没有。他很是纳闷，她并没有机会藏，他的钱飞了不成？

她气呼呼地，看清了？

他的目光软了硬了，松了紧了，却没离她左右。她毫不躲避，大有针尖对麦芒之势。无赖，他碰上一个无赖。她嘴巴这样硬，他又没有证据，算他倒霉。他无言地拧拧衣服，就那么湿溻溻地套在身上。

她问，你要走？

他斜着她，咋？还得你许可？

她说，你逼我跳河，差点儿要了我的命。还趁机摸了半天，捏了半天，噢，你说走就走？

他的脸肌弹了几下，你还倒打一耙了？你想咋样吧。

她脱口道，给我赔礼道歉。

他说，你等着吧，什么时候太阳从西边出来，我还要给你磕头呢。

她喝了一声，跳起来抓住他，想走？没门！

他说，放开！

她说，不！

他奋力推甩，她拽得反更紧。两个人气喘吁吁的。他气急败坏，你想咋？想咋？

她说，找警察主持公道。

他说，好，我求之不得呢。

她气鼓鼓地哼一声。

她放开他。两人走得很急，飞离地面似的。拐上公路，他步子慢了。他的心重了。没有证据，他能说得清吗？万一……她嘴巴那么厉害，他害怕了。那个地方，他去过，阴影尚存。自投罗网，这个词忽地冒出来。他定住，目光极虚地说，还是别去了吧。

她说，咋？害怕了？

他说，我不想折腾。

她说，那就道歉。

他看看她，又看看四周。天已经暗下来，远处雾蒙蒙的。不时有车疾驰而过。如果……他掐断思绪，说，我认错人了。

她说，光这样不行，我肚子饿了，怎么也得请我吃顿饭吧。

他说，我身无分文。

她轻轻吐出三个字：穷光蛋。忽然说，算我倒霉，我管你顿饭。

她和他吃的是辣鸭头。他直哈嘴，可她仍嫌不辣，一次次往碟子里加辣椒。他问她是湖南人还是四川人，她回答得干脆痛快，不知道，连父母是谁我都不知道。干吗这么多废话？别跟我套近乎，惹恼我，小心AA制。他低下头，直到这时，他才想起那个问题，她把钱藏哪儿了？末了，他也没搞清她怎么结的账。

他欲离去，她“喂”了声，你住哪里？

他摇摇头。

她道，你什么意思？怕我去你家住啊？

他说，我不知道，我今天才没了住处的。

她审视他一会儿，说，没想到你这么可怜，比穷光蛋还穷光蛋，难怪在大街数钱呢，几个钱就烧成那样？得，算我倒霉，让你粘上了，去我那儿借宿一夜吧。丑话说前头，你别趁机占便宜，我可没那么好欺负。

他踌躇着。

她说，咋？怕我害你还是等我用轿子抬你？急欲甩掉他似的，跳着离开。

四

六号。平平常常，和一个月中的任何一天，和一年中的任何一天，和一千个一万个一亿个日子中的任何一天一样。太阳升起太阳落下。早晨正午黄昏。但这又是个特殊的日子，每个月这一天，乔丁都要到孤儿院做义工。几年了，他和那些孩子混得很熟，知道他们背后的某些故事——能打捞出的，性格，喜好。比如静静，是个孤僻的女孩，她很漂亮，除了那双冷漠的眼睛。青青，爱哭鼻子，喜欢问这问那，对什么都好奇。小个子冬冬，已经上五年级了，书包上系个小熊玩具。明明，是个淘气的男孩，馋嘴。萍萍和蓝蓝是兔唇，半年前做了手术，还是改不了老习惯，笑起来总要捂住嘴巴。不断有新来的，躺在摇篮里那个是几个月前丢在门口的。乔丁每次来，或者带些小零食，或者带些玩具。所以他一到，他们呼啦围过来，静静不上前，但目光瞟着吵闹的一团。分发完，乔丁和值白班的杨护工一起清洁屋子，整理床铺，陪他们玩游戏。有时，他就那么坐着，看着他们嬉闹争吵。午饭后，乔丁和杨护工坐在门口小憩。杨护工四十几岁，丈夫是酒鬼，喝醉就打她，嘴巴腮边后颈都有记号。也许身体某些不能示人的地方记号更多。乔丁第一次听说，激愤得声音都走样了，为什么不去告他？为什么不离婚？他差点儿骂出来。杨护工叹息一声，他不喝酒时对我好着呢。丈夫也发誓戒酒，曾在郑州戒酒中心戒过半年，花了不少钱，但无甚成效。乔丁劝过几次也便作罢。或许有别的原因，当然那也是他人无法理解的原因。儿子给她一部旧手机，她让乔丁教她发信息。发出信息再收到儿子的信息，她欣喜得脸都红了，回了，他回了。触到乔丁的目光，她直直腰，郑重又带了些歉意地说，他们没来，男的没来，女的也没来。乔丁哦了一声，没流露出失望，似乎已然料到。杨护工压低声音，你来这儿，就是为了等他们？乔丁迟疑间，杨护工抢着替乔丁回答，瞧我这嘴，你喜欢孩子们嘛，谁都瞧得出来。乔丁笑笑。

晚上，乔丁照例要去看望李护工。李护工已经退休，住在福利院后面的巷子里。李护工和杨护工一起待过两年，正是那两年中的某一天，那个男人和那个女人出现在她们面前。后来，女的又来过一次。事隔多年，李护工和杨护工的讲述有许多地方不一样。比如李护工说那个女的中等个儿，尖下巴，瘦里瘦气，杨护工则说那个女的高个儿，颧骨凸出，但并不瘦。杨护工和李护工说如果那个女的和那个男的再来，她们肯定能认出来，只是他们再没露过面。乔丁怀疑，即使他们出现，杨护工也未必认得出，但又觉得有可能。至于李护工，根本不可能和他们见面了。乔丁搜寻、挖掘的是她的记忆。不错，乔丁的看望是带了功利的。像看那些孩子一样，乔丁不空手，一箱奶一束花什么的。

一般时候，乔丁十点前赶回家。那天，因为李护工絮叨家事，乔丁晚回了半小时。妻子没问他，他也无须解释，靠在那儿，陪她看一会儿电视。她是电视迷，且喜欢乔丁和她一块儿看。对到孤儿院做义工这件事，她既不反对，也没多大兴趣。当然，岳父岳母更不会阻止他。

进屋的同时，身后的世界便关闭了，枝枝蔓蔓的记忆，幽暗曲折的故事都留在那一边。现在，开启的是另一扇门。他是丈夫、父亲、女婿、店铺老板。他身上还有那个世界的气味，眼底深处还埋着那个世界遗失的种子，但乔丁不会让那些和眼前的世界发生混淆。

第二天是周日，乔丁一家三口到岳母家吃饭。其实平时也多半在岳母家吃。吴欢的单位、果果的学校离那儿很近，走路十几分钟的样子，乔丁的店铺远一些，中午和店员小刘买盒饭，晚上也往那儿跑。周日和平时没什么区别，如果说有，那就是岳母会喝一点儿红酒——往常，她是不沾的——其乐融融的气氛更浓。那一点儿波折已经过去，岳父又背着手风琴往公园跑，日子又恢复原有的秩序。是乔丁盼望的，也是他们希望的。乔丁喜欢这个家。不是大富大贵，也不是捉襟见肘。不无度挥霍，也不斤斤计较。岳母作为一家之主，说话的分量自然很重，却不骄横霸道，多半还惯着岳父。温暖。温馨。这是这个家庭给乔丁的感觉。

岳母包了三种馅的饺子。吴欢和岳父爱吃韭菜馅，乔丁爱吃茴香馅，果果和岳母爱吃萝卜馅。菜呢，也是按喜好做的。吴欢和果果的糖醋排骨，乔丁的辣子炒肉，岳父和岳母的豆皮萝卜卷，还有他们都爱吃的鸡蛋羹。并不是每个周末都这般丰盛。坐到餐桌边，吴欢对乔丁说，妈明天去顺城。其实，乔丁进门看到鞋架上岳母刚刚打了油的鞋，便明白岳母又要出门了。岳母在顺城的私人舞蹈学校有一份工作，不定期去那儿授课，每次去，岳母都穿那双皮鞋，当然，她的包里还带着别的鞋。乔丁问岳母几点的车，是否买了票，岳母说，不用你送。乔丁欲言，岳母说，我还没老到那个份儿上吧。乔丁只好说，路上注意点儿。吴欢附和，现在小偷多极了，我的同事等车那么一会儿包就让割了。岳母笑笑，不用教我，操心自个儿吧。岳父说，公园也有小偷了。果果不甘落后，嚷，我还丢过铅笔呢。大家都笑了。乔丁摸摸女儿的头，像夸奖她的伶俐，又像给手找个落放的位置。

岳母离家第四天的午后，正是生意最清淡时，乔丁记得清清楚楚，小刘出去交手机费，他独自待在店内。无事可干，他翻开销售记录。他代理两个牌子的白酒，每个牌子不下十个档次。哪种牌子哪个档次卖得好，他心中有数。翻看记录不过是对记忆的确认。还未触到第一行字，突然一片模糊，不，是被模糊湮没了视线。是一团雾，包裹着什么的雾，他看不清，但能觉出它在移动，上升……终于腾空而起。凤凰！它们，它和它，盘旋游转，彩色的尾翼拖出长长的弧线。投下几声鸣叫，那美丽的羽影突又消失在无尽的天宇。乔丁的目光渐渐清晰，可那一行行字迹并未钻入眼中，乔丁仍陷在惊喜与失落中。他耳边似有喃喃细语，那熟悉的声音与温度，离他如此之近。她来了，她要来了。那是她与他联络的讯号，出发的号角。不同的地点，不同的时间，同样的方式，同样的暗号。

乔丁从柜里拿出那一卷地图。各种各样的地图，不同版本的，不同比例的，不同省份不同城市的。乔丁先展开那张大的。游戏开始，乔丁闭上眼，手指不疾不缓地在图上滑动。他听见数数的声音，在他头顶上方，在某个角落。停！……手指定在那儿。手指定在哪个省的范围，他的手指重新在哪个省的地图上滑移。直至确定要去的地方。手指再次停下，他睁开眼。是顺城。他稍稍顿了顿。顺城距皮城二百公里，他们是去过的。可是，这又有什么关系？他们重复去过好些地方呢。

乔丁和妻子告别。乔丁有各种各样的理由，订货会啦，同学会啦，厂家提供的免费旅行啦。妻子从未有过异议。除了“必不可少”的出门，乔丁没有别的嗜好。

他和她到达顺城已是黄昏。先去踩了目标，然后吃饭，住宿。他说明早我就得返回皮城，你喜欢在这里转转就转转。他从未单独丢下过她，说这话时他甚是伤感。他想解释，又不好解释。她不高兴了，低着头嗑瓜子。嗑完一颗，重重地一摔。她不高兴就猛吃零食。不管住什么样的宾馆，她都随意丢果皮。他说她，如果碰她高兴，会马上蹲下来清扫，却不忘调侃他，我是土包子，哪有大学生有水平呀。碰上她生气，她就硬硬地戗他，你管得着？我是上帝，我乐意。他掏出那块铜镜让她瞧，她冷冷地看一眼，没有任何表示。他拗不过她，总是拗不过她。他说，好吧，如果你愿意，我陪你待一天。她的脸松动了，露出他熟悉的微笑。

午夜，他和她穿行于顺城的街巷。要造访老朋友似的，坦然，平静，又有几分可掩饰的激动。街角站了几个人，显然是车祸。一辆轿车和一辆摩托车撞了。两个交警大约是刚刚到现场，正询问着。大半夜的，开这么快，真是疯了。他稍稍迟了一下，不知该不该从这儿通过。一个声音说，怕什么，胆小鬼！他直了腰。没人注意他。

你先上，我先上？没等她回答，他就说，老规矩，我怎么忘了？他掏出手机看看，虽然早已关机。

他和她攀爬而上，一层一层试探。都关着窗户。下来，摸到另一幢，依然如此。运气不好，妈的！他似乎听见她低低的叫骂。转到第三幢，他说再撬不开收手算了。已经是夏季，竟然关得这么严，似乎是不祥之兆。他恍惚一下，觉得黑暗中闪着一双眼睛。他想说出自己的怀疑，又怕吓着她。可能是他多疑了。听不到声音，只有他自己的呼吸。

终于打开第三层的窗户。他和她先后潜入。除了茶几上一部手机，没有任何入眼的东西。他打开手机后盖，取出手机卡。他早就打算送静静一部手机。但在离开时，他又把手机留下。他不能送静静旧手机。

毫无收获，这是常有的事。他更在乎的是仪式，而不是窃到什么。他不缺啥,他不贪婪。一个普通人该有的他都有了,家庭,亲情,不奢靡也不拮据的日子。唯一缺的,不,唯一不能放弃的是往昔的仪式。那对他很重要,真的真的很重要。现在,他可以领着她回宾馆了。但可能是今晚碰壁太多的缘故,也可能他想验证黑暗中是否有一双眼睛,也可能什么原因也没有,完全心血来潮,他又往上攀了一层。又开了。既然邀请,那就走一圈呗。你说呢?黑暗中,他听到她调皮的声音,最好喝点儿酒。

他几乎是没有声音的,跟她操练这么多年,也算老手了。何况,还有她跟着。所以,当灯突然亮起来,他竟然蒙了。一个穿着睡衣的高大男人站在他几步远的过道里,男人吃惊而不是紧张地看着他。有那么几秒,几十秒或许是几分钟,他和他就那么对视着。他没有逃,男子也没有喊叫。他醒悟过来,正要后退,听到一个声音问,怎么了?

他愣了一下。那个声音是那么熟悉,那么亲切。那个身影出现在男子身后,也穿着睡衣。目光相遇的刹那,她骇然地捂住嘴巴。她的目光像他一样试图逃离,突然消逝,但她没能如愿。她陷在他的眼睛里,被他木然的目光揪住。同样,她也揪住了他。空气凝固了,灯光凝固了,整个世界没有任何声音,那个男子仿佛只是墙上的一幅背景画,或屋中的一具模塑。他和她无视男子的存在,他的嗓子不合时宜地嗞嗞着,他张着嘴,险些叫出那个称呼来。

五

他没见过那样的屋子，不大，但布置得花花绿绿。四壁，屋顶，门板，甚至某些角落都披着外装，有的是卡通贴画，有的是画在纸上又贴上去的——不知画的是什么，像鸡，却挂着长长的翅膀；像孔雀，却看不见腿。后来，他才知道那是她的杰作，是她心目中的凤凰。

他在旧沙发上睡了一夜。他实在太累了，她警告不要打她主意时，他连眼皮子都掀不动了。他醒来，她已经买回早点，豆浆，一大包油条。她“喂”了一声，狠狠吃一顿吧，过这个村可没这个店了。他四处瞅着，不明白她为什么把屋子搞成这样。她不耐烦了，哎，有啥看的，赶快吃，吃了马上滚蛋。他要赖，我要不走呢？她猛一瞪眼，你敢？他老老实实坐下，她又戏谑，哎，你咋穷成这样？

他狠狠吃了一顿，滚出来。他慢慢走着，不知该去哪里。无喜无悲无欲无求。机械的腿机械的身躯。过马路时，他被平板车挂了一下。他趔趄着，没有摔倒。他迟钝地看着平板车，车已远去，车主头都没回。日悬头顶，他有了饿的感觉。他吃那么多，几乎撑着，竟这么快就饿了。他试图驱逐，饿却更凶恶地扑上来，疯狂地噬咬着他。他的脑子被咬清醒。他意识到自己的处境，必须尽快找份工作。他去了饭馆。不要工资？老板瞧怪物似的盯他两眼，险些将头摇掉。另一个饭馆，那个小胡子留下他，指着桌上的盘子让他收拾。盘子边缘是鱼形图案。他端起盘子时，忽然觉得那条鱼飞起来，如她屋里那些四不像，要飞出去。他急忙去拦，盘子摔在地上。他背着小胡子的脏话滚出去。一个蓬头垢面的流浪汉在垃圾桶寻食，他瞟了几眼，狠掐自己一把方离开。他走进超市，在琳琅满目的食品间徘徊，目光贪婪。一个架旁有免费品尝的薯片和盛在小纸杯中的饮料。他迅速往嘴里塞了几块，喝了两杯，慢慢离开。过一会儿转回去，再次品尝。反反复复，直至被客气地“请”出来。

晚上，再无处可去，他想到她那让人眼花缭乱的小屋，起先还犹豫，很快对她的愤怒占了上风，是她把他逼到绝境，偷了他的全部家当，还险些让他成为抢劫犯。把他整得那样惨，就这样轻易地打发掉？

怎么又来了？她杏目圆睁，嘴角却抽了抽，似有笑的表示。

他说，我没地方去。声音带着可怜，怒气在见到她时躲得无影无踪。

她说，我这儿又不是收容所。

他不动，也不说话。

她马上说，好吧，谁让我这么倒霉呢，谁让我这么好心呢。

她又请他吃一顿。她这样阔绰，钱的来路肯定不正。她像猜到他的心思，没好气地说，我的钱可不是白来的。他惊了一下，躲开她的逼视。她并没放过他，不停地奚落，你咋就这么穷呢？你咋就那么烧包呢？你咋那么没用呢？一个爷们儿，去偷呀！抢呀！咋那么死心眼儿呀！

住了一夜，她警告，不能再缠我了啊，我可不是好惹的。晚上，他又回到那儿。她臊他一顿，却不逐他，照例大方。第五天头上，她盯住他，你馋出瘾了？我就不信你一分钱也没有。他说真的没有。她不信，要搜他，末了又改让他自己翻。他的手触到那硬硬的一沓，忽地僵住。他张着嘴，小心翼翼地抽出。她顿时凶了，这是啥？钱不在你身上吗？还赖我！他捻开，不多不少，他的全部家当又回来了。他呆住，不知它们何时飞回兜里的。她数落他一顿，让他请客，她要狠狠宰他一顿。他和她喝了不少酒，先是在饭馆，后来回到她的彩屋。在她的追问下，他毫无隐瞒地敞开了自己。憋得太久，以至于都有些霉味。她一声接一声地“哟”着，你还是半拉子大学生呢，你这个倒霉蛋。他问她，她说，我可没你这么惨，我是石头缝里蹦出来的，天不怕地不怕。

她允许他暂时住下，他那几个鸟钱禁不住花。不过要交房租的哟，她说。他住在那儿，固然为了省钱，可还有他说不清楚的原因。他终于在房屋中介找了差事，白天上班，晚上回到凤凰飞舞的小屋。他清楚她干着什么，可她对他依然是谜。她有时整天待在屋里，有时几天不见踪影。看到报上警方抓获盗窃犯的消息，他的心就一紧，马上想到她。回去时脚下生风，看到她完好无损地躺在床上，他的心落进肚里。想说什么，终是没有开口。有一天乘公交车，一位妇女的钱被偷了，妇女失声痛哭。他的心被咬着，尽管并没看到她的身影，还是想到她。晚上，他和她讲白天的见闻。起先她未作反应，他像是止不住了，她忽然被点燃了似的，你什么意思？有话明说，绕什么弯子？告诉你，我就一个贼，你去告发啊！他讷讷着，你年轻轻——她打断他，我乐意，你管得着？你吃我的喝我的，还想教训我？越说越火，她让他现在就滚，他动作慢了点儿，她狠狠推他一把。

次日，他被不可遏制的念头牵引着，又去了那里。她没让他进屋。他怏怏的。第三天，她总算让他进去，但不和他说话。整整一个星期，她正眼也不瞧他，直到他送了一对凤凰形状的簪子给她。

年根儿，中介被盗，丢了两台电脑。门没被撬，警方认定是内贼。三个员工都有钥匙，审来审去，没什么结果。老板让员工平摊电脑钱，他半年的工资化为乌有。他沮丧到极点。那一晚，她奚落着他这个倒霉蛋，让他跟她干。她说你一个爷们儿，干吗让别人当老板？你自己不就是老板？他想起那位妇女的痛哭，摇摇头。她冷笑，你还倒霉得不够。她说他并没拿过老板的香烟，也没拿过老板的电脑，可在老板心里，他就是贼。这和他干不干没关系。真干了，自己并不认为那是偷，那就不是贼。和他干不干也没关系。那就是一项生意，不是所有的贼都是一路的。她说，她专搞有钱人，他们花不了，帮他们花花，其实是做善事。对于那天他着了她的道——她终于承认，她不过是和他开个玩笑。他在大街上数钱，实在是太烧包。她无聊，不过逗逗他。他没想到她的嘴这么厉害，几乎被她说晕。他终是拒绝。她说，我可把老底交了，你出去得装哑巴啊，别把我卖了，不然我饶不了你。

改天，他和她去超市买东西。排队时，她忽然要上厕所，让他在门口等她。他结了账往外走，刺耳的警报声响吓他一跳。他没有停，反而加快了，仿佛那声响要咬他。但他没有走掉，一个工作人员揪住他，很快跑过一个保安。那时，他才意识声音与他有关。他返回去重走一遍，声音再次响起。众目睽睽之下，他一样一样掏。一排笔管。他呆了呆，他并没往兜里塞，肯定是她。他要补钱，没得到允许。他反复说这是误会，他朋友出来会解释清楚。等了很久，她也没露面。他被请到办公室。

他再三辩解,那三个保安一脸看透他的鄙视。他说不就是笔管吗?一保安冷冷地说,偷一根针也是贼。他嚷,我不是贼! 保安反问,这么说,我是贼了?他青了脸不说话。她不会丢下他,她准是和他开玩笑。等了四五个小时,她来找他。她问清楚,补了钱,交了罚款,面对保安的训斥,她那样的好脾气。一出屋,他狠狠瞪她一眼,你干的好事!她"咦"了声,你怎么跟狼羔子似的,我救了你,你倒反咬我。他说,笔管怎么跑我身上去的,它长了腿不成?你尿长江还是尿黄河,一泡尿那么长时间?她的目光嚓地锋利了,你算我什么人?我撒尿你也管?你手不干净凭什么赖我?他还欲再言,她让他打住,往后退三步,她可不想和管她撒尿的人在一起。他顿时就软了,那么怕她不理他。他道歉,承认自己故意藏了笔管。走回屋,她突然哈哈大笑。

她问,你是贼不?

他说,就算是吧。

她说,干脆点儿,是,还是不是?

他说,是。

她说,怨我不?

他说,不怨。

她说,好吧,我犒赏你一顿。

她的顽劣让他吃尽苦头,他反倒越来越离不开她。

一天下午,她突然让他陪她回家看看。他吃惊不小。她说她是和父母闹别扭跑出来的,她的家就在这个城市,父母一直在找她,有几次她在街上看到过他们。她只想气气他们,现在目的达到,她也该回去了。他的失落从惊愕中溢出,你要回去住?她乜着他,咋,你舍不得我？他吃力地说，我想这个小屋……她盯住他，别绕弯子，正面回答！他老实承认，她满意地说，这还差不多。又说反正是租的房子，她转给他，碰她高兴，也许会跑来待一两晚。他问她父母知不知道……她说瞧你说话也没个利落劲儿，不就是个贼吗，又不丢人！不过父母并不知道，她警告他别说漏嘴，不然饶不了他。

到了她说的那小区，她忽然又犹豫了。于是两人又拐到街上。她说她又恨他们了，想起来筋都是疼的。他劝她，她下了决心。快到那儿时，她又走不动似的慢下来。她问他，万一父母生她的气呢？万一父母生气不让她进屋呢？他说不会，没有父母不原谅儿女的。她说，看不出你舌头也蛮有用的。得到夸奖，他越发要表现，提出买些水果什么的。她冷冷地说，用不着，我家不缺那些。他问她父亲是做什么的，她警惕地看着他，你问这干吗？你又不是选岳丈。他嘿嘿干笑几声。她忽然说，你的主意也不错，买些水果。

傍晚，她终于拿定主意。她打开门，竖起手指：别出声，给他们个惊喜。他蹑手蹑脚跟她进去。她父母不在家。她里里外外转了一圈，说他们准是出去找我了。他问，等他们回来吗？她说，算了，改天再回来。她对他说看中啥随便拿。他笑道，不能打劫你父母呀。她不理他，这儿翻翻那儿找找，并塞给他一个电动剃须刀。他推拒，她恼了，让你拿你就拿。估摸半个小时，她就要走，让他把水果提上。他问，不留下？她说，他们没牙，咬不动。

回到彩屋，她丢给他一沓钱，这是你的。

他不解，问她什么意思。

她说，你是真糊涂还是假糊涂？折腾半天，不就图这个吗？

他的眼球差点儿跌出来,你是说……

她得意一笑,不使计,你敢跟我去?你知那是谁家?是那个污蔑你偷烟的老板家,我跟踪了他几天,摸清了他的规律。怎么样?我可是给你报仇呀。你得感谢我才对。

他直冒冷汗。想起那天路过那个旅店,他不过随意一指,她却记在心里,还……那钥匙是怎么来的?

她说,这你就不用管了,想从门进我就从门进,想从窗户进就从窗户进去。

他的目光坠裂成无数的鳞片,你还是个大盗。

她往床上一蹦,不是跟你说过嘛,我只搞有钱人,那不就是自己家吗?你说呢?你那会儿害怕吗?我不催你,你还要赖在那儿呢。

他的身体也在下坠,嗓子塞了东西似的,有窒息的感觉。

她不屑道,别丧个脸,你不就是个穷光蛋吗?好像我坏了你名声似的,你的名声早就坏了,臭豆腐一样。

他讷讷着,你这是逼我上梁山呀。

她朗声道,我可没逼你,是你自愿,怎么,你打算自首?去吧,我不拦你。她指着门说,去呀,那可是阳关大道。

他的目光从她脸上移开……忽然跳了一下,那背了一身彩的门正慢慢缩着,越来越瘦,越来越细……

六

乔丁连续两周没去岳母家吃饭,吴欢终于生疑了。问他怎么回事,是不是和妈闹别扭了。她似乎下了很大的决心,声音摇晃不已。乔丁上身微倾,双手勾转,那是要托住什么的架势,神色却很无辜,没有啊,我怎会和妈闹别扭,我不是有事嘛?吴欢问,真的?乔丁说,我向老天保证。妈问我了?吴欢点头,忧郁地说,妈这几天瘦了,好像……可我又说不上……乔丁说明天过去,停停又说,明天没事了。吴欢松了口气的样子,让他抽时间带妈去医院查一下,并强调,妈听你的。

乔丁不想见她。岳母。妻子的母亲。那个给他疼爱的女人。那个与他默契的女人。那个他敬重的女人。那个喂馋他胃口的女人。那个优雅大度的女人。那个普通又非凡的女人。那个坦荡的女人。那个娇惯丈夫的女人。谁想那是她一层层的面纱。她遮掩了他的眼,遮掩了所有人的眼。是的,他恨她。原来她……原来她……她碎裂了,那无数的碎片,不是落在地上而是刺在他心上。偏偏让他撞上,巧得让人怀疑。他宁愿躲开那一晚,宁愿被她欺骗着,可谁能把时间扭转?

答应了妻子,乔丁方意识到他的躲还有一层怕。他怕见到她。他撞见她的秘密,她也窥见他的秘密。他从未示人的秘密。当然,他和岳母不同。岳母是背叛,背叛丈夫,背叛女儿,背叛了……他。而他不是。不是!为什么怕她?毫无必要嘛,可是他甩不掉被追逐的感觉。

不能再躲了,不能把妻子和岳父扯进漩涡,这是他和岳母之间的事,至少表面上是。

第二天,乔丁理了发,冲了澡,从里到外整得精神抖擞。依然是过去的他,但又不是过去的他了。示威吗?他说不清楚。他早早地赶过去。来了？岳母的声音没什么不同，浮着他熟悉的平和的笑，可是他还是窥见她眼底的异样。她果然瘦了，让他吃惊的瘦。与他是如此地相似，依然是过去的她，但又不是过去的她了。乔丁竖起的毛刺突然就萎了。

乔丁陪岳父坐了一会儿，听到厨房有声响，便走过去竖在门口。他喜欢在狭小的空间和岳母忙活，和岳母说话。她肯定觉察到了，但没有回头，仍专注地切着藕片。妈，我来！他站在她身后。岳母说不用，你歇着吧。他固执地等在那儿，岳母放下刀。转身时，她扬着胳膊。他往后一撤，躲开那个巴掌。她诧异地扫他一眼。她不过捋捋头发。他的脸有些烫。他恼怒地咬咬嘴，脸迅速冷下去，罩了青色。不是惩罚她，而是惩罚他自己。零零星星的对话，可有可无。礼貌如一个巨大的阴影，悄然横在中间。偶然对视，迅速躲开，不经意间又碰在一起，仿佛躲避的目的就是为了鼓足勇气再次对接。他急欲从那复杂的眼睛里抽出什么，她又何尝不是？探询，遮掩，出出进进，你来我往。一场没有方向的较量。他并不想这样，初见她的那一刹，他甚至可怜她了，可他被激怒了，被自己和她共同上演的冷漠与客气激怒了。依然是一声一个妈，声音水水荡荡，又坚硬无比。

吴欢和果果进门，乔丁大大地松口气。窥岳母一眼，她绷紧的神情也舒展许多。餐桌上，一如过去的轻松。乔丁说话，岳母和他人一样看着他，偶尔也会接话。岳母说话呢，乔丁眼含适可而止的笑意。他和岳母在伪装上仍是这样心有灵犀。

离开时，乔丁突然记起似的，妈，我领你去医院查一下吧。岳母嫌恶地皱皱眉，无缘无故地查什么？吴欢也劝，查一下放心，瞧你——岳母说，我自己的身体自己清楚，没啥。乔丁问，妈，你咋就瘦了？他听出声音里的恶意。岳母扫乔丁一眼，那目光极有力度。多吃就胖少吃就瘦，别大惊小怪。岳母拉开门，急欲打发他们走的样子。却没忘叮嘱乔丁和吴欢，记得关好门窗，夜里睡觉睁一只眼，别让贼算计了。

乔丁冷冷一笑。

大约是第四天的中午，岳母拎着饭盒走进店里。她冲乔丁点点头，问小刘是否吃过，她带了饺子，还热着。小刘说不用，她已经订了。乔丁说他不出去，小刘如果有事可以晚回来一会儿。小刘很自然地说，正好想去买双鞋。

剩下乔丁和岳母，空气便凝重几分。

岳母让他趁热吃，乔丁没问她是否吃过，饿极了似的埋下头。岳母端详着货物的标签。乔丁揣测她肯定有话说，送饺子不过是借口。

乔丁吃完，静静地看着她。

岳母问，馅不咸吧？

乔丁说，正好。

岳母说，放不少盐，我怕咸了。

乔丁说，大老远的，可别跑了。

岳母说，反正也没事，静下来，没着没落的。

乔丁说，你照顾我爸呀。

岳母的语气便重了，听听你这话，好像我没照顾他。睡觉前枕巾我都给他抹平。

乔丁说，我相信你会，可……目光荡起，像屋里突然旋起大风。

岳母说，我今天不是向你解释的，你没必要知道，就是我告诉你，你也未必明白。你还没到那个年龄，有些事只有到一定年龄……

乔丁受了污辱似的，可我不是傻子。

岳母盯住他，目光锋利，和你有关系吗？

乔丁叫，当然有，你骗了——他险些说成我——我爸！

岳母说，那是我和他之间的事，我会解决。冷傲弥漫到脸上，他想，那是装出来的吧？我今天不是来给你解释，你该明白我的意思。吴欢是我唯一的女儿，从小到大没和人吵过架，她胆子小，心眼儿好。我知道她没多大出息，我从没指望她有什么出息，平平安安就好。我原以为她过的是安稳日子，可是……你让我失望了。为什么？你缺钱吗？

不是和解，而是讨伐。他不回避她的逼视——此时她已完全站在审判台上——他说，我不缺钱。

岳母大声道，为什么？好玩吗？

乔丁说，你不懂。你说我不明白你的事，其实我清楚得很，没那么难理解——不就是偷情吗？他控制着，这句话只在心里飞撞——我的作为我说不清楚，我也不想说清楚。我想说的是，我没背叛你女儿。

岳母问，你的意思是你还要……你非毁了吴欢，毁了果果的前途吗？

乔丁说，不，我没想那么做。实在必要，我会跟她说。妈，你会吗？你会跟我爸说吗？要不要我们互相抖出来？

岳母哆嗦一下，脸色渐白。

乔丁甚是不忍，表情却没有软下来。

岳母冷笑，何必在家里抖落呢？到公安局更直接，连口供一块儿录了。

乔丁问，现在去吗？

岳母凝视着他，慢声道，乔丁，你是个浑蛋，彻头彻尾的浑蛋。走到门口，她摇了一下，又丢下两个字：浑蛋。

乔丁呆了呆，马上追出去。稍一顿，又折回锁上店门。他远远地跟着岳母，那个背影曾是那么的……温暖，此时瘦巴冷硬，仿佛一棵枯树。她摇一下，他的心便缩一下。想追上去扶她，可他想那会是什么结果。他的话重了，他很难过。可谁让她毁了他心目中的形象？谁让她失去资格依然对他横加指责？过街口，他心惊肉跳的。那些车避让着她。她走到小区门口，他吁了口气，竟攥出湿漉漉两手汗。

七

并没有他想象的那样提心吊胆，几次之后便习惯了，如她所说就像进自己家一样。他也认可了她另一个说法，减轻有钱人的罪孽，等于行善呢。她的话语，她的作为，她的眼神，她的一颦一笑及她浑身散发出的神秘气息，汇成一个强大的磁场，令他趋附，着迷，甚至融化于其中。他不明白怎么回事，他可是个差点儿就要毕业的大学生，喜欢她？不可否认，但这远非喜欢所能涵盖。有时，他试着反驳她，但几个回合便被她击得稀里哗啦。她嘻嘻哈哈，又野性十足，他根本不是对手。他不再抗拒，心醉神迷，偶尔顶牛，不过是从她那儿寻找更为踏实的借口。

他跟着她从一个地方到另一个地方，造访他们陌生而熟悉的客户。虽有意外，但总能化险为夷。吃喝玩乐，游山玩水。原来世上竟有这样的活法，原来他不齿的勾当竟这样迷人。不用再瞧老板眼色，也不再怕谁问什么学历，追问他不光彩的过去。那始终结在心里的疙瘩悄然解开。他开始给家里寄钱，往村里打电话时双腿不再发颤。他有工作了，虽然采购员甚为辛苦，但收入不菲呢。他明白了扬眉吐气是什么滋味。

那次，他和她造访南方一个旅游城市，数次空手。妈的，风向不好。她咒骂着，夜也不过，恨不得插上翅膀马上飞走。对此，她固执地迷信。后来，他意识到那是她天才般的直觉。回到凤凰飞舞的彩屋，她严肃地说，他该长些本事了。他和她一般从门进去，她的手，她手里的钥匙有魔力似的，轻轻一捅便开了。很多时候防盗门从里面反锁，就得翻窗。他没有攀爬本事，只能在外放哨。她讥诮，说是放哨，其实是个累赘，她老得担心他。他明白她的意思，点头答应。付出才有回报，学校也是这么教的。

她把他领到城市的烂尾楼，训练他的攀壁功夫。她从上面垂下绳子，让他拽着绳子攀。上到半截他就坚持不住了，手臂酸困得随时要脱落。她冲他叫，连“妈的”都冒出来。他还是没坚持住。她怒气冲冲，又是蹦又是跳。她给他示范。她身轻似燕，他想起武侠小说中的女侠。她又是跟谁学的？她跟他一块儿攀，他支撑不住时，她就拽他一把。终于成功。第二次就自如多了。起先白天攀，后来在夜晚进行。从一个烂尾楼到另一个烂尾楼。她对城市熟悉得像自己的身体一样，知道哪个部位有胎记，哪个部位有划痕。她嫌他攀得慢，一次攀到半截，他闻到一股柴油味。她居然点燃了绳子。虽然她只在下半截浇了油，中途火蹿慢了，但呼呼的声音让他心惊。他不知自己攀上去还是跃上去的。她大笑，说他就爱吃罚酒。他有些恼火，面对她的刁蛮，他只好干瞪眼。

一个冬天过去，他虽然不像她那样如履平地，但上下已很自如。

他长了本事，和她配合得更加默契。那种日子依然让他着迷。不干活儿的时候，她和他也闹别扭。那种别扭不过是调节情绪的一味作料，他和她不当回事。就连她的蛮横，过后他也能嚼出让他迷恋的味道。而她，也并非一味霸道，哄人的功夫也很了得。看起来粗粗拉拉一个人，有时又心细如丝。一次，他和她经过他们大学门口，他多看了一眼。几天后，她送给他一个大学毕业证。他惊奇不已。他明白那是假的，但他看不出假来。就像她说的，你认为是真的就是真的。这个遥远的证书，这个让他痛恨让他亲切的证书。他们比他多的只是这样一个东西。她问他还要不要别的，他说一个足够了。有她也足够了。只是这句话没说出口。

某天晚上，他和她回到彩屋，边喝啤酒边聊天。他蓄意却又像不经意地问起她的过去。他敞得那样开，而她依然深埋。她倒没少讲，但版本太多，父母忽而是高官，忽而是富商，忽而是要饭的，忽而又说自己是野人，根本没父母。她扯谎也是一流，他总是相信。下次，她自己戳破，再给他讲一个“真实”的。我要骗你，我就是毛驴养的。她发着誓，下次又推翻，还警告他不要骂她妈，我可是我妈叉着大腿生出来的。

她问，你真想听？声音很轻，像一片飘落的树叶。

他说，当然。

她声音依然轻轻的，但目光重重地压住他，你为什么老打听这个？怕我父亲是叛徒特务，连累了你？

他窘迫着，我随便问问，又没逼你讲。

她很无奈似的，好吧，这回我实说了吧，省得你闻闻嗅嗅，像馋骨头的狗。

他嘿嘿。

她声音挑高了，咋？我说得不对？

他说，赶紧说实话吧。

她说，瞧你那德行，挖苦我？我凭什么告诉你？他们又没生你！顿顿，忽然又道，算了，还是给你讲吧，先陪我干了这杯！喝得猛，啤酒从她两个嘴角漏泄。而后抹一下嘴，道，我妈生我那天费老鼻子劲儿了，险些昏过去。

他不自觉地“咦”了一声。

她恼道，不听了？

他忙说，听着呢。

她的目光滑开去，我说的是有些远了。我没骗你，这是我妈后来告诉我的，她总给我讲过去的事，她是个碎嘴婆婆。我离家那天，她还给我讲她和那个男人的故事……喂，你听没有？

他说，听着呢。

她接着讲。跳跃性很大，但他还是连接起来。她出生不顺，家人对她厌恶。从她记事起，家里就接二连三遭遇灾难，要么失火，要么闹病。她七岁那年，父亲被车撞成瘸子。就是这个瘸子开始不回家，拖着残腿在外胡混，终于有一天没了踪影。母亲终日抹泪，经常拿她出气。两年后，母亲有了男人，开始偷偷摸摸，后来领到家里。她看不惯，母亲让她滚蛋。她怕滚蛋，可一个黄昏，她逃离，从此再未回去。

比她先前讲的故事长。静得只有啤酒泛着泡沫。她“嗨”一声，你怎么了？

他的眼睛湿了，泛着红。

她哈哈大笑，并不爽朗，像混杂着尘土。笑声止住，眼角仍有笑的残渣往下掉，你真信了？我不过逗你玩。

他盯着她。

她发誓，真的，骗你是毛驴养的。不同的誓，同样的赌。

他声音发颤，求求你，正经点儿好不？

她嘲讽，瞧瞧你这点儿出息，别人的事把你搞成这样？我不懂什么正经。哎，可怜的家伙，不逗你了，我改口，我说的是真的，起码到现在还是真的。我要骗你……我干吗要骗你？她警告，别拿我妈出气啊，我可是她叉着大腿生出来的。

他抱住头，让她颠得异常地疼。

她说，该，谁叫你刨根问底，要不要我搞份家谱给你？

他泄了气。

她蹲他身旁，一脸幸灾乐祸。注视一会儿，她的目光渐渐柔软，还大学生呢，你这个可怜虫。我豁出去了，让你占点儿便宜吧，算是犒赏……等等，把你的爪子分开，关上那俩眼珠子！

他说，你已经豁出去——

她叫，少废话，关不关？

他听话地闭了眼。

她和他接吻。那个场景从开始就被她颠覆。她不闭眼，让他闭，必须闭。她的手抓挠着他，但不让他动手。还不让他趴她身上，要么站着，若躺着，她必定覆盖在他上面。他戏谑，她是强权，他只能算第三世界。

娇喘和呻吟终于使他难以自持，他的手翻拐上来，试图伸进她的衣服。

她“啪”地打开，狗爪子，瞎摸啥，还嫌便宜占得不够？

他嬉笑着，继续试探。

她沉下脸，小心我剁了它。

他不敢造次，委屈地说，不怪我，我管不了它嘛。

她语速极快，交给我，不收你一分钱。

他缩缩肩，还是不麻烦你了。

睡觉时，他又贼心不死地凑过去，想尝尝床的滋味。他一直睡沙发。她的施舍仅限于接吻。她并不生气，反而笑着说，如果他的骨头想断成几截，她也不反对。他虚试几下，讪笑着离开。

那夜他睡得不踏实，无数的凤凰在脑里飞舞，想抓却又够不到。黎明时分，他渴醒，起身喝杯水，往下躺时，目光忽然被牵住。他怔了怔，轻步朝大床挪去。光线还暗淡，但他的眼睛能刺破那模糊的外壳，又亮又烫。抑或，是被她照亮。她身体弯成弧形，起起伏伏。手臂伸在外面，一只压在身上，另一只往外张着，像要抓住什么……是凤凰吗？她睡得很香，他能闻到她的呼吸声。是的，他闻到了，伴着呼吸的似乎还有茉莉花香。他又往近探探，看清了她的脸……他骇异地一缩，仿佛绞了一下似的。一个拇指大的耳郭，不，更像个小肉球。他呆立。一连串的回忆闪过。难怪她总掩着那里，不让他碰。他明白了。可是又不明白。她……她……他探出手，撩起弯曲的一细绺头发，那个小肉球彻底呈现在眼前。

他探究着，寻思要不要摸摸。

她突然醒了。来不及说，甚至僵硬的手未及缩回，一记耳光就甩过来。

八

乔丁又到岳母家蹭饭了，他和岳母仍旧在说话中干些什么或忙活时说些什么。但他知道，那一切并没过去，他没过去，她也没有过去。他和岳母是伪装的，他们配合得很好。即使岳母欢愉地大笑，他仍能觉出藏在她眼睛深处的蒺藜。每每这时，他柔软的地方忽又坚硬。在那个下午，他跟随岳母穿越大街时，身体的某个部位不可阻挡地融化。他想起岳母种种的好。他或许是过分了。

可是，这是他的问题吗？是她啊！他都想吼了。如果能吼，他会冲她吼上一千二百遍。她已然失去资格，而他没有。他和她是不一样的。如果坦白，把那个秘密端上桌面，他不会退缩，她敢吗？他不是有意瞒着吴欢，实在是与她无关，他的仪式伤不着她。恰恰相反，他从那个世界滑回来，会更安分，更爱她，更能嚼出日子的味道。而岳母……扔出的不亚于一枚炸弹啊。

乔丁甚至冒出向岳父说出一切的念头。岳母对他好，岳父对他也不错啊。岳母起先对他很是挑剔，果果出生之后，她才转变态度，并出乎意料地默契。他不只是女婿，还是说得来的朋友，她是岳母，也是知音。也许知音的说法不恰当，但他就是这么认为的。她和他的关系有一个过程，而岳父从开始就接纳了他。他给岳母保密，等于欺负岳父。欺负岳父自然是错的。那天，听着从公园方向传来的歌声，他忽然按捺不住了。他要和岳母赌一赌。谁让她这么硬气来着？她起码该痛哭流涕地忏悔，不，掉几滴眼泪也可，最次也要面带羞愧。她一方面发虚，一方面却又套上铠甲，像干了什么了不起的事。她认为他不会说出，凭着她的聪明，凭着她对他的了解。可牌的打法多的是，他现在就不按牌理出牌。他要给她点儿颜色。

公园里歌声飘摆。进门不远处的一棵老槐树下，围着一圈人，那是岳父固定的场地。乔丁急匆匆的，看见这个场面却扎了脚似的，踟蹰不前。这可不是说话的地方啊。那就等着，等到演出结束，把岳父拽到僻静的地方。他站了一会儿，悄悄靠前。其实，岳父根本看不见他，完全沉浸在音乐之中。岳父身边是一个中年汉子，唱的是《牡丹之歌》，之后一对妇女唱《天仙配》。一个老妇唱时，她抱的孩子顽皮地抓她的脸，她偏着头。岳父神情笃定，谁也不看，也不看乐谱。他面前什么也没有。他似乎什么都会拉。他的半个脸镀了层金色的光亮，哪里是那个小心谨慎的岳父？

乔丁悄然离开，怕惊着岳父，怕惊着那些忘情唱歌的人。其实，没有任何人注意他。

意外地，岳母在店里等他。不是吃饭时候，她当然不会送饭。她是不是觉察到他的企图？她淡淡地解释，刚巧路过，进来看看。他“哦”了声，说，我去公园了。她的目光晃了晃，很轻，但他觉到了。她问生意的情况，他很耐心地回答。他正想把小刘打发走，岳母忽然说得回去了，问他晚上过去不。他说过去，马上又补充，我和你一块儿回吧。岳母看他一眼，他和她又想到一起了，他想。

不再一前一后，他和她挨得很近，他试图搀她一把，她用他熟悉的口气说，我没那么老吧。

乔丁暗道，当然不老，跑那么远约会，不是一般的激情呢。

岳母突然问，你想什么？

乔丁竟然脸红，没想啥啊。

岳母并不看他，你觉得我是个不要脸的女人，是吧？

乔丁想，她可真厉害。顿顿，他问，你能告诉我吗？

岳母回答得极其干脆，不能。

那不像两个字，而像两个拳头。乔丁觉到钝痛，他的口气一改刚才的温和，我要是想知道呢？

岳母笑笑，我不会告诉你，永远不会。和你无关，你没必要知道。

乔丁问，这么说，你还要去那个地方？

岳母站住，目光尖锐，什么意思？让我保证？还是想给我下通牒？

乔丁竟耐不住她的逼视，摇头，不，不是那个意思。

岳母缓缓道，我没想过，也许……我不知道，这对你很重要？

乔丁说，是你，妈，你对……这个家很重要。

岳母叹口气，我今天突然烦躁得厉害，想和你说说话，到店里又不想说了。说什么呢？能说的我都说了，不能说的不会说。随你怎么看吧，我不是求你谅解，你也没资格。你想怎么样吧，轻视我，骂我，我都不在乎……这几天我像憋在闷桶里，我只求你，好好待吴欢，你该清楚你不只是她丈夫。

说到最后，岳母声音嘶哑，乔丁忽有一种不祥的感觉，难道岳母……他的心揪紧了，几乎是情不自禁地叫声妈，你别……

岳母严厉地说，瞎想啥？我没那么不结实。

乔丁不知说什么，心里一下空空的。之后，两人都沉默了。乔丁稍稍落后一步，这样，岳母的背影又罩在目光之下。瘦，僵，苍老。她声言没那么不结实，其实她是不结实的，或者说，起码没那么结实。掩盖多年的秘密被发现，尚未掀起波澜，她就承受不住了。她受到了打击。他，他的两面，对她也是打击。他再次柔软起来，甚至有些惭愧。他们，他和岳母，在不合适的地点相遇，目睹了彼此的真实。那么，忘掉吧，就当什么也没发生。

又一个六号，乔丁在孤儿院忙了一天，晚上看望了李护工。大约第三天或第四天，乔丁找东西的时候，看见缩在柜子里的包，突然想起她很久没来了。她怎么……他愣怔一会儿，缓缓抬起头，转动着脖子，期待在某个角落逮住她顽皮的影子。墙角空空的，灯线空空的，他拉开包……万一是她恶作剧……没有。他捏起铜镜照照，揣进兜里。没什么好找的，她没出现，连出现的信号也没有。怎么回事？她该来了，早就该来了。乔丁脸色渐白，慌不自持。他跑出店外。日光如网，声响不绝。他又退到店中，她如果来了，就算在大街的人流中，他也觉得到的。她的悄语穿越喧嚣穿越黑夜和黎明。难道是他疏忽了？难道他的耳边竖起了隔板？

他僵坐在那里，支着耳朵，倾听她窸窣的脚步……

整整一天，他像蹲在那里的一架机器。

次日，他告诉吴欢晚上不回家了。他把小刘打发走，早早关了店门。他铺展开那一沓地图，手指在光滑的图纸上游走。一遍又一遍，指力渐重，可耳边空空。他闭了眼，数到十，突然睁开，期待那个飞舞的彩影，扑进眼睛的只是无边而沉重的黑暗。他又闭上，数到一百一千一万……失望，失望，失望。

清早，小刘打开店门，看到枯坐的乔丁，吓了大大一跳。乔丁从臆想中滑出，苦涩一笑，在小刘木然的注视下走出店外。在一个小摊儿前，他吃了两根油条，喝了一碗豆浆。走了一段，他又买了一张煎饼。他觉得饿，又吃不进去，便拎在手里。

他不知自己要干什么，像多年前揣着全部家当那样，把自己置于陌生的人流。他的脑子空着，像一个大大的陷阱。空着也好。几乎是顷刻之间，突然又胀满。那个折磨人的疑问又来了，他无法避开。她没来。也许她不再来了。这么多年，他已习惯了带着她游走。走遍所有的地方，她在彩屋种下她的梦想。为什么？为什么她不再来？他想起那个尴尬的夜晚，她羞于与他为伴，还是因她和他的秘密被发现而生气？他并没有把他和她的秘密示人，任何人，那完全是个意外。她要惩罚他？她要彻底和他决裂？

他的脑子陷于混乱。但有一点，他很清楚，这一切与岳母有关。没有运气的夜晚，难堪的对峙像一把锋利的刀劈断他的生活秩序。他忘了自己是怎么离开的。那时，他尚不自知。窥见和被窥的惊愕、羞恼覆盖了一切。这些日子，他和岳母依然被阴影罩着。现在，就在他准备遗忘那一切的时候，却发现他的生活秩序被斩断。

或许还有可能……他抱着侥幸，像过去的任何一次一样，开始了小心翼翼地旅行。他选定城市，当然是他自己选的——和她在一起的时候，他自己也选择过。到了车站广场，他左顾右盼。一个身影，又一个身影。说不定她就藏在其中。他和她是有感应的，他来，她能不来吗？等了一个多小时，他上了车。火车缓缓滑行，他盯着站台，如果她奔跑过来，他马上跳下去。忽又回头，东张西望。她没来，她来了，他肯定能感觉到。也许，她打算和他去那个城市会合，她总有新奇的点子。他不踏实地眯了眼。到站，还是不见她的影子。谁知她又搞什么把戏？是不是在他行动时突然现身？他踩了目标，登记了住处。他仍要了双床的房间。一次，他要了一张大床，她罚他睡地板。午夜，他潜出宾馆。但是，他找不到路了。转了几圈，他的心慌慌的，要跳出来似的。他没这么紧张过，第一次做也没有过。他感觉不到她在身边。她没来。她真的没有来。他已经到这儿了，她还是没有来。

他游逛了半夜。黎明时分，退了房，直奔火车站。

她要离他而去，真要离他而去了。疼痛如针，扎一下，再扎一下，忽然加快，在他身上穿着一个又一个洞。

他去了岳母家。这个时间，只她一个人在。除了去那个城市，她不乱逛，练功也在家里。她喜欢家。家，多么放心的地方。养精蓄锐，然后疯狂、放荡。没什么可以阻碍她，她仍可以一次次约会。他能把她怎样？她说过，与他无关。他的行为也与她无关。可是，他已经不能了。她扼杀了他的仪式。本已搁置的愤懑再次喷涌。

岳母瞧见他的架势，稍一愣，很快平静了。她是装的，她不可能有过去的平静了，就算他是一粒沉默的石子，也会硌着她。她没说话，她那么聪明，只点点头，等他开口。他却突然哑了。那些话触到她的眼神突然躲得无影无踪。他只是挑衅地和她对视着。

还没吃饭吧？岳母问，不等他回答，起身。

是的，他没吃饭，但现在不想吃。他喊住她，我不是来吃饭的。

岳母说，是来打架的喽？那也得先吃饭呀，吃了饭更有力气。

他跟着她来到厨房门口，他的声音烧沸了似的冒着气泡，我又干了。

岳母头也不抬，知道，吴欢说你出门了。

他问，你不生气？你不是要阻止我吗？

岳母说，我能拦住你？重重地叹口气，我只是替吴欢担心。怎么这么快？不顺利？

他说，是你……

岳母终于回头，我？……我吓着你了？

他说，吓着她了。

岳母皱眉，谁？你说谁？

他大声说，她！

岳母狐疑地看他一会儿，冷静地说，想出气就来吧，你出够气我再做饭。

他往后退退，站住。

她拍拍他的肩，让他坐下。她说，你不是打架来的，你憋得不行，是不是？好了，说出来吧，那是怎么一回事？

他并没有哭的打算，可是，该死的眼泪汹涌而出。

九

她和他和好了，但不再和他接吻，甚至不让他碰触她的身体，不管她心情多好，他一有什么动作，她的大眼温度陡降。他为自己的鲁莽付出了代价。她不谈及她那个地方，他自然不敢问。可探询的欲望始终蛰伏着。她的身世，她说那么多，对他依然是谜。就连她真正的名字，他也没搞清楚。认识她的时候她叫吴紫。忽然有一天，她说改名了，叫张红。她不停地换着名字，李青，赵蓝，白雪，黄娇。就像她对凤凰的迷恋，她对颜色有着偏执的嗜好，每个名字都与颜色有关。不仅如此，每个名字都有证件，那对她实在是小儿科。她一方面心直口快，连打盹做了什么梦都告诉他，一方面嬉闹似的包裹着自己。他仍如过去一样迷恋她，相信终有一天会咬开她的壳。

腊月，他给家里打电话，父亲让他这个年一定回家过。你妈想你。父亲哽咽的声音使他马上答应下来。他好多年没有回家，的确也想回去看看。父亲让他把对象带回去，他在一次通话时说走了嘴——他犹豫一下，说和她商量商量。父亲说一定要领回去，不然他和母亲要追过来。

那几日，他心不在焉，一脸沉闷。她觉察出来，问他是不是让那个大胸女孩勾走魂了。他和她常吃麻辣鸭头的重庆馆新来个服务员，胖乎乎的，胸脯凸翘，他的目光总是不小心落在那个地方，彼时她就用筷子敲他的手。她常拿那个女孩嘲笑他，瞧瞧你那馋相，就差流口水了。他没像往常那样调侃地检讨，只是重重地叹气。追问之下,他说了。

你要回家过年?……这么说,要把我一个人丢下?她的声调变了。

他忙解释。

她绷着脸,不行!我还好几年没回去呢,我不是为了陪你吗?你这个没良心的家伙。

他说要么两人各回各家,要么她跟他回。

她的声音跳跃似的,早说嘛。我跟你回……别这么愁眉苦脸,我吃你多少,交多少伙食费。

他说,有个事,我得告诉你。

她的眼睛稍稍眯了。

他说,我说了,你可别生气。

她不耐烦了,让你急死了,说呀!

他边说边揣摩她的神色,她的脸没什么变化,眼睛仍那样眯着。然后,她追问,就这?

他点头。

她哧地一笑,我还以为干了什么勾当。不就说我是你女朋友吗?我本来就是你女朋友嘛。

他解释他说的女朋友不是普通朋友,是对象。

她突然恼怒,谁是你对象?

他的心被挫了一下,尴尬地说他是哄父母的,父母盼他带个对象回家,可他们认真了……

她哈哈大笑,像冰层突然跃出火苗,让他措手不及。她边笑边拍着床垫,脸上霞光绽放。

好吧,我就算是你的对象吧。她笑够了,直起腰说,瞧瞧你这点儿胆子,一个对象就吓成这样?

他让她戏弄个够,此时也轻松了,说,我怕你生气。

她说,生什么气?给人当对象,多乐的事呀。除了你,谁敢要我啊。我的便宜让你占光了……你真把我当对象?

他几乎要发誓,她适时制止,好吧,我信。谁让我碰上你呢,哪年我高兴了,给你生一堆孩子……你打算要几个?

他说,你生多少我要多少。

她说,我得想一想哦。

出乎他的意料,惊喜就这样撞了他。从那晚开始,他终于又能吻她了。仅限于此。她仍高度防备,他小心着,不摸碰她的耳侧。可是临近年根儿,他又担心了。万一他的父母瞧见呢?就算他们不问,也掩饰不住眼里的惊愕。她似乎比他还上心,早早买好大包小包的东西,每天都有补充,结果有一些带不走,丢在彩屋。

他和她到了县城,本来能赶上回家的车,但她忽然提出在县城住一晚。他以为她要做活儿。他不想在家门口干,尽管这个县城和他没多大关系,但那也是家门口。他劝她算了,小地方没什么油水。她说吃腻了大鱼大肉,喝点儿清汤寡水也好。他再劝,她瞪大眼,谁说我要干了?他想,她或许真想逛逛。可第二天,仍没动身的打算。他催她,她犹犹豫豫——他从未见她这样——地说,要不,你一个人回吧。他甚是吃惊,问她什么意思。她说没什么意思,只是不想去了。他动情地劝着,继而改成乞求。她说她不敢去。她不像开玩笑,可她开玩笑他也分辨不出来。就这么从早晨耗到中午,又从中午耗到晚上。他瞧出来,她确实有些紧张。他不清楚她为什么紧张,她不是这样的人啊。她实在是过于反常了。他竭力地说自己父母多么老实善良,他们会怎样喜欢她,他甚至激她。她仿佛咬牙似的,说,去就去,我才不怕呢。

她问见了他父母咋称呼,他说叫叔叔阿姨就可以。她问她是他对象,也这么称呼吗?他说那就随他,叫爹妈。他补充说他父母心里会乐开花的。她问称父亲母亲是否可以,他说太书面了,有些别扭,不过也可以。她问他有哪些亲戚,他说他会一一告诉她。她怕到时候喊不出口,非要练练。他拗不过,只好陪她。她是她,他则是他的父母亲戚。

她叫,爹。

他笑笑,浅浅地嗯一声。

她说,你正经点儿。

他忙说,好好。

她又叫,爹!

他答,哎。他有些乐,但终憋住了。

她叫,妈!

他答,哎。

她叫,叔!

他答,哎。

她叫,姨。

他答,哎。

她叫，父亲。

他答，哎。

她叫，母亲。

他答，哎。

似乎叫出了瘾，她又叫了一遍。接下来，她喊他舅舅舅妈姨姨姨夫姑姑姑夫伯伯婶婶姥爷姥姥爷爷奶奶。整整一个晚上，她不厌其烦地练习。他哪有那么多亲戚？她兴致高，他只好扮演一个又一个角色，包括死去的。这还不算，她重新装扮角色，让他叫，他就一一叫着，爸妈……最后，他忽然叫，小亲亲。她哎了一声，双眉忽竖，你占我便宜，不行，得罚你。于是，他重新叫了一遍，直到隔壁有人抗议。

他数年没归，现在回来了，还带着对象，父母自是喜上眉梢。她没白练习，大大方方地喊爹妈。她的野气似乎消逝了，带着些娇羞。看得出，母亲很喜欢她，拉着她的手，似乎还想摸摸她的头发。他的心紧张到极点。她偏偏头，母亲大约意识到了，放开手去做饭了。他不离她左右，生怕有什么意外。吃饭时，她忽然改口称叔叔阿姨。父母对视一眼，询问地望着他，似乎想知道是不是怠慢了她，以至于这么快就改口。他知道父母在乎那个称呼，但不好解释。后来，她又称父亲母亲。他暗暗叫苦，她似乎要把那些称呼操练一遍。待会儿，她又冒出爸爸。父亲看着她，以为她有什么事，她只是笑笑。她有些傻，可爱的傻。让人心疼的傻。趁出院门的时候，他提示她，只称呼一样就行。她反问，犯法吗？他说不犯。她说那就别管这么宽。好在也没什么，父母很快习惯了。

晚上看电视，镜头里一个男人殴打妻子，她忽然说，妈的，该一枪崩了他。他觉到父母神色的异常，还好，他们没说什么，只是安安静静地陪她看。第二天，母亲和她拉家常，这是母亲表示亲近的方式。父母不会挑剔，只是对她的某些表现不习惯。他怕她疯，又怕她受委屈。母亲这样，他竟有些感激。话题忽然转到她父母身上，母亲只是礼貌地问候。她对母亲讲着她的父母，他未曾听过的一个版本。她张口就来，母亲自然毫不怀疑，并不时插问一句。他想，如果她只讲这一次，毫无问题。他担心哪天再说到这个话题，她会换一对。不再是医生，而是工程师或其他什么。还好，没人问她。

那天，他儿时的伙伴来看他，他正要介绍，她爽快地伸出手，你好，我叫张红。他的目光掠过母亲，嘻哈地岔开话。他给母亲说的是她另一个名字：黄娇。

吃过饭，父亲喊他抬东西，他随父亲去西厢房，父亲马上掩了门。父亲绕着弯子夸她，然后很不情愿很不好意思地说，这女娃好是好，只是……是不是不大着调？他说她有些紧张，不大习惯。父亲问，不是姓黄吗？怎么改姓张了？看来，父母没少嘀咕。他说那是为了上户口改的，三句两句说不清楚，她很聪明的。父亲哦哦着，脸松弛许多。

走的时候，母亲再次抓着她，嘱咐她明年一定还回来，她点头，竟有些哽咽。他惊讶得怀疑自己的眼睛。又是破天荒的。他只见识过她的假哭——某次戏弄他。母亲也动情了，抬起另一只手——他迅速揽住母亲的肩，她的脸已防备地撤后。他和她对在一起，她狠狠瞪他一眼。显然，她不喜欢他过于明显的护卫。母亲不明白怎么回事，似乎还想拉她，他说行了行了，赶不上车了。想来母亲有几分遗憾，她是那么想摸摸她。那可是他也不敢碰的地方啊。

她对回家之旅还算满意，只是左一声右一声地叫，真是累死了。他问她想不想家，他再陪她回去一趟。她斜睨着，很是不屑，就你这土样儿，他们不把你赶出来才怪。他说，我不怕挨打。她问，你真敢去？他说，我没那么胆小，为你挨打也值。她不领情，少卖嘴皮子，值几个钱呀！他嘻嘻地望着她，说过去不值钱，现在变得值钱了。她明白过来，骂，你讨打！她说他这么想去，她就破例回去一趟，她实在是不想回那个家。然后一通疯狂采购，她说她家虽然什么也不缺，但不能空手回去。可没过两个小时，她又变卦了，说这几天家里人来客往，除了送礼就是求她父母办事的，还是别丢这个丑了。他很是沮丧，可拗不过她。蛮横的公主。有一个星期，他和她不出门，发狠地消灭大包小包的食品。

也就是那几天，他起了金盆洗手的念头。不，在家里的时候，他就有了。现在，不过是重新审视。他和她各攒了一笔钱，加起来是个不小的数目。做点儿生意，过另一种日子，毫无问题。那种新奇的感觉已经淡去，勾当仅仅作为弄钱的手段。常在河边走，哪有不湿鞋的？早晚有到头的时候。过去他不想，现在时刻在想。

犹豫几番，他还是说了自己的想法。她的嘴角停止嚼动，看他一会儿，又轻轻嚼起来。而后慢悠悠地问，你的意思是，要和我分手？他说不是，他离不开她，也不想离开她，只想让她收手。她问，你怕了？他说，不怕，只是——她冷冷地截住他，我不逼你，你也别拦我，各走各的路。他说，我是为你和我的将来。她大叫，别教训我，我不要将来！你走，你现在就走。他不走，她过来撕他拽他，他一次次被她弄到门口，又一次次缩回去。和她负气只会适得其反。她折腾累了，骂他癞皮狗，没再逐他。

他和她又开始干活儿。配合得很好，却又像两个哑巴。她不理他，他搭讪也没用。辗转了两个城市，再次回到彩屋，她突然赞同他的提议。不过得再干半年，要把钱攒足，到时候买一套房子，我给你生一大堆孩子。她又恢复了顽劣的神情，我可没说嫁给你哦。他大喜过望，想象未来的生活成了两人每晚的节目。半年之后，她又变卦，央求他再延长半年，这回说话一定算话，她不是非干不可，实在是心里憋得难受。不做好事，我会憋出病，再让我过过瘾吧。难得她说软话，他只好从了她。她亲他一口，夸他懂事，许诺给他生一大堆孩子。她珍惜那短暂的时间，他们干活儿的密度大了许多。他又担心又心疼她。有惊无险的日子画上了句号，为此，他和她在彩屋举行了小小的告别仪式。她兑现了诺言，他大松一口气。可半个月之后，她先是阴郁着脸，继而狂躁不安，后来她就央求他，再陪她干一次，只一次，如果她再反悔，让他剁掉她的手。他没答应，纵容一次，还会有第二次，他们想象的生活永远不会到来。没得到他的响应，她忽然大声道，活人还让尿憋死？你不去我自己去。他恼怒地难过地望着她，她真干，他根本拦不住。我保证，就这一次，再犯，不用你，我自己把手剁掉。他不为所动。走到门口，她回头，就陪我一次，行吗？他忧伤的目光陷落在凤凰们的羽翼中。

她走了。

十

白地黑字，那几个字瘦长瘦长，像手背上暴起的青筋。门牌毫不起眼，院子却幽深，快走到头了，拐个弯又是一番天地。孤儿院只是其中一个部分。他熟悉这里的每一条路，每一个角落，每一片草地和树荫。他嗅着陈年的气味，寻找着她遗落的故事。那棵最粗壮的老槐树，是她的领地，没人上得去，她猴子一样自如上下。她高兴的时候，生气的时候，都要躲到树上。那次，那个送孤儿院一车西瓜的老板捏她耳朵，她咬他一口，然后逃到树上，待了整整一天。她说脏话被罚饿，她偷护工的包，藏在其中一个树杈上，被扭青嘴，却不承认。在那幢风雨剥蚀的白楼上，上演过惊心动魄的一幕。因同学嘲笑她的耳朵，她把那个又高又壮的男孩打成乌鸡眼，男孩父母兴师问罪，她拒不道歉，后冲出众多逼她就范的大人的包围，逃到白楼顶，威胁跳楼。谁都不想输给她，于是她跳了，摔折一条腿。跳楼事件影响甚大，院长因此被免。那个陡直的烟囱也是她常常造访的地方。大人们必须登梯子才能够着扶栏，没放过梯子，因为没人爬过。她能壁虎一样吸附在上面，若是抓住扶栏，还能腾出手嗑瓜子。一个老人因目睹她爬烟囱，突发心脏病。老人的亲属一度封锁了大门。惹祸挨罚在她是太平常的事。让人头疼，却又毫无办法——没有效力的办法等于没有。

他是在整理她的遗物时发现那个证件的，并不是她的。它和她众多的证件混在一起，那么地委屈。他凭着它，一步步追寻到这里。

他滴血的心被无形的大手攥住，疼得难以呼吸。如果他早一些知道……能怎样呢？早一些知道也许是另外一个结果，那天晚上，他会跟着她。那天，她并没去干活儿，光顾的是在建的高楼。她憋得难受，只有那样才舒服一些吧？以她的身手怎么会失足？他认为是他，是他毁了她。

负疚时时啃噬着他。遇见吴欢之后，他渐渐从阴影中走出，但并没有放弃他和她的仪式。他从未告诉过吴欢，那是他自己的秘密，以前他不认为这是对吴欢的欺骗和背叛，现在仍然不认为。他只是在心上开了一小扇门，通向另一个世界的一小扇门。他去那里走一遭，最终要返回这里。去那里洗濯忧伤，回这里平静生活。他习惯了，三千多个日子都是这么做的，可一夜之间，日子突然断裂。

连着数日，每个下午他都到孤儿院。除了和那些孩子玩耍，就是在小道上行走，或者去李护工那里。以至于杨护工都很惊讶，问他怎么了，是不是想到这儿上班。他笑笑，不答。他像丢了魂，只能在这里找到；或魂快要丢了，必须在这里寄放。

那天，他并未向岳母说什么。那个秘密是属于他自己的，就算说了，她会像在别的事上那样灵犀通透吗？毕竟，他和岳母藏的是不同的秘密。对岳母重新卷起的愤怨在他离开时已经淡去，他能拿岳母怎样？他不能拿岳母怎样，也不能拿自己怎样，只好一趟一趟往孤儿院跑。

可到这儿究竟要干什么？是抓住越离越远的她？还是等待那一对男女？是凭吊已然逝去的一切，还是整理陷于混乱的生活？

他不清楚。

他知道这不对头。每天晚上，他尽量早早回去，尽量从那个世界拽出，不让自己的情绪影响到家庭。如果赶得上，他必定随吴欢去岳母那里吃饭，努力和岳母说笑。但已不像过去那样，他从那扇门出来，一切被严严地关在身后。无论他怎样努力，还是带了些什么。那个世界的灰尘和气息。他从吴欢阴郁的眼神里觉出来，尽管她什么也没说。可是，他又控制不住自己。一到下午，他被看不见的绳子牵着，犹豫一下都不可能。

那天，他刚到那儿，杨护工就告诉他，一会儿记者要来采访他，院长让他做好准备。他不解地问，采访我？为什么？杨护工说，不采访你采访谁呀？甭说你牺牲自己的时间照看孤儿，单你买东西花多少钱呀？他忽然慌了，不，不。杨护工说，你谦虚啥？早该让你风光风光的。他仍然摇头。他花的并不仅仅是自己的钱——他和她的，更多的钱是她的。杨护工说，孩子们都知道了，要拍你和他们在一起的照片，瞧，他们兴致比你还高。他扫一眼，静静正用彩纸叠鸽子，青青则忙着画画——准是凤凰，他教她的。他有些难过，他要让他们失望的。唤起他们的兴趣和希望是多么不易，但他不能够……说什么？那是能说的吗？就是胡编乱造也不能，他不想让自己的名字和照片出现在别的地方。

他逃离。他打算去李护工家，中途忽又想，记者会不会追到那儿把他堵住？记者不会撬他嘴巴，可他面也不想和记者见。转向。他关掉手机，打车到鸭嘴山脚下，拾级而上。他爬到最高的朝阳亭，从那儿可俯瞰皮城。他久久坐着，任肥硕的西风吹荡。

黄昏，他下山时打开手机。短信炒爆的豆子般蹦跳。数个未接电话提示，全是岳母的，几条短信也是岳母发的，内容一样：你在哪里？速回电！他颤了一下，打过去。岳母的声音并不焦急，而是冷冷的，问他在哪里。他说在外面，什么事？岳母依然冷冷的，你回来看看吧。他马上想到吴欢。他甩着大步，后来就奔跑了。坐上出租车，才想起打吴欢的手机。关机。

果然是吴欢。她被车刮了一下，不是轿车，是电动自行车。骑车的人怪她横穿马路，没等她做出任何反应就走掉了。她动不了，是路人帮她打了岳母的电话。岳母陪她检查了，只是轻伤，并无大碍。但她走不了路，她吓坏了。吴欢躺在床上，依然一脸惊悸。他怜爱地抓住她的手，她眼睛顿时水蒙蒙的。他安慰，没事的，没事的。岳母没说什么，但目光浸着责备，重重地荡过来。他低下头，面对岳母，他终于心虚。岳母让吴欢晚上就住这儿，这是岳母另一种责备方式。他问吴欢，你行吗？似乎他给她注射了力量，她下了床，来回走了两圈。他看岳母，岳母说，那你就照顾好她。

他们是走回去的。

他洗了澡，陪吴欢看会儿电视。睡觉前，吴欢突然说，我今天去店里了。他觉出她话里的意味，问，有事？她说同事要买酒，陪同事去的。他"哦"一声，说这几个下午他都在外面。她问，孤儿院吗？他点头，解释，护工请假，别人照看不了那些小孩，我去帮个忙。她问，你真喜欢那些小孩？他的心一紧，怎么想起问这个？她说好奇嘛。他说他们其实蛮可爱的。她问，明天还去吗？他迟疑一下，但语气很干脆，不去了。过一会儿，又补充，以后还像过去那样，一月只去一趟。

吴欢蜷在他怀里睡了，像一只怕冷的小猫。她多年的习惯。即使在睡梦中,他也能觉察出她身体细微的抽搐,能听清她梦中的呓语,知道那是欢乐的,还是做了噩梦。她是他身体的一部分,她什么都跟他说。一次岳母和他谈到吴欢,用了一个词:傻女子。他是那么疼爱这个词。他的傻女子。

现在他的傻女子出了问题……是他让他的傻女子出现反常之举:她被刮,竟然没给他打电话。陪同事去店里,同事并不是不认识那儿。没完没了的询问,她对他的事从不过问。她怀疑他了,因为他混淆了曾经分得很清的两种生活。如果不能在两个世界自由穿梭,只能关上其中一扇门。

他大睁着眼,与黑暗对峙。关上,别无选择。

十一

秋天到了,风粗了许多。两旁的黄叶猎猎作响,仿佛一面面旗帜。偶有一两片舞落,吻归于大地。

乔丁抓着公交车上的吊环,盯着窗外。看惯了的一切,细瞅,每天都不一样。就像公交车,昨天张贴的是"禁止携带易燃易爆危险品上车",今天已换成"民警提示:小心扒手"。看来,最近一段小偷又多了。前几天报上登一则消息,贼入室盗窃,连主人的喝水杯也没放过。盗亦有道,那些家伙恐怕听都没听说过,别的更是枉谈。他们不过是一堆杂碎。

六号,是他做义工的日子。他只在这一天进入那个地方。他适应了新的秩序,或者说新的秩序适应了他。

午休的间隙，杨护工告诉他，李护工去世了。来得突然，他惊愕地盯住她，似乎要验证她是否出现口误。他上个月看望李护工，她还说，那对男女只要再露面，我一准能认出。他呆了好一会儿，才问什么时候，杨护工说上个月二十几号。一个人的离去是多么容易，他伤感地抽抽鼻子。杨护工压低声音，那对男女没来，来了我也能认出。他“哦”了声。杨护工仍以为他在等那一对近于传说中的男女，所以说得那么诡秘。

像过去一样，他走进窄巷时，使劲儿蹉蹉脚底。李护工鼻子灵，他踩了什么脏东西尚不自知，她一下就能闻出来。她是个爱洁净的人，可能与她多年的护工工作有关。门仍如过去那样掩着，不知现在她的哪个子女搬了进来。他伸出手，又慢慢缩回，李护工不在了，他还有进去的必要吗？他看着那个门缝儿——她的咳嗽声常从那儿溅出来。

他静静地站了一会儿。他想起第一次与李护工见面的情景，她抓着他递过去的照片，惊呼，天啊，她还活着！他想起李护工是怎样激动地抓住他的胳膊说，她是我从门口捡的，我一手带大的呀！他想起李护工评价她的声调，她咬过别的护工，没咬过我。因为她，免了两任院长呀。他想起李护工叙述她逃走的那个夜晚时，忧伤如何漫上她苍老的眼睛。

李护工走了，带走了自己的秘密，也带走了凤凰的秘密。

那天晚上，他对吴欢说想出趟门，缩在他怀里的吴欢只是哼唔了一声。半年没出门，车站竟有些陌生。他目测了好一会儿，方从这陌生中辨出什么。没人认识他，他也不认识别人。耳边荡甩的只是嘈杂。售票员问他去哪里，他随意说了一个地名。直到火车启动，他也不清楚自己到那个地方干吗。

他坐在靠窗的位置。盯视着飞逝的风景，目光却扫着对面的少妇。她上车便不停地发信息，偶尔抬头，眼睛浸满忧郁。

后来，他闭了眼，仿佛被对面的忧郁扎伤。茫茫尘世，黑夜白昼，每一颗跳动的心掩藏了多少秘密啊。他想起远去的她，想起岳母，李护工，杨护工，包括吴欢——也许他不知道罢了。秘密是生命的一部分。从早晨到正午，从正午到黄昏，秘密随生命生长，成为饱满结实的果子，散发着诱人的甜香。可总有一天，果实会干瘪坚硬，划伤碰触它的人。他一度认为岳母的秘密是肉体的纵欢，而他则关乎心灵。他终于意识到自己的傲慢——岳母内心藏着什么，外人如何知晓？岳母的秘密同样散发过香气——于她而言。

是的，从青涩到成熟，从柔软到坚硬，是有一个过程的。而她，与凤凰相伴的她却没有这个过程，一开始便如蒺藜扎在她心上，也扎着他。她的秘密始终是苦涩的——那也离开了她，也终将离他而去。

他忽然明白自己为什么旅行——一次告别之旅。那一切正静卧在记忆的角落里，有如尘埃。

下了火车，他马上买了返程车票。他送走了她，也许她仍会回来，但那是另一回事了。他和她守着各自的世界，彼此凝望和祝福。并非结束，而是以他们只能接受的方式开始。

闯入者

一

那天和往常并无什么区别。我起床时，温燕还在熟睡。她在发廊工作，不用早起。嘘，不要乱猜，她可是正经女孩。我和人干过一架，原因是那家伙拿温燕在发廊工作说事。那小子显然喝大了，舌头比马夹板还硬。喝大就能胡吣吗？我脸上的乌青半个月才褪干净。这没什么，我计较的不是输赢。

我如往常那样简单洗漱过。出门前，像往常那样瞄瞄温燕。有时她会早醒。如果她睁开眼睛，哼唧着努努嘴，我就给她买回早点。当然，这样的时候很少，她挺贪睡的。温燕的姿势变了，头依然枕在原来的位置，脚却伸到另一侧，身体呈 V 形，几乎把整个床占了去。我也喜欢侵占她那边，但得是她躺在那儿的时候。此时，床的另一侧只有凌乱的毛巾被以及我的体温。

巷子没多深，穿过巷子到马路，也就七八分钟。我在这儿住了五年,闭着眼睛也能摸到。当然我不会闭着眼走。踩了什么碰了什么,可不是闹着玩的。还得防着头顶,几天前,报上登一则消息,一个女人跳楼自杀,她没死,倒把过往的路人砸死了。沿马路走百八十步,是一条三角街,三角街左拐就有公交站点。时间尚早,我没急着赶公交,像往常那样走到红姐炒粉店。

红姐炒粉店在三角街顶口,店不大,十几平方米的样子。天气转暖,店外也支起桌子。两张并行,另一张离店门远些,孤零零的,我习惯坐那儿。屁股刚落,红姐便从店里出来,好像她就在门口候着。她如往常那样打招呼,来啦?然后抓着抹布擦拭桌子。我知道她刚刚擦过,桌面十分干净,但她知道我的习惯,总要再擦一遍。我的目光从她汹涌的胸前划过,落到马路对面的树上。我挺无耻的,但我不下流。虽然我说不上无耻和下流有什么区别。

不一会儿,红姐给我端来一盘细粉、一杯白水。我吃葱姜却不吃大蒜韭菜,这些红姐都知道,不需要我特别交代。炒粉店是她两口子开的,那个瘸腿男人,瘦得像根柳条一样,多半时间在后厨,很少出来。算起来,我吃了五年炒粉,见那个男人不超过三次。我只知道这些。没必要知道太多对不对?虽然我想知道。

红姐少收一块钱,昨天她没零钱,我说算了吧就离开了。我确实想算了,一块钱半个苹果都买不回来,何况——红姐显然不想算了,她惦记着呢。

几年前,我流落到这座城市时,正是炎热的夏季,路面又烫又软,似乎一不小心脚就会陷进去,融化掉。我在鞋厂干了半年,跳槽到房产中介。跳槽是我自己的说辞,其实是被炒了。再半年,跳到街道办，三个月后，应聘到一所技工学校，算是稳定下来。我不是正式教师，管他呢，能养活自己，捎带能养活个女人，也算不错。当然，能挣套房子就更对得起自己，虽然那很遥远。

我先乘19路，后改8路，坐三站就到了。傍晚的公交车比早上人多，也容易堵，所以我一般步行到19路站点。那天和往常唯一的区别是下班我没有直接到19路站点，经过站牌，8路车正好停住，我就势登上去。

司机是个胖子，反应慢。抢在红灯亮前通过是可以的，但他停了车。车停下差不多两秒，黄灯才亮起来。他是不是太迟钝了？就在等红灯的时候，两辆轿车在路口吻在一起。吻得有些过，牙齿都咬掉的样子。我站在车头，看得清清楚楚。公交车挪了几米，干脆熄火等待。

堵了差不多一小时。就是说，我比往常晚了一小时。白白扔掉的时间多了去了，一小时不算什么，只是这种消耗，心里堵，像无缘无故被绑架了一小时。当然也没什么，堵的事也多了去了，我遇到的……算了，不说了。

我去市场买了一斤长豆角、一个茄子，温燕爱吃。又买了半斤花生米、半斤鸡胗，我好这口。温燕回来得晚，买菜做饭当然是我的任务。

我像往常那样拐进巷口，慢慢悠悠的，时间还早，急什么？我租的房间在二楼，房间正对着平台。平台是房客的公共区域，接自来水、晾衣服都在平台上。此外，平台还是吸烟区。常有光着膀子的男人蹲在平台的角落，除了吸烟，谁知道他们还琢磨什么？我和温燕的房间永远拉着窗帘，双层的。

天有些暗，我又有些走神，没注意门口堆着一团灰乎乎的东西，直接掏钥匙开门。那一团突然站起来，吓我一大跳。我退后两步，看清是个女人。四十，也可能五十。

这是方全家吗？女人搂搂胸前的包，似乎怕我抢去。她的口音不怎么好听，我联想到碎裂的瓦片。

你是……我迅速在脑海里搜刮，可是大雪茫茫。

你就是方全？女人倒是不笨。

是，我就是。你是谁？我挺纳闷。

女人往前一跳，如果不是搂着包，很可能撞到我。

哈……可逮着你了。

二

如果在大街上，某个女人跳到面前这样说，我一定会躲开或逃掉。在我屋外，我当然不能鼠窜。我带着几分恼火几分不耐烦，这是干吗？你谁呀？孰料女人比我更不耐烦，我是谁一会儿你就知道了，快开门，渴死了。彼时，有房客到平台，并朝我和女人投过探询的目光。我不想被窥视，再者，女人咝啦着嘴，发出怪异的声响，我便打开门。

水桶在靠近门口的位置，只有少半桶。温燕忘了盖盖儿，她总是丢三落四的。我想倒掉接桶新水，女人抢我前面抓起舀子。她多半个脸被舀子遮住，只能看到她的下巴和脖子。那么大一舀水，她一口气灌进去，抹抹下巴，又盛了一舀子。我被她弄愣，死盯着她。她喝得慢了些，中间似乎歇停两秒，仍然喝得干干净净。

女人圆脸，皮肤略黑，模样还算周正。头发乌黑乌黑的，和眼角的细纹不怎么相称。我揣测她，她也从头到脚打量我，问我，你属什么？我的脑子有片刻短路，然后明白她的意思，答属马。

女人扭转目光，里里外外看个遍，完后评价，够乱的。我租的是里外间，当然，外间不大，严格地说，半间也算不上，也就一张单人床的宽度，正好当厨房。煤气灶上的炒锅里还有昨日的剩菜，铲子、碗筷、菜刀、面板随意丢置，确实乱。没时间收拾，况且我和温燕整天都在外面，收拾好给谁看？这就是睡觉的地方。里间也好不到哪儿去，女人的目光久久停在床上。两块毛巾被缠在一起，像在格斗。枕头一个在床头，一个丢在床角，互相戏耍的样子。温燕胃不好，喜欢抱着枕头睡，当然是我不在的时候。

她呢？女人突然回头。

她……我突然灵醒，说，你是阿姨吧？

女人的目光略略抬高，含着你终于明白过来的责备。

我歉意地说，她一会儿回来，阿姨先坐。

其实，早该想到的。她能找到这儿，能叫出我的名字，还有她的审视，她的挑剔，她的反客为主，足以说明她的身份。当然，这也不能完全怪我。我没向温燕说过自己的过往，温燕也极少提她的家庭。我俩互不过问。不是冷淡，而是那一切与我们无关，至少与我们的现在无关。我和温燕同居两年多了，说不上牢靠，也说不上不牢靠，说不上未来，自然说过去也没有任何必要。

现在不同了，我得面对。我正要问她怎么来的，路上走了多久，她先开口问，她几点回来？

我迟疑着，十一点……有时……

女人皱眉，这么晚！

我说，在深圳，这不算晚，还有……

女人不满地扫我一眼，声音里带着毛刺，怎么回来？她一个人不害怕？

我说，坐公交，很方便的，我会到路口接她。

女人望了望墙上的小提琴吊钟，还不到九点。吊钟是温燕买的，她喜欢钟的样子。其实，闹钟对我和她没什么意义。

我讨好地说，阿姨饿了吧，我先做饭。

女人站起来，我来吧。

我忙道，阿姨累了，歇着吧。

女人已经把豆角扯过去，我给温燕发了信息，寻思去附近店铺买个枕头。我说出去一趟，一会儿就回来。女人说有事你忙，生火得你弄，我不会用那玩意儿。她没用过煤气灶，我能猜出来。

我转了半小时，买了个竹枕。返回途中，脑里突然划过一道闪电，心中一沉，拔腿猛跑。屋门大敞，灯光歪歪斜斜，被踢翻的样子。我心里咯噔一下，扑进去。

女人在。她背对着我，正专注地看着什么。我大喘着气，抹抹头上的汗。女人转过身，脸乌青乌青的，目光也被脸色染了，暗而硬。我看清她手上的东西，是温燕的炭笔画像，街上画的。

她是谁？女人扬扬画像。

我的嘴巴和眼睛同时撑大,温燕呀。

女人喝问,温燕是谁?

我彻底傻了,舌头搅了半天才抬起来,你不是……那……其实没必要再问。我说不清楚为什么发慌,毫无来由地慌张。

女人看穿我的样子,你和她住在一起?

我强迫自己镇定,是呀。

女人直瞪瞪地看着我,目光渐渐锋利,我女儿呢?

我说,阿姨,你搞错了吧,我不认识你女儿。

女人目光如刀,直戳过来,不认识?你说你不认识?

我问,你女儿叫什么名字?

女人反问,这里是不是深圳?

我点头。

女人问,是不是青阳街?

我再次点头。

女人问,你是不是叫方全?

我愕然,我是叫方全,可……

女人声音陡然提高,那你还装什么?我找了你大半年,光青阳街就转了二十多天,一家一户地问。我就不信找不到你。你就是我要找的人,你还装?

肯定是哪里出了问题。女人在找一个叫方全的人,方全和她女儿有关系,但那个方全不是我。同名同姓的多了去了。我试图向她解释,但女人咬定就是我。我住在深圳青阳街,我叫方全,这就是铁证。

我哭笑不得,如果我是你要找的那个人,那你女儿呢?她在哪里？

女人瞪眼，我正要问你，她在哪里？

我说不知道。

女人凶起来，你不知道？你说你不知道？

我说，确实不知道，我根本不认识她。

女人怒了，你还嘴硬？她的脸有些变形，眉毛突突地抖，仿佛狂风正从面颊掠过。

女人的样子挺吓人，我往后退了退。她的架势像是随时要扑到我身上，撕拽我撕咬我。无论如何，我不能让她近身，那绝对是引火烧身。女人已经失去理智，或许她根本就没有理智。那更糟糕。必须稳住她，然后寻机报警。只能报警。于是，我笑了笑，阿姨，你别生气。女人依然气冲冲的，我别生气？我能不生气？你老实说，我女儿哪里去了？我转移话题，阿姨，你肯定饿了，我给你做饭。女人哼了一声，我吃不进去！我赔笑道，怎么也得吃饭啊，你会烧茄子吗？我给你打下手。我想转移她的注意力。女人不上当，冷笑道，让我给你炒菜？我说不是给我，还有你。女人问，她呢？她吃不吃？刚才，她把温燕的画像丢开，此时又捡起来。我硬着头皮说，她很晚才回来，咱俩先吃。女人再次哼哼，咱俩咱俩，少套近乎！我说，你和我，行了吧？阿姨，消消气，吃完饭再说，行吧？女人审视我好半天，重声道，不行！我没心思吃你的破饭，你老实说，我女儿哪儿去了？

费心搭的架子哗啦散掉。我窝了火，其实，早就窝了火。我说，我再说一遍，你弄错了。我不是你要找的那个方全，我不认识你女儿。你再纠缠，我就不客气了。

女人猛地撞过来。还好我有防备，迅速一躲。女人直直地撞到里外间之间的墙上。很响，我感觉墙都晃了。当然，晃的是她。晃了两下，她像脱了藤蔓的瓜，重重摔下去。她的额头渗出了血，很快整个额头半边脸就被染红了。

三

警察姓黄，我在红姐炒粉店见过他。当然，他不认识我。我想提一下红姐，套个近乎，彼时黄警察连打两个哈欠，我便打消了那个念头。套近乎有什么用？女人很老实，从医院到派出所这段路上，不嚷不闹，也没其他肢体动作。她刚才急昏了头，那一撞八成是撞醒了。我略略松口气，急欲和黄警察说清楚，赶快脱身。至于女人如何，与我无关，那是警察的事。

温燕的电话再次打进来。黄警察皱皱眉，你能不能把手机关掉？我得听他的，这种时候可不能惹他上火。陈述了缘由，我问黄警察是不是可以离开，黄警察重重地瞪我一眼，那表情，就像我是个疑似逃犯。我只好老老实实坐定。

黄警察询问女人及她女儿的姓名、年龄，女人很冷静，看不出任何不正常。待黄警察问她女儿在哪里，女人突然烦躁起来，指着我，你应该问他。我说我不认识你女儿，女人不买账，你说不认识就不认识了？黄警察打断她，问她何以认定我和她女儿在一起。女人再次指着我，我女儿刚毕业就让他拐跑了，不跟他在一起跟谁在一起？黄警察问她之前见过我没有，女人摇头，我要见过他，早把他撅巴了。我说，你没见过我，怎么断定我就是你要找的人？女人笃定地说，我是没见过你，有人见过你。黄警察问见过我的人是谁，女人摇头，我不会告诉你。黄警察说，你不告诉我，就不能证明他就是你要找的方全，你可能搞错了。女人激动起来，筛糠一样乱抖，我搞错了？我搞错了？黄警察忙道，你别急，坐下慢慢说。女人不坐，脸上的青紫一片片跳起。你认为我脑子有病是不是？黄警察沉下脸，我可没那么说。女人叫，你是没这么说，可你就是这个意思。黄警察说，你别嚷嚷，都让你嚷晕了。女人说，你也是当父亲的人吧，你女儿跟人跑了，好几年没音信，你能不急？黄警察有些不耐烦，忽然间，黄警察笑了，虽然很勉强。他倒杯水递给女人，女人也不客气，抢过去一饮而尽。黄警察说，我理解你的心情，你先润润嗓子，消消气。

天亮了，不但黄警察和做笔录的小警察困了，我和女人都哈欠连天的。黄警察让我和女人先回，改日再做调查。我急了，说我回可以，但你得把她留下。黄警察说她又没触犯法律，我不能把她留在派出所。我说，她跟着我也不合适呀，我又不认识她。女人气鼓鼓瞪我一眼。黄警察说，这不能由你，你说不认识就不认识了？我欲争辩，黄警察截断，就算你不认识，这事因你而起，她人生地不熟的，你暂且安顿好她，别让她出什么意外。我恼怒道，我不认识她，没这个义务。黄警察的目光变得锋利，你不认识她，可她认识你，如果你就是她要找的人呢？我说，我绝对不是。黄警察说，她说是你说不是，现在我没法判断。工作一夜我得休息了。又对女人说，你别乱来，乱来对你不好。女人说，我来找女儿的，不是来打架的。黄警察说，这就对了。黄警察和女人一对一答，我竖着，像个局外人。

折腾一夜，女人又随我回到出租屋。

温燕显然没怎么合眼，头发凌乱，脸色煞白。她扑过来，看到我身后的女人，又往后退了退，脸上掠过几丝慌几丝怒，你是谁？女人说，我是谁你问他！我冲温燕动动眉毛，她随我来到平台。

昨晚，我给温燕发信息，告诉她，她母亲来了。收到她的回复时，我和女人已经到了医院。不想再叙述经过，那何止是荒唐，可……现在必须说，就怕说不清楚。我以为温燕怎么也要和我吵，没料她半晌没说话。我有些慌，比先前更慌。忙着检讨，这事怪我，是我没问清楚。温燕终于仰起脸，你的意思，她要住这儿？我忙说，暂时的。温燕问，多久？我说不用多久，我一会儿再去趟派出所，你没睡好吧，今天就别去了。温燕问，在家陪她？我咽口唾沫，你睡你的，她……温燕说，我还是去店里吧。我欲再劝，温燕已经转身。

我吃了盘炒粉，给女人打包一份。既然成这样了，不能饿着她。女人也不客气，扒拉得一丝不剩。我支撑不住，想打个盹，问女人，你出去转转，还是待着？女人不言，直定定地盯着我。我躺到床上，担心她发作。侧耳听了一刻钟，没什么动静。

女人也睡了，坐着睡的，头扎在桌上，双臂环抱着她的包。我愣愣地瞅她一会儿，她似乎被我瞅醒，慢慢抬起头。她的脸压出梯田般的褶皱，嘴角吊着涎水，样子极难看。

下午，我撇下女人，又跑到派出所。黄警察出警了，一个多小时才回来。黄警察身后跟着一对中年男女，进屋两人还在吵。我和黄警察打招呼，黄警察让我等一会儿，我只好继续在长椅上坐着。我平时鲜和派出所打交道，没料找警察也要排队。我只能等黄警察，他管我们那一片。时间一分一秒地过去,我烦躁起来。快五点了,黄警察那边还没结束。我撑不住,推门问黄警察还得多久。黄警察没好气,没见我忙着吗?到时候叫你。又等了半小时,仍没有结束的意思。我不敢再等,万一温燕提前回去,可别和女人干起来。

我走得快,后背几乎湿透。推开门,顿时惊呆,以为走错了。再瞅,小提琴在墙上挂着。屋子整理过了,毛巾被和枕头叠放在一起,整整齐齐的。锅碗瓢盆清洗得干干净净,摆放有序。窗台也擦拭过,我多时不玩的九连环被荡去灰尘,容光焕发。

女人从床头另一侧的旮旯站起来,抓着抹布,额头湿漉漉的。我定了定说,你没必要做这些。女人没好气,你以为我讨好你?我闲不住,闲着难受。我说去了派出所,她的目光就定住。我说警察忙得要命,可能还得再等等。女人略显失望,问警察什么时候有空。我摇头。女人说,他要是个糊涂警察,等他也没用,干吗非等他呢,这事你我就能解决。我脱口道,怎么解决?女人说,你把我女儿的下落告诉我,我就离开。我感觉上了当,气呼呼地说,我再说一遍,我根本就不认识你女儿,你找错人了。女人冷笑,你再说十遍也没用,她跟了你好几年,你竟然说不认识,良心真是让狗吃了。我说随你怎么说吧,我反正不认识她。女人说,你不敢承认,你心虚对不对?你对她做了什么?我大叫,你血口喷人!她哼了哼,目光充满挑衅,急了?我闭了嘴。争吵没什么意义,还是要找黄警察。

四

黄警察连续办了三天案，都是当紧案子。这是黄警察的说法。我的事怎么就不当紧了？我的生活全乱套了。但我不能和黄警察较真，那还不是往枪口上撞？

我请了两天假，第三天一早便去了学校。请假扣钱，那点儿小收入经不得几次扣。女人独自留在出租屋。如她所言，她闲不住，擦擦抹抹，洗洗涮涮，枕巾床单毛巾被均洗了一遍。就这一点，女人像个称职的用人。此外，还给我和温燕做饭，只要我把菜买回来。她没乱闹，格外安分。她和我一样在等黄警察。

白天好凑合，温燕去发廊，我也可以躲出去，关键是夜晚。第一天，女人抱着包在屋门口靠了一夜。第二个夜晚，我把她叫进屋。野猫很多，万一咬着她呢？深圳的四月，夜晚还是显点儿凉，若染了风寒，岂不是我的麻烦？双人床不宽，我和温燕仍给她留出一块位置。女人没上床，趴餐桌睡的。第三晚也是。突然多出一个人，还是个陌生女人，睡床也罢睡餐桌也罢，对我和温燕的影响都一样。不要说亲热，我和温燕话都很少说。也没说话的兴致。温燕没吵也没闹，只是冷着脸。她无疑是生气，生女人的气，更多是生我的气，毕竟，这一切因我而起，尽管我是被冤枉的。解释没有任何意义，闭嘴还算明智。她与我和女人一样，在等待黄警察。火山爆发前，永远是沉默的。

第四天早上，温燕和女人吵了架。女人闯入，温燕再没睡过懒觉。我起床，她就跟着爬起来，哈欠连天，犯毒瘾的样子。女人用温燕的牙膏，温燕斥责她乱动别人东西，孰料女人把整管牙膏挤出来。温燕和她抢夺，被女人甩个踉跄。我扶住温燕，抓住她的胳膊。女人也很上火，叫，我女儿那么大个人让你们弄没了，用你点儿破牙膏你还嚷嚷？温燕说，谁弄没你女儿你找谁要，凭什么赖在我家？女人指指我，是他，你也有份儿，你和他是一伙的。温燕骂她疯子。女人冷笑，我要是疯子，早把你们剁了。温燕往前拱，你剁呀你剁呀。我死劲儿拖住温燕，让女人闭嘴。女人闭了嘴，低头擦抹衣服上的牙膏。我拽温燕，温燕不走，踢我一脚，恨恨地说，这是我的家，我凭什么躲她？我悄声道，就当让狗咬了，别和她一般见识，气坏了不值。温燕不那么激动了，总算把她拽开。

和温燕一起吃早点，我说黄警察答应今天解决的。温燕不答，有一下没一下地翻弄着炒粉。我说，绝对是个误会，谁知道那女人中了哪门子邪，缠上我。温燕说，让她走，必须今天就让她走。我说，放心吧。温燕警告我不许给女人吃饭，饿她一天，看她还有力气嚷嚷？我说一百个遵命。温燕离去，我还是给女人买了炒粉。

黄警察竟然在出租屋。老天，总算来了。他正询问女人，看到我，点点头，又瞄瞄我手上的餐盒。我忙说，我和她没有任何关系，总不能让她饿着。黄警察让女人吃饭，把我叫到平台询问。问得很细，我何时到的深圳，交往过几个女孩，平日来往还有什么人，和温燕什么时候住在一起的，温燕的职业及社会关系等等。我也答得很细，当然，有些事没说，那是我的秘密。而后，黄警察又单独询问了女人。

黄警察离去时快中午了，我问什么时候有结果，黄警察说因为我的事儿，这个双休日他没法休息了。他要调查一些人，周一还要到我所在的学校，最快也得周二周三。这意味着，女人至少还要住三天。我做痛苦状，黄警察说你就当做慈善吧。我说没这么个做法，我感觉被讹上了。黄警察意味深长地说，白的就是白的，黑的就是黑的。

我买了些水果。绝不是想讨好女人，不过想缓和一下，以便这三天能相安无事。当然，说讨好也没什么。我告诫女人别和温燕对着干，换作别的女孩，早把她轰跑了，温燕忍让不是怕她，是善良。女人叫，她善良，我女儿就不善良了？我皱眉，别把你女儿扯进来！我真的不认识她。女人说，杀人犯从来都不承认杀了人。我怒道，你别造谣，我让你不是怕你。女人说，我看不出她哪点比我女儿强，你怎么就鬼迷心窍了？我挥挥拳头，女人毫不示弱。我退却了，不能节外生枝。我说也就几天时间，如果你还想在这儿住，就老实点儿，冲撞起来对谁都不好，毕竟这是我家。如果我犯罪，还有法律对吧？黄警察正调查，你根本没理由跟我和温燕闹。哦，吃个苹果吧，深圳的苹果贵着呢。女人抢过去，大大咬了一口。

温燕回来，我忙着解释，还得两三天，就当做慈善吧。温燕说黄警察去发廊找过她。我问黄警察都问什么。温燕没好气，还能问什么，问你呗。

五

调查没结果。没有证据证明我和女人的女儿有过交往，但也不排除这种可能。也就是说，没有证据证明我和女人的女儿绝对没交往过。绕了一圈又回到原点。黄警察话音没落，女人猛地站起来，我早瞧出你是个没用的警察，这不等于白说吗？我更急，但还算理智，如果没有证据证明，她缠着我就是犯法的对不对？那么，你应该拘留她。女人配合地伸出双手，好呀，反正我也不想活了。

黄警察不停地弹吹帽檐，似乎帽檐上沾了太多灰尘。此时，他抬起头直视着我，如果她使用暴力，你报警就是，现在我没有理由拘留她。我叫，她赖着不走，还不是暴力？黄警察说，你可以不让她进屋。对不起，我还有别的案子。我试图阻拦，黄警察凌厉的目光扫过来，我便定住。

女人嘴角翘着，似乎在看我的笑话，我一压再压，终是爆发，火从眼睛往外冒，眉毛、头发都要燃着了，恶毒的话劈头盖脸砸向女人。女人红了脸，在我强大的火力攻击下，她没有能力反击。于是，她扑向我，我顺势揪住她的头发，往墙上猛撞。女人号叫起来，我没松手，撞击也更猛。血从她脑顶往外冒，墙上瞬间盛开大片罂粟花……

其实我什么也没干。只是警告她，如果她再纠缠，我就对她不客气。没等她有什么反应，我已经离开。当然，和逃跑也没多少区别。只能逃，如果女人跟踪到学校，那就不只是麻烦。这年头找工作不易，找份挣钱又不怎么累的工作更不易。

躲了和尚躲不了庙。我可以甩开她，但不能甩开出租屋。我从未像现在这样害怕天黑。老天也和我作对，时间飞快，眨个眼就黑了。如果我是一个人，可以在外边躲几天，虽然不是上策，至少清静几天。但温燕在，我怎么可以躲？

我吃了盘炒粉。晚上很少吃，只为磨蹭时间。红姐似乎看出我有心事，主动给我开瓶啤酒。我问，你也来一杯？红姐往门口瞭一瞭。她装作随意，但我知道不是。然后，她倒了一杯，一饮而尽，抿抿嘴说，你慢用。我想问她个问题，又有些害羞，终是被啤酒浇灭踪迹。

我拎着几样蔬菜，一步步踏上二楼。心跳如擂，似乎正步入虎穴。

尽管有心理准备，看到那灰乎乎的一团，仍然被锉到。女人抬起头，黑暗中，看不清她的脸。

我恼火道，你怎么又来了？

她不答。

我蹿过去，抓小鸡一样拎起她，你为什么还来？

她依然不答，就那么静静地、定定地看着我。

我拽着她绕了两圈，把她抵在墙角，喝令她离开。女人毫不畏惧地瞪着我。我被激怒，骂着脏话，举起拳头。我还没昏头，女人巴不得我的拳头砸在她的脸上。她的神情分明是，你打死我好了。我的拳头最终砸向自己。

我开门闪进去，马上把门插住。她可以撬门，可以踹门，可以把窗户砸个稀巴烂。但她什么也没做。她就像我的侍卫，静静地守在门口。我择了菜，洗干净，切好。我竭力忘掉她，就当她是个影子。这很可笑，但……我突然想到一个主意。

房东是个中年胖子，似乎没职业，每天抓着扇子转来转去。当然，他也不需要干什么，那么多房租。房东似乎很吃惊，你不认识她？这几天不是住你那儿吗？房东够厉害，什么都清楚。我说那是个误会，我其实并不认识她，现在她在我门口，你必须轰走她。房东说，你可以撵她啊。我说撵了，撵不走。房东上了趟二楼，片刻就回到院子里，言语带了几分愠怒，似乎被我愚弄了。我只管出租房，没义务管房客的纠纷，我又不是法院！我说你别听她一面之词。房东问你是不是觉得我是傻子？在这儿住了几年，和房东发生不快还是第一次。我说算啦算啦，就当我什么也没说。

在公交站等了一个多小时才等见温燕。往常等她，我会和她电话联系。那个晚上，我没勇气拨她的电话。怕她在电话里问，该怎么答她？电话肯定说不清楚。

我挽起温燕的胳膊，温燕抽出去，这就是说，她腻上你了？我说那就是一疯子，咱不理她，实在不行就换个地儿住。温燕站住，那今儿还回吗？我说回呀，那是咱家，怕什么？我绝不再让她进屋。温燕问，她要砸门呢？我冷笑，就盼她使用暴力呢，黄警察就可以拘留她。温燕仍然踟蹰，我猛地搂住她，走呀，不能让她吓住。

我当然没让女人进门。她也没进门的意思，靠在墙角，昏昏欲睡。门以外的地方都是房东的，是房客的共用领地，与我无关。

吃过饭，我和温燕就躺下了。因这个突然闯入的女人，我和温燕碰触都不敢了。现在总算尘埃落定。做爱的过程我不想说了，实在没什么可说的。仓促匆忙紧张。我绝不是怕女人听到，说不清楚怎么回事，酝酿许久，却草草收场。

我和温燕赤裸裸地躺着，像以往那样。但和以往不同，我们沉默着，似乎再没了说话的力气。

良久，温燕探过一只手。我抓住，紧紧握着，像两个刚刚结成同盟的领导人，似乎未来正等着我们去开创。

她……能睡着吗？温燕小心翼翼地问。

我说，和咱有什么关系？

顿了顿，温燕又问，她是不是一天没吃东西？

我气呼呼的，你怎么关心起她了？

温燕说，别晕倒了。

我说，活该。

温燕说，她可是找你的。

我说，我又不认识她。

温燕说，要是有什么事……

我打断她，如果我有责任，我去坐牢。

温燕叹口气。

我愕然，怎么，你真关心她？温燕善良，我知道。

温燕说，她够可怜的。

我说，世上可怜人多的是。再说可怜之人必有可恨之处，你忘了她的可恨？

温燕说，还是把她叫进来吧，预报夜里有雨呢。

我跳起来，边套衣服边说，这可是你说的。温燕显然看穿我，狠狠瞪我一眼。

六

我并不是关心女人，当然，也不是怵她，是怕她昏倒在门口。

我警告女人，她可以再住一夜，但天亮必须离开。我发誓，她点了头。次日我撵她，她却说哪儿也不去。我火了，叫，我好心收留你，你怎么不知好歹？滚！女人说，你把女儿还给我，我马上滚。我揪住女人往外拖，女人干脆一屁股坐下去。温燕劝，她没地方去，住几天也没什么。我冲女人喊，听见了吗？不是怕你！女人沉着头，看不到她的表情。

女人就这样住了下来。像先前那样，不吵不闹，也不冲我要女儿，只是极有耐心地等待。自然她不闲着，除了收拾我的屋子，把平台也打扫得干干净净。我和温燕下班回来，饭菜已经做好了。我俩都不和她说话，当她是个影子。但她终究不是影子，让人添堵。

八九天过去，她仍没有离去的意思。我吃不消了。星期六上午，我决定和女人谈谈。那时女人正擦拭不锈钢茶壶，鼻头上沾着去污粉。她愣了一下，意识到我在和她说话，脸上划过一丝紧张。

我说你住这儿确实碍事，看你每天这么辛苦，我又不忍撵你，如果你愿意住就住着。只是你出来这么久，你家人不定怎么担心呢，你把家人的电话告诉我，我和他们说一声。女人眼里泛起丝丝缕缕的雾气。我趁热打铁，接通你和他们说。半晌，雾气散尽，女人的声音硬得像生铁，我没家人，没电话。我叫，怎么可能？怎么可能没家人？女人嘴角吊起洞穿我的冷笑，我只有一个女儿，你告诉我她在哪儿。我有些气急败坏，竭力忍着没让自己发作。喊叫毫无意义，只会更加添堵。可有些话必须重复，我不认识你女儿，更不知道她在哪里。女人说，你是个撒谎精，我女儿就是让你这个撒谎精骗了。我叫，我不是。女人大叫，你就是！

僵了数秒，我说，好吧，假设……我说的是假设，我如果和你女儿认识，可现在她不在这儿，你也看到了，你守着有什么用呢？

女人说，你肯定知道她去了哪里。

我说，我不知道！

女人叫，你肯定知道。她跟你那么久，你不会不知道。

我做个制止的手势，你别嚷嚷，我是假设，你不懂啊？

女人哼一声，真的就是真的，假设也没用。

我的喉咙直冒烟，你这么固执，我还说什么？不管你怎么想，你女儿不在这儿，你守着干吗？

女人掷地有声，我等她回来。

我问，她要不回来呢？

女人盯我良久，除非你把她害了，你……害了她？我竟然慌了一下，虽然我的声音透着气恼，诬蔑犯法你知道不？

女人说，我死都不怕。

我瞪她一会儿，目光忽地软下去。好吧……你愿意等就等吧。只是，你白天去别的地儿找找，晚上可以住这儿，说不定在街上能碰到她呢。

女人似乎被我说动，偏着头寻思一会儿，笃定地答，我哪儿也不去，看我不顺眼，就把女儿还给我！

我陡然起身。再谈下去，我会崩溃。

又一个晚上，还不到接温燕的点儿，我打开一瓶啤酒。女人问要不要先炒个菜，我没搭理。她不会用煤气，但学会了用电磁炉。我跳起来拔掉插头，夺过她手里的铲子摔到地上。女人说，空肚喝酒不好。我愣了愣，却没给她好腔调，你管呢，和你有什么关系？女人噎住，嘴巴抽动半天，什么也没说出来。如果不是有人敲门，我会说出更难听的。

来人是一楼的女租客，波浪头，粗嗓子。我对她印象不好，她在平台吃碗面，吃完后总把带汤的碗盒随意丢放，其实旁边就有垃圾桶。房东就卫生问题给租客开过一次十分钟的会，她似乎猜到是我告的状，此后每次碰到我都冷着脸。波浪头晾在平台上的衬衣不见了，问我见过没有。我马上瞅女人，女人摇头。我说，她没见到，那就是没见到。波浪头却没有离开，说中午才晒出去的，估计有人拿错了。我说可能吧，你再问问别人。波浪头却定在门口，目光搜搜寻寻，鬼鬼祟祟的。我正要说什么，波浪头突然快步过来，从床侧的衣服中间抽出一件葱绿色衬衣，声音顿时提高，你不是没见吗？我瞅女人，女人一副傻样。我忙给波浪头道歉，波浪头狠狠瞪女人一眼，火腾腾地离开。

女人仍在原地站着，似乎没反应过来。她确实是误拿了衣服，也可能是故意的，别有用心。

我斥责她，她没辩解，只低着头。我叫，你不是挺能说吗，怎么哑了？女人直定定地看着我，脸寡着。我说，你这是何苦？给别人添堵不说，还给自己找罪受。涉及这个话题，她的反应就特别快，你心里清楚，你以为我想给自己找罪受？我说我不清楚。她哼一声，不承认也没用。我问，你还打算住多久？她极干脆，等我女儿回来。我问，她要不回来呢？女人的目光突然血红血红的，你什么意思？我说就这个意思。女人拎起菜刀，逼近我。我终于明白什么叫杀气腾腾。我竭力控制，不让声音发抖，你要干什么？女人不言，在我近前站定。如果她动手，我就可以报警，我的遭遇就可以画上句号。若她失去理智，我就没了报警的机会。当然，所有的一切也会结束。

女人愤怒的目光柔下去，然后，她转身，将菜刀搁回去。我暗暗舒口气。女人说，你不会害她，对不对？她跟你那么多年！我说，我无话可说。女人说，想想她对你的好。我叹息一声，你这是典型的妄想症，如果你家人不来寻你，没准我哪天把你送进疯人院。女人不屑，你吓唬我？我说，吓唬你干什么？女人说，我女儿怎么会看上你？你给她灌了什么迷药？你要是觉得她不好，当初就别祸害她。

就这么扯下去，我会疯掉。我看看表说，温燕快回来了。

七

温燕难得休息一天，我带她去了趟笔架山公园。女人入住半个多月了，温燕虽然没再和女人吵架，但心里肯定不痛快。女人搅乱的不仅是我一个人的生活。我把外屋腾倒一下，放了张弹簧床。并不是为女人着想，而是这样我和温燕有个相对独立的空间。没那么别扭了，却再寻不到从前的感觉。我刚刚碰到温燕的手，她就缩回去。那天，我试图用些蛮力，结果被温燕咬了一口。我只得放弃。我和温燕不过是同居，她真不必为我承受什么。她如此忍让，已经够大度。我当然不能生她的气。倒是可以生女人的气，但有什么用呢？不但不能阻止女人，还……算了，说笔架山吧。

玩得还算痛快，温燕笑了六次，两次被我逗笑，四次是她自己笑出来的。中午吃的是自备的干粮，晚上我请她吃麻辣鸭头。温燕平时不喝酒，那天在我一再撺掇下，喝了一杯啤酒。就一杯，脸颊便扑出红晕。出门她说头晕，我趁机提出开间房休息一下，要不半路上呕吐怎么办？吐便道上倒没什么，万一吐别人身上呢？温燕不是很情愿，也没怎么反对。我一步步把她引诱到酒店。温燕把我的肩咬破了，当然和先前的咬不同。洗过澡，我们又做了一次，不然对不起这间房。

年龄不同了，两次就有些累。我仰躺着，蓄谋歇一会儿再做一次进攻。我和温燕同居时间不短了，从未像今天这么刺激过。温燕说不早了，催促我穿衣。我说现在走太亏，交整天的钱呢。温燕问，你想在宾馆过夜？我反问，你不想？温燕怔了怔，说想是想……我打断她，那不就得了，别的事你不用操心。过了一会儿，温燕还是问我，你真不管她了？我愕然，你惦记她干吗？温燕一点儿不客气，我犯得着惦记吗？她是你的客人。我纠正，她也不是我的客人。温燕说，总归是找你的对不对？我说她找方全，碰巧和我的名字对上号，我不认识她。温燕说，认识不认识你心里清楚。我顿时急了，原来你认为我撒谎对不对？温燕说，我没这么说。我叫，你没这么说，还用说吗？温燕说，你真不认识她，就别这么过敏。我郑重强调，我绝对不认识她。温燕说，你或许不认识她，但她认识你，你也知道她是谁！我哈一声，难怪你不言不语的，原来是这么想的。就算我和她女儿认识，那又怎样？温燕别有意味地，怎么样？撑不住了吧？我抽搐一下，明知自己犯浑，可就是管不住嘴巴，恶狠狠地，她女儿先前和我同居，让我甩了，我是个浑蛋，这下你满意了吧？温燕问，你干吗死不承认？我叫，我不想承认，干吗要承认？温燕说，你过去有什么破事儿，都和我没有关系。可如果……女人寻上门，你得有个交代。承认又能咋的，她能吃了你还是撕了你？你害怕什么？我说我没什么害怕的。温燕问，那为什么不敢承认？我冲她大叫，我就是不想承认，不想！

温燕腾地坐起。乳房受了惊，一阵跳突。她要戴胸罩的，由于双手发抖，怎么也扣不上去。干脆不扣，拽了褂子跳下地，四下寻找裤子。

我这才意识到大祸临头。其实，我明白乱嚼舌头的后果。

我扑过去，拦腰抱住温燕。

温燕让我松开，声音平静，冷硬。

我箍得更紧。我错了，温燕，你听我解释。

温燕叫，我不听！

我说，你必须听。

温燕说，你跟别人说吧，我没兴趣。

我说，温燕，我错了，我说错了。听我解释好吗？

温燕累了，动作慢下来。

我说，生这么大气，至于吗？

温燕说，如果我母亲还在，有一天咱俩分手，她来找你，你是不是也这样？说从来不认识我？

难怪她……我叫，不会的！

温燕说，你撒谎，你肯定会。

我突然有些心酸，温燕，你真的感觉我会？

温燕问，那你为什么对女人撒谎？

我的头皮阵阵发麻，温燕，我再说一遍，我确实不认识她……不，我确实不认识她女儿，刚才是故意气你。

温燕拨拨我的胳膊，我松开。她转过来面对着我。我赤裸着，她也赤裸着。刚才一阵拉扯，她的衣服全部滑脱。

温燕的目光似乎被撞击，有些飘忽。你再说一遍！

我重复，并补充，如果有半句假话，你能想到的任何惩罚，我都接受。

温燕问，我可以相信你吗？

我说，温燕，咱俩在一起不短了吧？我哪真哪假你还不知道？

温燕问，那个女人怎么办？

我说，你说怎么办就怎么办，你看她不顺眼，我明天绑也要把她绑出去。

温燕寻思一会儿说，她怪可怜的，先让她住着吧。

我说没意见。

意识到自己说得太快，我贼贼地瞟瞟她，随后道，我听你的。就势拽她一把，滚到床上。

风暴暂时过去了。只能是暂时，我瞧出温燕没有百分之百相信。是的，她不在乎我做过什么，在乎的是有没有勇气承认。我有的是勇气，可没有影子的事，为什么要承认？

温燕的身体有些僵，在我持续的抚摸和撞击下，终于柔软。据说做爱是和好最有效的方式，有道理。

温燕不再提退房，我也就闭嘴。这个世界，这个房间，这张床此时只属于我和温燕。

睡得太沉太香，手机叫起来，我都懒得接。温燕推我，并把手机塞给我。我迷迷糊糊喂一声，霎时清醒过来。

是黄警察，让我过去。我问什么事，他只让我过去，现在就过去。我问明天行不行，黄警察说不行。我几乎想象到他严厉的表情。我不敢怠慢，让温燕先睡。温燕说什么也不一个人住。

退了房，拦出租到派出所，快两点了。我猜到与女人有关，老实说，我挺担心的。

果然是女人。其实没什么大事。女人没等到我和温燕，摸黑到派出所找黄警察。黄警察埋怨我不回家该跟女人打个招呼。我没好气，我根本就不认识她，犯得着跟她打招呼吗？黄警察摇摇手说，算了算了，赶紧领她走，天快亮了。我说，我才不领她呢。黄警察说，你不领，她也认识路，何苦呢？事情已经拧巴了，我想和黄警察理论，温燕悄悄拽拽我。

女人坐在长椅上，哈欠连天。似乎我俩没失踪，其他的便与她再无关系。

八

其实，有些事说说也无妨。

多年前，我爱上一个姑娘。她很老实，接个吻也会羞红脸。后来，她成了我妻子。那时，我是乡镇的邮递员，管着十二个村庄的邮递业务，每天骑着嘉陵摩托从一个村庄到另一个村庄。那是北方的乡镇，常年刮风，春夏还好，冬天日子极难过，寒风如刀，能割透双层的棉衣。邮递员退休，膝关节多半变形。妻子给我做了护腿，羊皮材质，能挡大半风寒。我不想当一辈子邮递员，参加了自考。我平时在镇上住宿舍，周末回家，有大把时间看书。妻子在县城，是某单位会计。某个晚上，我突然想妻子，想和她接吻，当然还想做点儿别的，顶着寒风赶回去。在属于我的位置，躺着一个陌生男人。很老套很庸俗是不？可就是这个老套的故事把我击垮了。我离了婚，来到南方。时间和空间，对治疗伤痛还是有一定效果。先在珠海待了几个月，然后来到深圳。

我忍受不了出租屋的闷热，整夜睡在公园长椅上。公园也热，但至少空间大些，呼吸也通畅些。整夜在公园的人不止我一个，半夜在公园溜达的男男女女就更多。起初，我并没动这方面的心思，后来撞了几次。算不上桃花运，我只是把不同的女人带回出租屋。一个夜晚或两个夜晚，最长的一个半个月。我已经忘记她们的长相，名字就更记不得。我从来不问她们名字，她们也从来不说。名字有意义吗？说不定都是假名化名。

租客中也有单身女孩。我住二楼左侧，二楼右侧常年住着不同的女孩。那个房间小，租金便宜，一个人住挺划算。有的住两三个月，有的住半年。同住二楼，我和她们见面的机会较多，但很少和她们打招呼。并不是我没想法。她们也不搭理我。那次一个女孩喊我帮忙，房间跳闸了，完后硬塞给我一只桃，算感谢吧。当然，如果我有贼心的话，似乎那扇门已经打开。没等我付诸行动，女孩就搬走了。

在某个宾馆房间，我向温燕交代了和女人的关系史。她没要我讲，是我自己说的。温燕神色平静，没有任何惊讶。每个人都藏着故事，如果某天有个男人找上门，说温燕是他老婆，我绝不会吃惊。我想不出哪个女孩是女人的女儿，我似乎有了嫌疑，但也仅仅是个嫌疑。

我和温燕每周去开一次房。多是钟点房，三小时左右。钟点房也不便宜，但有什么办法呢？女人守着，我和温燕什么也不能做。这项开支应算到女人头上。每次激情过后，我都会讲点儿什么。歉疚，当然也想证明自己。

你相信我吗？这个问题极愚蠢，但我总是会问。温燕说，你应该让女人相信。我当然听出温燕的意思，她不计较我的过去，重要的是我对过去的态度。她的话还有另外的含义，我没有资格进入她的过去。我明白，也没打算进入。过去，过去好了。而且她的过去也没有影响我和她现在的生活。

除了要女儿，女人没做过分的事。这必须得承认。可……就算她是一尊木雕，我也不能任由她住着。我没再轰她走，固然没有良策，也与温燕不明朗的态度有关。温燕既不想看到女人，又不想看到我对女人动粗。我不知道温燕何时才能彻底和我站在一起，只能等待。

九

黄警察把我和温燕赎出来，已经是凌晨。下了一夜雨，此时停了，路面仍积着一洼洼的水。平时看不出来，下过雨才知，路并不是平的。我一再提醒，温燕还是踏进水洼，鞋全湿了。黄警察看看她又看看我，问要不要先吃早饭。我饿透了，可温燕神情木然，我便冲黄警察摇摇头。黄警察说那就直接上车。我忙说，我们自己回，不麻烦你了。黄警察说那个女人还在派出所……我突然被戳了一刀，感觉血往四个方向喷涌。我没冲黄警察撒火,毕竟他刚把我和温燕赎出来。我没理他,拽着温燕大步离开。无言的愤怒是多么的无力啊。

我和温燕是幽会时被带走的,另一个辖区的警察。我俩虽然不是夫妻,但也不是嫖客和妓女,我的叫嚷激怒了那个厚嘴唇警察,这么点儿破事,居然折腾了大半夜。

回到出租屋,温燕的脸依然灰白。那个警察不只审我,还问了温燕许多无耻的问题。我劝温燕好好睡一觉,别再去了。温燕摇摇头。我难过地说,让你受委屈了。温燕动作很快地往脸上泼水,声响极大。我大声说,这账必须跟那个女人算。温燕力气很大地拍打着脸,不答。温燕涂护肤霜,我马上给她挤上牙膏。看样子,温燕没生女人的气。或者这样说更靠谱:温燕生女人的气,但更生我的气,因为女人是我引来的。

温燕刚走,女人就回来了。她大约和我俩一样,一宿没睡,脸色发暗。我盯住她,你称心了?全是你害的!女人说,昨晚我擀了面条,你们不回来也不说一声。我叫,凭什么和你说?你算什么?女人说,面条全扔了,多可惜。我大叫,谁让你做的?啊?我让你做了?女人说,我闲不住,你嚷嚷什么?我气极了,你吃在我家住在我家,还嫌我嚷?女人冷笑,你以为我愿意待这破地儿?我说那你滚啊!干吗死赖着不走?女人说,你心里清楚。我叫,我不清楚!女人说,你就装吧,住这么几天你就急,告诉你,我且住着呢,除非……我扑过去抓起女人的肩往外猛拖。走,你现在就走。到门口,女人死死抓住门框。我狠狠踹她的小腿、膝盖,女人不躲避,也不松手。

我跳开,抄起菜刀再次逼近她。我的脸鼓胀着,随时会爆炸开。

女人没有畏惧，平静地说，你剁吧，反正我没有指望，早不想活了。

我脑里一片轰隆声，你以为我不敢？

女人说，你敢，敢就剁啊。

我的手抖了。

女人激我，怕了？瞧你这熊样，我女儿怎么会看上你？

我猛地扬起手。不过虚张声势，我还没失去理智。

女人眼睛都不眨。她就等着这一刻吧？

房东进来了，他一定听到了争吵。他看我举着菜刀，往后退了退，劝我别乱来。我是多么感谢他救驾，否则真是不好下台。

女人哼了一声，他没这个胆儿，瞧瞧，他快尿裤子了。

女人的火上浇油令房东惊愕，上下颌骨几乎错位。房东没再说话，样子有些傻。

静了几秒，我的胳膊缓缓垂下去。被女人挫败，说不出的沮丧和狼狈。不知房东几时离去的，不知女人什么时候松开门框的。直到女人煮了米粥，将碗端给我。我看看漂着油花的粥，又看看她。我试图从记忆中搜寻与女人相似的面孔——不是第一次了，但毫无结果。

女人说，吃吧。

我说，我让警察审了大半夜。

女人说，我瞧出你饿了。

我说，肚子胀，吃不下。都是因为你，我和温燕有家不能回。

女人说，我可没霸占你的地儿，你不给我支小床，我也不和你们挤。

我说,我不知该怎么称呼你,叫你阿姨呢,还是大姐……

女人说,什么也不用,不稀罕。

我说,我说了几百遍,不想再说。你住了这么久,我已经仁至义尽,请你离开好吗?咱别伤了和气。如果我是有钱人,可以给你一笔钱。但我不是。我和温燕都凭辛苦吃饭,你也看到了。我可以给你带些路费,两千三千都可以。你别再缠着我,对我没好处,对你有什么意义呢?

女人受了污辱,你以为我想讹你的钱?

我说,你当然不是,我想帮帮你。

女人说,把女儿还我,别的少扯。

我说,你就是剐了我,我也说不出你女儿的下落。

女人说,那就别想撵我走。

我说,算我求你。

女人硬邦邦地说,求也没用。

我问,这么耗着,你不嫌累?

女人说,粥凉了,快喝吧。

我说,你别把我逼急了。

女人说,你说反了,是你逼我。

我闭嘴。女人油盐不进软硬不吃。只能想别的招。和温燕商量是愚蠢的,也不可能再找黄警察。不是我的屎屁股,但我必须擦,只能一个人擦。把女人送进精神病院,不妥……我可能因此坐牢,况且我没那么狠;把女人哄到一个地方丢掉……可她既然能找到这儿,自然还会回来;把她贩卖,更不可能。把她支开,我和温燕乘机搬家……做通温燕的工作没那么容易。

一个个方案，一次次否决。

十

既然女人认定我就是她要找的方全，如她所言，我抛弃了她女儿，也不排除拐卖或谋杀，她对我恨之入骨才对。但她没有。这点分辨能力我还是有的。不但没有，反而保姆一样地照顾我和温燕。固然她闲不住，再闲不住也不至于……她几乎承担了我和温燕所有的家务。我猜不透她何以如此，想感化我？让我良心发现？还是麻痹我，寻机会报复？抑或另有所图？

不管怎样，我不打算陪她玩了。

租房的电费按电表计，水费房东按月定额收取，不管用多少。我和温燕从不节约用水，特别是洗衣服，一遍一遍地冲洗。自女人进门，水就用得少了。她像用油一样节俭，淘过米的水洗一遍菜才倒掉。我洗菜一般都是三四遍，她只洗两遍。我实在忍无可忍，那天突发奇想，问她愿不愿意去别处寻女儿。她说，你别想撵我走，我哪儿也不去，就在这儿等。我说你女儿已经不在深圳，她去了东莞，离深圳没多远。女人的目光玫瑰一样绽放，你终于承认了。我说并不是我不承认，实在是和她已经没有关系，再者，我知道她在东莞，却不知道确切地点，也不知道她现在用什么名字，怎么告诉你？女人问，现在呢，你知道她在哪里了？我摇摇头，虽然没有地址，但我可以陪你去趟东莞，到了再打听，不过，我不是怕你，只是觉得你挺不容易。女人问什么时候去,我说明天吧,明天周六。

我问女人身上还有多少钱。女人说一分也没有。我不大情愿地说,看来得我出了。女人很瞧不起我,我女儿跟你那么久,几个钱你就心疼了?我说这不是钱的问题,我和她已经没有关系了。女人叫,因为你,她才没了消息,你说没关系就没关系了?我做投降状,好吧,算我没说。确信女人身无分文,我一阵窃喜。到东莞就甩掉她,她没钱,她说身份证也丢了。如果回深圳,肯定会费些时日。那时,我已经搬离。我会劝通温燕搬家的。

刚和女人坐进出租车,温燕来电话了。她问我在哪里,说她正往家里赶,让我在家等她。我的计划没让温燕知晓,难道她发觉了?要阻止我?她口气挺急的,我只好让司机掉头。

温燕怀孕了。

我啊了一声,是吗?这是好消息啊。温燕问,你替我想过没有?我说,当然想过,女人怀孕不是很正常吗?温燕重重地推我一把。我可怜巴巴的希冀顿时肥皂泡一样破裂。女人怀孕是很正常,温燕虽然是女人,却有着太多的模糊和不确定——我俩仅仅是同居关系,从未谈过结婚这个话题。个中原因,彼此心知肚明。那么,怀孕就有些麻烦了。

我说你不是一直吃着药吗,怎么——对不起,我抽自己一个嘴巴,小心翼翼地问,你打算怎么办?温燕轻描淡写,还能怎么办,做了呗。仿佛她肚里怀的是个红薯。我没有资格劝她改变主意,附和道,你说怎样就怎样。温燕说,其实我挺想要的。我想这不是废话吗?温燕补充,我不想蒙你,得让你知道。我说听你的,今天就做?温燕点头，你得陪我去。我说当然，这还用说吗？

我和温燕是在平台说这番话的，高度机密，与女人也没什么关系，自然不想让她听到。下午，我陪温燕从医院回来，女人狐疑的目光扫扫我，又扫扫温燕，问怎么了。我说没什么，她在家休息两天。然后把温燕扶到床上。女人似乎有些紧张，她是不是……女人确实不笨。我说这两天还得麻烦你照料，女人突然叫起来，这么大的事，怎么不和我商量？

我愣住，温燕也有些傻。女人生气不像装的，乌紫的脸几乎崩裂。我微笑着，话却没那么好听，你说说你是谁？我们的事凭什么和你商量？女人突然醒悟似的，僵了僵，寡寡道，要是早告诉我，我会劝你们生下来，你们年龄也不小了，该有个孩子了。我沉下脸，你没资格知道，更没资格劝说，还是管管你自己吧。女人难过而又惋惜，你们……唉……你们，要我说什么好呢？我没好气，自然更不客气，那就别说，闭上嘴巴。女人突然来了火，我就要说，你能怎么着？

我不能把她怎么着。对付她最有效的办法就是不理不睬。女人却没有罢休，唠叨了半天。说归说，女人还是很尽心的，她劝温燕多休息几天，小产不是小事，不然落下病，年龄大些都是麻烦，并且指派我买鸡、红糖、大枣之类。在这方面，她无疑是有资格的。

女人对我和温燕没和她商量仍然耿耿于怀，傍晚把我叫到平台，追问是谁的主意。我觉得滑稽，说，这你就不用管了，如果和你有一分钱关系，也会告诉你。女人不理会我的嘲讽，问，你俩是不是就没打算过下去？我反问，碍你什么事了吗？女人问，你和我女儿是不是也这样，开始就没打算和她过下去？拐到她女儿身上，我不敢大意，说，感情的事说不清楚。女人的声音透着恼火，我问你是不是？我说，不知道。女人问，我女儿是不是像她这样也做掉过？我说，没有。女人说，听着就是撒谎，你是个骗子，骗惯了。女人追问谁侍候她女儿的，我说忘了。恰好手机响了，我趁机逃离。

十一

第二天温燕就和女人发生了争吵。起因是女人逼温燕喝鸡汤。鸡汤滋补，温燕当然懂，但女人在鸡汤里放了太多甜性食物，红糖、桂圆、大枣，都是女人吩咐我买的。温燕胃不好，最不喜欢吃甜食，何况是油腻的鸡汤。温燕喝了一口就不喝了。女人叫温燕屏住气，哪怕再喝两三口呢。温燕被她搞烦了，答应再喝几口。女人不让温燕动手。温燕没想到女人会灌她。她猛推一把，碗摔在地上。又挥了下胳膊，不料恰好掴女人脸上。温燕稍一愣，女人也有些呆。好一阵，女人才数落温燕不懂事，她只想让温燕喝些汤，并没有害温燕的意思，干吗打她？温燕说女人过分，她差点儿呛死，那一掌是意外，没想到会打着女人。女人咬定温燕是故意的。

温燕也来了气，她说就是故意的，你怎么着？女人说温燕不识好歹，她把温燕当亲闺女，自己的女儿她也没这么侍候过，温燕不领情就罢了，不该打她啊。温燕冷笑，就算你是我母亲，也不能像土匪一样灌我，你这是谋杀，我一口气上不来就死了。女人激动起来，说她想谋杀，早在饭里下毒了，非等到这会儿？她不过想让温燕多喝点儿，是心疼温燕。温燕问，你是谁，我用得着你心疼？女人僵了僵，讪讪道，我是没资格。女人声音弱下去，像浸了水的纸。温燕乘胜追击，你说我必须静养的，你这嘴脸是让我静养吗？我要是落下病根，都是你害的。女人如溃掉的堤坝，瞬间短下去。你别生气，是我不对，我……温燕扭开脸，你别演戏了，离我远点儿好不好？烦人！女人退出去，在平台愣了好半天。

我不在现场，根据温燕的讲述还原的。温燕问她是不是过分了，女人真把她当女儿的。我说好心没有分寸，就是讨厌，她在家恐怕就是这么对待女儿，费力不讨好，自己都不知道。温燕摇头，别这么说她，她挺可怜的。我笑笑，她有什么可怜？她是看咱善良才死赖着。温燕说，还不都是因为你？我又不认识她。我忙说，我也不认识她啊，如果不是你护着，我早把她轰走了。

温燕说，你的意思倒怪我了，我想收留她？我听出温燕的不满，忙说，不怪你，只是你过于迁就她。温燕盯我好一会儿，你该知道我为什么这样。温燕的脸有些白，几绺汗湿的头发紧贴着脸颊。人都虚弱成这样了，话却不软，往骨头缝里戳。温燕仍然在怀疑我。我挺难过，解释早已失去意义。那该怎么办？彻底招认？能招认什么，编也得靠点儿谱吧？

我沉默良久，检讨，全怪我。温燕眼睛亮了亮，很弱的一丝。我的"认罪服法"对她似乎比对女人更重要。滑稽还是吊诡？我想说得清楚点儿，又怕温燕有别的误会。温燕说，帮帮她吧，一个找不到女儿的母亲，从哪方面咱们都该帮她。我想起自己丢弃女人的计划，幸亏没和温燕讲。我笑了笑，问怎么个帮法。温燕似乎愣了一下，目光透着锋利。我无奈地说，好吧，尽一切可能，你暂时别和她说，什么也别说。温燕问为什么,我说还半点儿眉目没有。温燕点头,好吧。

如果先前温燕的态度是暧昧和摇摆的,那次争吵之后,温燕彻底和女人站在一起。女人只向我要女儿,温燕除了帮女人要女儿,还要别的。我清楚。也正因此,我焦头烂额。我像堂吉诃德一样举着长矛,却不知道往哪个方向冲。

温燕打算休息两三天,女人命令温燕必须休息一周。命令,绝不是夸张。女人劝说无效后,就守在门口。钱再多也没身体重要,你傻啊?女人又一次忘了自己的角色,女人又一次回到自己的角色。很矛盾是不是?

你给我试试?女人不是凶神恶煞,没有使用强硬手段,但手段也够狠。你要是出门,我立马撞死。她就是这么说的。

我不清楚温燕听到这样的话后,是热血奔涌,还是周身冰冷。她只是跟我说,听她一回呗。

温燕的妥协无疑让她和女人的关系更近了。所以,当温燕问我女人的女儿在东莞什么地方时,我一点儿都不意外。

十二

如果当时和温燕说清楚,那不过是丢弃女人计划的一部分,后来的事可能就简单些。但那一刻我的脑子短路,竟然愚蠢地反问,你怎么知道的?

温燕似乎比女人还兴奋,去东莞的前一个晚上,不停地问种种问题。那个女孩儿的个头、衣着、饮食习惯等等,甚至问那个女孩喜欢什么颜色的胸罩。我们同居两年多,很少问到对方的隐私。仿佛过往埋着地雷,会把彼此炸碎。此时此刻,温燕着了魔,并且执意要陪我和女人去东莞。

午夜已过,温燕仍没有睡意。外屋传来女人轻微的鼾声。我碰碰温燕,又指指外屋。温燕压低声音,仅仅是压低声音。我实在烦透了,也就没了好气,多半夜了,你能不能先睡觉?哪儿来这么多问题?那全是我骗女人的,我根本不知道她女儿在什么地方。温燕猛地坐起来,你什么意思?我说没什么意思,我不过是想把她丢到东莞。然后呢?温燕追问。我说没有然后,她怎么着不关我的事。温燕抓住我,你骗她?干吗骗她?我龇龇牙,说真不知道她女儿在什么地方。我根本就不认识她女儿,说几百遍了,你怎么还不信?温燕声音不高,但是咬牙切齿地,你真不是个男人。我辩解,这不是我的错,她无端地闯进来,我根本不认识她。温燕缩回手,冷笑道,你不认识她,未必不认识她女儿,你没见过我母亲,可是我和你睡了差不多三年。她可真够粗鲁,我差点儿就冲她嚷,睡觉是自愿的,我又没逼你。我知道这么说就死定了,于是狠狠咬住舌头。温燕不依不饶,就算你不知道她女儿在哪儿,你总该有线索吧,帮她找找又有什么错?我问,你死心塌地站她那边了?温燕反问,你的意思呢?我和你合伙骗她?如果她是我母亲呢?我是不是也得站你这边?我突然心虚,声音随着软下去,毕竟她不是你母亲嘛。温燕凌厉的目光几乎将我射穿,如果我告诉你,她就是呢?我瞪大眼,不知怎么接茬。好大一阵儿,我结巴着,你不会……温燕哼道,如果她患了失忆症呢?我更慌了,你……这怎么可能?绝不是……不对,你没有母亲,你母亲已经……你说过的。

温燕说，我是说过，可你不相信对不对？我说，我从来没有怀疑啊。温燕脸上掠过一丝揶揄，好吧，我现在正式告诉你，她就是我母亲。我的脑袋一片轰鸣。温燕捏捏我的下巴，怎么？吓着了？我小心翼翼地说，我让你搞糊涂了，她是你母亲，我们就没有帮她找女儿的必要了吧？温燕说，她要找的女儿不是我呢？我像被温燕洗了脑，不假思索地说，那咱帮她找。温燕问，还去不去东莞？我说，去一趟吧。确实，之前我认识的一个女孩去了东莞，不过我真不知道她在什么地方。温燕的话别有意味，只要你肯。

一周之后，我和温燕带着女人返回深圳。毫无收获，这是肯定的。就算我认识女人的女儿，在茫茫人海中寻她也是大海捞针。如果女人有女儿的照片，可以在报上登寻人启事什么的，但女人什么都没有，唯一的线索就是她女儿跟一个叫方全的男人走的。我和温燕请了一周假，其实，请一年也未必有结果。我说先让女人住着，慢慢打听吧。我知道温燕不会有异议，女人当然更没有异议。

女人成了我和温燕生活中的一员。当然，她早就是了。只不过我再没胆量轰她走。

我在网上搜集了大量关于失忆症的资料。失忆症并非一定是脑部受伤，有时一觉醒来，记忆全失。也并非过去的记忆完全丧失，许多失忆症患者是选择性失忆，只是部分失忆。比如女人，她女儿站到面前，她可能认不出来，别的倒或许记得。或者，除了认识她女儿，其余的什么都没有记忆。

温燕的话让我好奇，也在我心里投下阴影。我不敢再问，但是又想知道。女人是温燕母亲……不是没有可能，虽然可能性很小。我无法验证，又不能排除。感觉自己是在岸边挣扎的鱼，想返回水塘，结果却跳进煎锅。

那天早上，我在红姐炒粉店碰见黄警察。我刚在桌前坐定，黄警察慢慢悠悠晃过来，坐在对面。我和他打招呼，黄警察愣了一下说，哦，想起来了，你叫方全吧。我点点头。黄警察问，那个女人后来怎样了？如果两个星期前他这样问，我的气肯定不打一处来。此时，我像扎了洞的轮胎，整个人都瘪下去。我诉苦，黄警察反而嘿嘿笑起来。我急了，我真的不认识她。黄警察举手制止我，干吗要解释呢？我说不是解释，这是事实。黄警察说，我难得有会儿空闲，咱们吃饭好吧？这会儿不办公。

红姐瞅瞅我，又瞅瞅黄警察，问我和黄警察什么时候认识的。我怕黄警察说出女人的事，自己都不明白为什么害怕。黄警察似乎窥透我的心思，只说老早就认识了。我感激地看着黄警察，黄警察说，其实这有什么保密的？所谓的秘密不过是一层纸。

确实没什么秘密，但是，我就是心虚。

十三

大约一个月后，某天吃晚饭时，女人不停地瞟我和温燕，欲言又止。这不像女人的行事风格。但实在不想招惹她，也惹不起。她有温燕护着。

我搁下碗，女人马上让我出去，她和温燕有话说。我瞅温燕，温燕示意我走。其实没必要看温燕，她似乎更相信女人，而不是我。

我缩在平台的角落，点了一支烟。我曾经抽得很凶，后来戒了，最近又偷偷抽起来。其实温燕不管，从来不管。我想把近日的事彻底梳理一下，但脑子一片混沌。一支吸完，又接上一支。我侧侧头，窗帘挡着，看不到女人和温燕，自然更听不到两人说话。老实说，我挺酸的。我似乎成了第三者。

没想到两人会吵起来。当怒喝传进耳朵，我稍愣了一下，跳起来，冲进屋。温燕双眉紧皱，面色铁青，女人粗硬的目光如两根铁链，紧紧捆着温燕。

两人对我视而不见，继续争吵。我叫，你们还有完没完？还嫌不烦啊？两人这才把目光转向我，嘴巴却没有停下来。女人说，你听话行不行？温燕冷笑，你以为你是谁？我凭什么听你的？我拽女人一把，女人一个踉跄，几乎撞着门框。女人恼怒道，你想摔死我？我喝令她出去。女人道，偏不出去！我抓着她的肩往外拖。女人终不是我的对手。

我插了门，回头对温燕说，就不该让她留下来！确实，起因是我，但后来责任在温燕。我终于可以抱怨温燕了。温燕让我猜女人对她说什么。我又不傻，早从她俩的争吵中听明白了。女人也实在过分。和温燕同居这么久，我都没有资格让温燕再怀一次我的孩子，她，一个不相干的女人，一个完全陌生的人，有什么资格说这样的话？何止是可笑，简直是荒唐！

我说，这下你信了吧，她就是个疯子。我不是一个恶毒的人，但事情发展到这个地步，我必须这样，必须离间女人和温燕。只有离间，才有可能把女人从我和温燕的生活中剥离。

温燕无语，似乎认同了我。我乘机说明天带女人离开。温燕警惕地问我干什么。我说你就不用管了，我不会伤害她，只想让她离开我们。温燕定了一会儿说，还是算了吧。我没有掩饰自己的恼怒，你还要让她留下？温燕略显无奈，她真挺可怜的。我问，她要是天天嗡嗡你呢？温燕说，我不听她的就是，我又不是木偶。我泄气道，你还要让她住多久？温燕说，你先开门让她进来吧。我只得妥协。

女人立着，似乎料定我和温燕不会把她关在门外。她不理我，更不理温燕，气哼哼地爬到弹簧床上。

第二天清早，女人像往常那样打好洗脸水，给我和温燕准备好早餐。温燕和我相跟着出门，女人说，你再想想，我是为你好。

那天，我比平时回得早了些。我想心平气和地和女人谈谈。我让她老实住着，一旦打探到她女儿的消息，就带她过去。至于我和温燕的事，和她没有任何关系，她就不用操心了。女人问我不想要孩子？我说想是想，没有能力养啊。这是实话。再说，我和温燕仅仅是同居，当然我没和女人说这个。女人说我明白了。我问她明白什么。女人的目光极其鄙视地扫过我的脸，你根本就没打算和她过下去对不对？随后断然道，不行，我不同意。我哑然失笑，你不同意？你有什么资格同意或不同意？女人问，我要是她母亲呢？有没有资格？说完，她便死死地盯住我。我骇然至极。不是她的目光和表情让我畏惧，而是她的诘问。她在假设，可她的假设与温燕如出一辙。这是巧合吗？我没有回答，我说不出话，似乎一个巨大的陷阱正等着我。

女人追问，我要是她的母亲，有没有资格？

我垂下头。我承认，女人的气势压倒了我，她的神秘击垮了我。

温燕回来已是深夜。我和女人没吃饭，一直等她。温燕略显疲惫，看到满桌的菜，立即哇一声。我们同居这么久，她似乎从未这样惊叹过。今儿什么日子？我看女人，女人看我。温燕问，怎么啦？我说，没怎么，不早了，吃饭早点儿睡。女人说，我有话，本来想等你们吃完饭再说，现在边吃边说吧，省时间。

温燕静静地看女人，我的心暗暗吊起来。

女人幽幽地叹口气。然后黯然道，你俩看我不顺眼是吧？我是不顺眼，我不讨人喜欢。住这么多天，早就该走了。

我窥温燕，温燕依然直瞪瞪的。女人说，我走，不用你们撵。不过，我有一个条件。她目视着温燕，你怀上孩子，我就走。

温燕抓起鸡腿，大口嚼着。

这让你们不痛快吧？我承认我多管闲事。女人扫扫我，又瞟瞟温燕。随后略带威胁，你们必须听我的，不然休想让我走。

我抹抹脑门上的汗，尽量让语气平稳，你不想找女儿了？你缠着我们有什么意思？

女人看着我，良久才道，不找了。

我啊了一声。我的脸肯定走形了，好半天才问出来，为……什么？

女人诡异地一笑，为什么？你听着，我来告诉你为什么。